Das Flüstern der Elefanten

Susan de Winter

Das Flüstern der Elefanten

Susan de Winter

Covergestaltung: Christiane Baurichter

Weitere Bücher der Autorin:
Der Stein der Schildkröte (Oktober 2015)
Drei Wünsche im Wind (April 2016)
Das Geheimnis der Traumzeit (April 2017)
Das Lied der Hexe (Februar 2018)
Das Perumädchen (März 2020)
Im Schatten des Zauberbergs (Dezember 2020)
Die Villa am Gardasee (August 2021)

„Es gibt kein anderes Wesen, das soviel versteht wie ein Elefant. Er ist imstande zu lernen, sich zu erinnern, nachzudenken und Dinge zu planen, die der Mensch kaum zustande bringt."

Edward Topsell

Prolog

Port de Sóller, 20. Juni 1968

Er holte tief Luft, lehnte sich zurück, schwang den rechten Arm über seinen Kopf und warf die Flasche hoch durch die nachtschwarze Luft. Mit einem leisen Plopp landete sie in den Wellen der Bucht. Peter Salbach starrte ihr nach, als könne er sie durch die schiere Kraft seiner Gedanken zurückholen. Doch es war ohnehin zu spät. Es gab kein Zurück. Keine Zukunft für Eva und ihn.

Er spürte, dass ihm die Tränen auf den Wangen brannten. Der Gedanke daran, Eva niemals wiederzusehen, nahm ihm die Luft zum Atmen. Eva – seine Zirkusprinzessin. Dieses Mädchen mit den seidigen, hellblonden Haaren und den meeresblauen Augen, die ihn angesehen hatte, als sei er ein Prinz und nicht nur ein eher mittelloser junger Mann vom Zirkus. „Es sieht aus, als könntest du mit ihnen sprechen. Sie verstehen dich. Aber wie machst du das bloß?“, hatte sie ihn gefragt, als sie sich zum ersten Mal begegnet waren. Das war bei den Elefanten gewesen und er hatte einfach wie immer mit ihnen gesprochen – ohne Worte.

Einfach nur mit dem Herzen. Das hatte von Anfang an funktioniert, seit seinem ersten Tag im Zirkus. Das Mädchen hatte es irgendwie gespürt. Sie war stehengeblieben. Hatte ihn und die Elefanten nicht aus den Augen gelassen.

„Ich kann ihr Flüstern hören“, hatte er geantwortet.

Sie hatte ihn mit ihren irritierend blauen Augen angesehen und dann gelächelt.

„Okay. Ich glaube dir.“

So hatte es angefangen.

Er biss sich auf die Lippen und starrte auf die weißen Schaumkronen der Wellen, die sachte an den Strand rollten. Das gleichmäßige Rauschen der Brandung war das einzige Geräusch, dass die nächtliche Stille in Port de Sóller durchbrach. Er sollte besser gehen. Sich von seinen Tieren verabschieden und auf den Weg nach Palma machen. Aber noch konnte er sich nicht von diesem Ort trennen. Hier hatte er die schönsten Stunden seines Lebens verbracht. Gemeinsam mit ihr. War es vermessen von ihm gewesen, an eine gemeinsame Zukunft zu glauben? Hätte er gleich fortgehen sollen, als ihn die Liebe wie ein Blitz traf?

Peter wusste, dass er ein solches Gefühl nie wieder erleben würde. Nie wieder würde er einen Menschen so lieben können wie Eva. Und doch musste er sie verlassen, ihr das Herz brechen – seines war seit dem

Zwischenfall vor einigen Stunden sowieso schon zu Eis erstarrt.

Er legte den Kopf in den Nacken und starrte hinauf in den Himmel. Abermillionen von Sternen funkelten dort. Eigentlich sollte er mit Eva hier stehen, ihre Hand in seiner halten. Ihr Zärtlichkeiten ins Ohr flüstern. Aber da war dieses Versprechen, das er vor wenigen Stunden gegeben hatte.

Er seufzte leise, ließ die Schultern sinken. Nie zuvor im Leben hatte er sich einsamer gefühlt als in dieser Minute. Nicht einmal als kleiner Junge im Waisenhaus.

Wenn es doch nur einen Ausweg gäbe.

Doch er hatte in den vergangenen Stunden über nichts anderes nachgegrübelt und ihm war keine Lösung eingefallen. Er sollte gehen, es nützte ja nichts.

Plötzlich schoss ihm ein Gedanke durch den Kopf. Ein winziger Funken Hoffnung glomm auf. Gab es vielleicht doch eine Chance auf ein Leben mit Eva? Er dachte nach. Wägte seine Möglichkeiten ab. Und schwor sich, alles daran zu setzen, es zu versuchen. Noch einmal ließ er seinen Blick über die Bucht schweifen. Ein paar Fischerboote dümpelten im silbernen Licht des Mondes auf dem Wasser. Ein leichter Sommerwind strich über den Strand. „Eines Tages werde ich zu dir zurückkehren, Eva“, flüsterte er und ballte dabei die Fäuste. „Ich schwöre es dir, ich komme wieder.“

Kapitel 1

Port de Sóller, 18. September 2018

„Bereit?“ Manuel sah uns durch das Glas seiner Taucherbrille an und erntete ein kollektives Nicken von sechs Köpfen. „Dann los!“

James, mein Tauchbuddy aus London, reckte den Daumen in meine Richtung und verschwand in den Tiefen des Mittelmeers. Ich ließ meinen Blick noch einmal über die in gleißendes Sonnenlicht getauchte Bucht von Port de Sóller schweifen, dann folgte ich ihm. Schwärme von silbrigen kleinen Fischen begleiteten uns auf dem Weg durch das klare Wasser. Mit ein paar Metern Abstand heftete ich mich an James Flossen, so wie ich es früher unzählige Male bei Jan getan hatte. James blickte sich um. Ich gab ihm ein Zeichen, dass alles in Ordnung war, und er wandte sich wieder nach vorne und schwamm weiter. Wir hatten uns erst eine halbe Stunde vor unserem ersten gemeinsamen Tauchgang kennengelernt und er hatte mir verraten, dass er geradezu verrückt nach der Taucherei sei. Genau wie mein Jan. Nur, dass der auch noch verrückt nach Bergsteigen war, für Triathlons und

Marathons trainiert hatte und leuchtende Augen bekam, wenn es um Extremsport ging.

„Ich habe einen Tauchurlaub für uns gebucht!“

„In den Herbstferien gehen wir Bergsteigen!“

Wie oft war Jan nach Hause gekommen und hatte mich vor vollendete Tatsachen gestellt. Vergessen war mein Vorschlag, dass wir doch mal einen Städtetrip machen könnten oder dass ich gerne mal an einem Yogaretreat teilnehmen würde.

James hatte den Meeresboden erreicht, die anderen Taucher hielten sich ganz in der Nähe auf. Ich sank tiefer und betrachtete die mallorquinische Welt unter Wasser. Hier gab es längst nicht so viel zu sehen wie auf den Malediven oder im Roten Meer, wo ich schon mehrfach getaucht hatte. Doch die See war klar und wir entdeckten Fische, Seesterne und Muscheln.

Ich machte mir nichts aus Tauchen und war immer nur Jan zuliebe mitgekommen. Tatsächlich fühlte ich mich stets etwas unwohl mit Tonnen von Wasser über mir. Ich durfte gar nicht darüber nachdenken, was passieren würde, wenn der Schlauch des Druckluftgeräts abreißen würde. Bestimmt würde ich sämtliche Verhaltensmaßregeln in diesem Moment vergessen und jämmerlich ertrinken.

Kristin, denk gefälligst sofort an was anderes, befahl ich mir selbst und konzentrierte mich darauf, James zu folgen. Trotzdem drifteten meine Gedanken bald schon wieder ab.

Warum tust du das hier überhaupt, fragte ich mich. Zugegeben: nicht zum ersten Mal. Seitdem Jan nicht mehr da war, gab es überhaupt keinen Grund für mich, zu tauchen oder zu klettern, um ihm meine Liebe zu beweisen. Und meinen Mut. Dennoch war ich hier, hatte die Angst wieder mal erfolgreich überwunden und mich in die Tiefen des Meeres gestürzt. Ich hatte eben einen ziemlich großen Knall, anders konnte es gar nicht sein.

Ich hatte etwas gebummelt, der Abstand zu James war größer geworden. Gedankenverloren glitt ich etwa dreißig Zentimeter über den Meeresboden und ließ meine Hände durch einen Wald von hellgrünen, filigranen Algen gleiten. Da stießen meine Finger gegen einen harten, glatten Gegenstand. Eine Flasche. Nicht gerade ein Sensationsfund. Dennoch zog ich ihn aus dem Sand und betrachtete ihn genauer. Im Inneren der Flasche befand sich ein handbeschriebenes Stück Papier.

Durch das von Algen grün gewordene Glas konnte ich nicht lesen, was auf dem Zettel geschrieben stand, doch nun war meine Neugierde geweckt. Bestimmt hatte ein Kind die Flaschenpost in seinen Ferien auf die Reise geschickt. Wer weiß, wie viele Seemeilen sie schon hinter sich gelassen hatte, bevor ein Zufall sie in diese Bucht befördert hatte, wo sie sich – warum auch immer – unter Seegras verfangen hatte.

James war umgekehrt und kam auf mich zu. „Alles in Ordnung?“, fragte er in der Zeichensprache der Taucher. Ich signalisierte ihm, dass alles okay war, und zeigte ihm die Flasche. Er reckte den Daumen und wir tauchten noch eine Weile, bevor unsere Zeit um war und wir an die Oberfläche zurückkehrten.

Ich hievte mich auf das kleine Motorboot von Manuel und setzte mich zu den anderen. Ein Gefühl der Erleichterung flutete meinen Körper, als ich wieder ohne das Druckluftgerät atmen konnte und die Sonne auf der Haut spürte.

„Was hast du denn da entdeckt, Kristin?“

Leon zeigte auf meine Flasche. „Hast du etwa einen Schatz gefunden?“

„Wohl eher Müll“, antwortete seine Freundin Silvie an meiner Stelle. „Wusste gar nicht, dass du eine von diesen Umweltaktivistinnen bist, die selbst in den Ferien irgendwelchen Schrott auflesen.“ Ihre Stimme klang zynisch. Leon verdrehte die Augen.

Seitdem ich ohne Jan in den Urlaub fuhr, erlebte ich es öfters, dass Frauen mir gegenüber eine gewisse Feindseligkeit an den Tag legten. Dabei wäre ich nicht im Traum auf die Idee gekommen, mit ihren Männern zu flirten. Aber offenbar reichte allein meine Anwesenheit, um manche Frauen in Angriffslaune zu versetzen.

Ich ignorierte Silvie und hielt die Flasche kurz hoch, damit die anderen sie sehen konnten.

„Es ist eine Flaschenpost. Bestimmt von einem Kind. Ich werde nachher mal schauen, ob ich sie öffnen kann.“

„Wenn du Hilfe brauchst, sag Bescheid“, meldete Leon sich. Aus den Augenwinkeln sah ich, dass Silvies Miene erstarrte.

„Danke. Aber ich glaube, das bekomme ich schon hin.“ Ich nickte ihm freundlich zu und hoffte, dass das Thema damit beendet war.

Manuel warf den Motor an und fuhr uns die wenigen Meter an den Strand zurück.

„Das war der letzte Tauchgang für heute. Aber vielleicht habt ihr Lust, morgen mit mir rauszufahren? Es sind noch ein paar Plätze frei. Meldet euch einfach bei meiner Freundin Maria oder auf unserer Internetseite an. Es lohnt sich!“

„Ich hab‘ mich natürlich schon angemeldet. Was ist mit dir, Kristin, kommst du auch wieder mit?“

James strahlte übers ganze Gesicht und sah mich hoffnungsvoll an. Ich zuckte die Achseln. „Weiß nicht. Ich überleg’s mir noch.“

Eigentlich hatte ich schon längst entschieden, dass ich morgen nicht tauchen würde, aber ich wollte James nicht gleich enttäuschen. Er war ein netter Kerl.

„Los, gib dir einen Ruck. Es wird bestimmt wieder toll.“ Ein echter Tauchfreak gibt eben nicht so einfach auf.

„Let's see", vertröstete ich ihn ein weiteres Mal und atmete auf, als das kleine Boot den Strand erreichte und ich aussteigen konnte. Wir brachten unser Tauchequipment zur Base und während sich die anderen noch darüber unterhielten, in welcher Bar sie zusammen ein Bier trinken wollten, verabschiedete ich mich hastig, schnappte die Strandtasche und lief in Richtung meines Mietwagens. Einen Moment musste ich warten, denn die Straßenbahn im San Francisco-Stil fuhr gerade ein. Früher wurde sie für den Transport von Orangen benutzt, heute saßen vor allem Urlauber in der nostalgischen Tram. Ich hatte selbst schon einen Ausflug nach Sóller mit ihr gemacht und dabei über die Gärten voller duftender Zitrusfrüchte gestaunt. Als die Bahn hielt, überquerte ich die Straße und eilte weiter Richtung Parkplatz.

„Wieso gehst du nicht einfach mal etwas mit ihnen trinken, anstatt alleine herumzusitzen?"

Seitdem Jan nicht mehr da war, hielt ich zunehmend Selbstgespräche. Noch so etwas, dass ich mir abgewöhnen sollte, bevor die Leute dachten, ich sei wunderlich.

„Weil ich keine Lust habe", antwortete ich mir selbst. Und das war die reine Wahrheit. Warum sollte ich mir die Heldengeschichten der Truppe anhören, wenn Tauchen mich doch eigentlich gar nicht interessierte?

In meinem Apartment warteten eine wunderschöne Terrasse mit Blick auf die Bucht und ein spannender

Thriller auf mich. Dazu könnte ich mir sogar einen Aperol Spritz mixen. Und niemand würde mich nerven.

Ich stieg in meinen Hyundai, in dem eine Hitze wie im Backofen herrschte, fuhr alle Fenster herunter und kurvte die schmale Straße den Berg hinauf. Mein Apartment hatte ich über Airbnb gebucht und einen echten Glückstreffer gelandet. Es handelte sich um einen Bungalow, der in zwei Ferienwohnungen aufgeteilt war. Nebenan wohnte ein älteres Ehepaar, das ich bisher erst einmal gesehen hatte. Mein Apartment war zwar klein, aber gemütlich eingerichtet. Die Küche enthielt sogar eine Geschirrspülmaschine und einen Kaffeeautomaten. Das Beste am ganzen Domizil war jedoch die Terrasse. Wenn ich dort in einem der Korbmöbel saß – umringt von Kübeln mit Oleander und Fächerpalmen – lag die Bucht von Port de Sóller als spektakuläres Panorama genau zu meinen Füßen.

Ohnehin hatte sich mein Urlaub bisher gut angelassen. Die Sonne Mallorcas schien zumindest einen Teil meiner Traurigkeit aufzusaugen. Das Ergebnis war zwar kein Gefühl der Glückseligkeit, aber doch ein Hauch von Gelassenheit. Und wenn ich darüber nachdachte, eine wieder erwachte Neugierde aufs Leben.

Ich parkte den Wagen vor dem Bungalow, schloss die Tür auf und genehmigte mir erstmal eine ausgiebige Dusche mit meinem Lieblingsduft Bergamotte. Dann schlüpfte ich in ein bequemes T-Shirt-Kleid, mixte einen Aperol Spritz als Aperitif und peilte die Terrasse an.

Wie immer, wenn ich sie betrat, blieb ich einen Moment lang stehen und genoss den Ausblick auf das azurblaue Meer und die kleinen Boote, den Strand, die bunten Häuser an der Promenade und dahinter die Ausläufer des Tramuntanagebirges. Die grünen Berge gehörten sogar zum UNESCO Weltnaturerbe und ich hatte mir fest vorgenommen, ihre tiefen Schluchten und die von Bächen und Pfaden durchzogenen Wälder bei einigen Wanderungen kennenzulernen.

Mein Handy klingelte und auf dem Display erschien das Foto einer Frau mit halblangen, strähnigen Haaren und senkrechten, von den Mundwinkeln hinunter zum Kinn verlaufenden Falten, die sie weit älter aussehen ließen, als sie war. Meine Schwägerin.

Ich überlegte kurz, ob ich besser nicht rangehen sollte. Aber dann würde sie garantiert später nochmal anrufen – und zwar so lange, bis sie mich irgendwann am Apparat hatte. Dann lieber gleich in den sauren Apfel beißen.

„Hallo Inga. Schön, von dir zu hören." Ich hoffte, sie schnell wieder loszuwerden, und ließ mich in einen der Korbstühle sinken.

„Kristin, ich hab's schon ein paarmal bei dir probiert. Ist alles in Ordnung? Wo warst du?"

Man könnte meinen, ich sei ein siebenjähriges Kind und sie meine Helikopter-Mutter.

„Ich war zum Tauchen. Hatte ich das nicht erwähnt?"

Ich fragte mich, warum ich mich überhaupt rechtfertigte. Gleichzeitig gratulierte ich mir selbst, dass es mir gelungen war, sie davon abzuhalten, mit mir in den Urlaub zu fahren. Das wäre der absolute Super-Gau geworden.

„Ach doch, jetzt fällt's mir wieder ein. Hatte ich ganz vergessen. Gut, dass du es gemacht hast. Jan würde das gefallen."

Ich schloss kurz die Augen und schüttelte den Kopf. Wir hatten beide einen an der Waffel. Ich würde mich nicht schon wieder auf ein Gespräch über Jan mit ihr einlassen.

„Wie ist denn das Wetter in Deutschland?"

„Eigentlich ganz schön, es regnet. Ich mag es, wenn es nicht so warm ist."

Ich seufzte leise. Es war September und ich genoss jeden einzelnen Sonnenstrahl, der hier nicht nur meine Haut, sondern auch meine Seele wärmte. Gab es überhaupt irgendetwas, dass meine Schwägerin und mich verband – außer Jan?

„Was machst du heute Abend? Wirst du ausgehen?"

Ich starrte auf das Cocktailglas, in dem die Eiswürfel schmolzen, und spürte, wie meine gute Laune langsam sank.

„Ich glaube nicht, Inga. Ich werde mir etwas kochen und ein Buch lesen. Und was machst du?"

„Ich werde nochmal zum Friedhof gehen und nach dem Rechten sehen. Bestimmt sind die Blumen schon wieder verwelkt, die ich zuletzt hingebracht habe. Wir wollen doch nicht, dass sein Grab ungepflegt aussieht."

Der versteckte Vorwurf in ihren Worten war mir nicht entgangen, aber ich beschloss, nicht näher darauf einzugehen.

„Das ist eine gute Idee."

Wir schwiegen. Mir fiel nichts mehr ein, was ich meiner Schwägerin erzählen könnte. Ich hörte ihren Atem und stellte mir vor, wie sie in ihrem schmalen Hausflur stand, der vollgepflastert mit Familienfotos war, und sich das Telefon an die Wange presste.

„Ich kann auch bei euch zu Hause vorbeifahren und die Blumen gießen. Genau, das mache ich auf dem Rückweg vom Friedhof."

Ich erstarrte. Es hieß nicht mehr „bei euch", es war jetzt „bei mir". Und ich hasste es, dass Inga noch immer einen Schlüssel für das Haus besaß. Jan hatte ihn ihr schon vor Jahren gegeben und ich wusste nicht, wie ich ihn zurückverlangen konnte, ohne dass sie ein Riesendrama daraus machen würde. Also hatte ich überhaupt nichts getan. Doch der Gedanke daran, dass Inga jederzeit in mein Haus kommen und dort herumschnüffeln konnte, machte mich wahnsinnig.

„Nein, Inga. Den Weg kannst du dir sparen. Ich bin doch erst seit ein paar Tagen weg und habe die Blumen vorher ordentlich gewässert. Die brauchst du auf gar keinen Fall gießen."

Ich merkte, dass meine Stimme panisch klang. Selbst mit rund 1500 Kilometern Luftlinie zwischen mir und meiner Schwägerin schaffte sie es, mir Herzrasen zu verursachen.

„Okay…"

Sie zog das ay im Wort extra lang und ließ damit durchblicken, dass meine Reaktion auf ihre Idee mal wieder völlig überzogen war.

Du machst doch sowieso, was du willst, und ich kann nichts dagegen tun, wenn du bei mir zu Hause herumgeisterst, dachte ich, griff nach dem Aperol Spritz und trank einen großen Schluck.

Das Atmen am anderen Ende der Leitung verstummte kurz. „Was trinkst du da, Kristin?"

Jetzt reichte es aber. „Mineralwasser. So, und jetzt muss ich leider aufhören. Ich wollte gerade unter die Dusche gehen, als du anriefst. Lass uns ein anderes Mal telefonieren. Ich wünsche dir eine schöne Woche, Inga."

„Aber ..."

„Tschüss!"

Ich tippte auf den roten Button des Handys und beendete das Gespräch.

„Wie werde ich dich bloß jemals wieder los, Inga Regener?" Ich stieß die Luft aus, die ich angehalten hatte, und gönnte mir noch einen Schluck meines prickelnden Getränks.

Da klingelte mein Handy erneut. Sie wird doch nicht etwa nochmal anrufen, dachte ich, aber da sah ich schon das lachende Gesicht meiner Tochter auf dem Display.

„Johanna! Wie schön, dass du anrufst! Alles okay bei dir, mein Schatz?“

Die Stimme meiner Tochter klang so klar, als befände sie sich in der Wohnung nebenan. Dabei lebte sie seit ein paar Wochen in Boston, wo sie ein Auslandssemester in Psychologie belegt hatte.

„Alles okay, Mama. Und bei dir? Wie waren die ersten Tage auf Mallorca?“

„Traumhaft.“ Ich warf einen Blick auf die Bucht vor mir und beschrieb Johanna meine Aussicht und was ich seit meiner Ankunft unternommen hatte.

„Hört sich gut an. Ich bin echt froh, dass du dir endlich mal wieder etwas gönnst und zu Hause rauskommst. Das wurde auch wirklich Zeit.“

„Danke, Frau Psychologin. Aber jetzt erzähl mal lieber, was du so treibst. Gefällt dir Boston immer noch so gut?“

Johannas Stimme klang, als ob sie lächelte, während sie mir in den folgenden Minuten von ihrem Leben an der Boston University und den Wochenend-Ausflügen nach Martha’s Vineyard und Harbor an der Küste erzählte.

„Und wie sind die amerikanischen Jungs so?“, neckte ich sie.

„Auch nicht anders als zu Hause. Und überhaupt, was denkst du? Natürlich konzentriere ich mich hier voll auf mein Studium.“

„Natürlich“, antwortete ich in todernstem Tonfall.

Einen Moment war es still, dann prusteten wir beide los.

„Du fehlst mir, Johanna.“ Meine Stimme klang viel trauriger, als ich beabsichtigt hatte.

„Dann komm mich doch besuchen. Der Herbst in Massachusetts ist der Hammer, du wirst es hier lieben.“

„Bestimmt. Vielleicht mache ich das auch. Aber jetzt bin ich erstmal hier und dann habe ich ja auch meinen neuen Job. Da freue ich mich schon richtig drauf.“

„Stimmt, das hatte ich fast vergessen. Hast du es Tante Inga eigentlich inzwischen erzählt?“

Ich schnitt eine Grimasse. „Nee, sie hat eben angerufen, aber wir haben nicht lange telefoniert.“

Johanna stieß ein freudloses Lachen aus. „Kann ich mir denken. Tante Kontrolletti hat dir wahrscheinlich wieder ein schlechtes Gewissen eingeredet.“

Ich seufzte. „Ach Johanna, du redest ziemlich mies von ihr. Sie ist doch deine einzige Tante und überhäuft dich mit Geschenken, seitdem du ein Baby bist.“

„Das ist auch eine Art der Manipulation. Sie ist ein Psycho, Mama. Seitdem ich hier in Boston bin, habe ich oft darüber nachgedacht und kann die Lage jetzt viel klarer erkennen. Sie mischt sich doch ständig in deine Angelegenheiten ein und du bist viel zu gutmütig ihr gegenüber. Erst bestimmt Papa über dein Leben und jetzt sie."

„Ich weiß nicht, ob es klug war, dich Psychologie studieren zu lassen", warf ich ein.

Doch Johanna ließ sich nicht aus dem Konzept bringen.

„Ich mein's ernst, Mama. Du musst dein Leben leben und nicht das eines anderen."

Ich holte tief Luft. Johanna meinte es nur gut, das war mir bewusst, aber sie übertrieb mal wieder.

„Okay, mein Schatz. Wenn du wieder zu Hause bist, lege ich mich bei dir auf die Couch und leiste mir eine Therapiestunde. Was hältst du davon?"

„Du nimmst mich nicht für voll", grummelte meine Tochter und schwieg. Ich packte die Gelegenheit beim Schopfe, das Thema zu wechseln.

„Stell dir vor, ich habe heute beim Tauchen eine Flaschenpost gefunden!"

„Was, echt? Das ist ja krass! Was stand denn drin?"

„Ich hatte noch keine Chance, die Flasche zu öffnen. Aber das mache ich gleich. Bei unserem nächsten Telefonat erzähle ich dir, was in dem Brief steht. Und jetzt wünsche ich dir noch einen wunderschönen Tag."

„Und ich dir einen schönen Abend. Denk mal drüber nach, was ich dir über Tante Inga gesagt habe."

„Mmh. Mache ich."

Wir verabschiedeten uns und ich sann noch einen Augenblick darüber nach, wo bloß all die Jahre hingegangen waren, in denen aus meinem süßen, kleinen Baby eine so gescheite und selbstbewusste junge Frau geworden war.

Dann fiel mein Blick auf die Strandtasche, die ich auf einem Stuhl deponiert hatte. Warum länger warten? Ich war mehr als neugierig darauf, was ich da am Meeresboden entdeckt hatte.

Bei meinem Fund handelte es sich eindeutig um eine Weinflasche. Vielleicht war es doch kein Kind gewesen, das sie ins Meer geworfen hatte. Ich fragte mich, ob – wer auch immer die Flaschenpost auf ihre Reise geschickt hatte – den Wein wohl vorher getrunken hatte und in welcher Verfassung er oder sie gewesen war. Gleich würde ich es vermutlich wissen.

Der Korken steckte bombenfest im engen Flaschenhals. Ich zog und drehte minutenlang an ihm, ohne, dass er sich auch nur einen winzigen Deut bewegte. Seufzend legte ich eine Pause ein. Der Korken schien schon fast mit der Flasche verwachsen zu sein, den würde ich nie im Leben herausbekommen. Aber ich musste wissen, was auf dem Papier stand. Also nahm ich die Flasche und legte sie auf ein Handtuch auf den Boden. Dann holte ich einen Hammer aus dem kleinen Abstellraum der Wohnung und zertrümmerte die Flasche mit einem Schlag. Mit spitzen Fingern zog ich anschließend den Brief aus den Scherben und setzte mich wieder an den Tisch.

‚20. Juni 1968‘ stand als Datum über den leicht verblichenen Zeilen. 50 Jahre lang hatte das Meer das Geheimnis des Verfassers bewahrt. Dass es ein Mann war, der diesen Brief geschrieben hatte, war schon an der Handschrift ersichtlich. Ich holte tief Luft und las den Brief, den jemand, der mit dem Namen ‚Peter‘ unterschrieben hatte, vor einem halben Jahrhundert seiner großen Liebe gewidmet hatte.

Eva, meine Zirkusprinzessin,

Dieser Brief ist für dich – auch wenn du ihn niemals lesen wirst. Vermutlich wirst du auch nie erfahren, warum ich dich heute verlassen werde. Vielleicht breche ich dir damit das Herz, ganz sicher aber ist meins vor ein paar Stunden in Tausende von Splittern zerborsten.

Ich darf dich nie wiedersehen, ich musste es schwören. Wenn du morgen früh erwachst, werde ich die Insel schon verlassen haben. Du kannst dir nicht vorstellen, wie schwer mir das fällt.

Ich habe dir ja erzählt, wie meine Kindheit aussah. Ich glaubte immer, Liebe sei nur etwas für die anderen. Für die, die auf der Sonnenseite stehen. Doch dann traf ich dich. Liebe auf den ersten Blick – sowas gibt's gar nicht, dachte ich. Inzwischen weiß ich es besser. Seitdem du in Sóller zum ersten Mal in unseren Zirkus kamst, konnte ich nur noch an dich denken. Wie du mich angesehen hast, als ich den Elefanten ihr Futter gab. Allein dein Anblick ließ mein Herz wie eine Herde schneller Araberpferde galoppieren. Dieser eine Moment ... Es kam mir vor, als würden wir uns schon lange kennen und hätten uns endlich wiedergefunden. Es war magisch.

Jede Minute, jede Sekunde, die wir zusammen verbracht haben, hat sich in mein Gedächtnis eingebrannt. Der Duft deines Parfums, das Gefühl, dich im Arm zu halten, der sanfte Klang deiner Stimme – nichts von dem werde ich jemals vergessen. Ich glaube, dass man den einen Seelenpartner, den das Schicksal einem beschert, nur einmal im Leben findet. Wenn überhaupt. Und du, meine wunderschöne Zirkusprinzessin, bist meine Seelen-Gefährtin

Vielleicht ist es gut, dass du mich jetzt nicht sehen kannst. Denn echte Kerle sollten nicht weinen. Aber genau das tue ich gerade. Ich wünschte, ich könnte mit jemandem darüber reden. Ich wünschte, ich müsste dich nicht verlassen. Und ich schwöre dir bei meinem Leben, dass ich dich ewig lieben werde.

Dein Peter

Als ich mit dem Lesen fertig war, zitterte das Papier in meinen Händen. Die Intensität der Worte hatte mich mehr berührt, als alles, was seit Jans Tod passiert war. ‚Meine Seelengefährtin' hatte er das Mädchen genannt. Aber was war nur geschehen, dass er sie, ohne sich zu verabschieden, verlassen musste? Warum hatte er schwören müssen, sie nie wiederzusehen?

Obwohl die ganze Geschichte schon fünfzig Jahre her war, machte mich die Ungerechtigkeit dieser beiden Schicksale fassungslos. Wie war Eva wohl damit fertig geworden, dass ihre große Liebe plötzlich wie vom Erdboden verschluckt war?

Oder hatten sich die beiden doch noch irgendwann wieder getroffen?

Mein Mund wurde ganz trocken, während ich die verblichenen Zeilen des Briefes ein weiteres Mal las. Schon seltsam, dass ausgerechnet ich diese Flaschenpost gefunden hatte. Immerhin hatte meine Lovestory auch abrupt geendet, als Jan gestorben war. Was solle ich nun mit meinem Zufallsfund anfangen?

Eins war klar: Ich musste irgendetwas unternehmen. Aber was?

Die Idee kam mir beim Abendessen. Irgendwann nach Jans Tod hatte mich eine Freundin überredet, mich bei Facebook anzumelden. So könnte man mit Freunden in Verbindung bleiben und eventuell alte Bekannte aufstöbern, die man lange nicht gesehen hatte. Obwohl ich selbst nicht oft etwas postete, hatte ich es mir zur Gewohnheit gemacht, einmal am Tag nachzusehen, was meine Freundinnen aus ihrem Leben teilten oder welche Tipps in meinen Büchergruppen gegeben wurden. Vielleicht konnte Facebook mich ja zu dem geheimnisvollen Briefeschreiber leiten.

Doch während ich noch darüber nachdachte, ob ich den Brief einfach fotografieren und posten sollte, kamen mir Skrupel.

Würde ich selbst diese Zeilen geschrieben haben, wäre ich entsetzt, wenn ich sie durch Zufall auf so einer Plattform lesen würde. Es müsste anders gehen.

Ich dachte eine Weile darüber nach. Dann postete ich ein Foto von Port de Sóller und schrieb Folgendes darunter:

Heute habe ich eine Flaschenpost in der Bucht von Port de Sóller gefunden. Ein gewisser Peter hat sie im Sommer 1968 in deutscher Sprache für seine Freundin Eva geschrieben. Ich würde den Brief gerne an einen der beiden aushändigen. Weiß jemand, wer mit Peter und Eva gemeint sein könnte?

Schließlich versah ich den Post noch mit den Hashtags #Mallorca und #portdesoller und schickte ihn ab.

War dies nun eine gute Idee oder nicht? Die Namen Peter und Eva gab es doch Millionen Mal. Wer würde sich nach so langer Zeit noch an sie erinnern? Ich trank noch einen Schluck und sah auf die funkelnden Lichter am anderen Ende der Bucht. Dann blies ich die Kerze aus und verließ die Terrasse. Keine fünf Minuten später lag ich im Bett und schlief ein.

Kapitel 2

Port de Sóller, 19. September 2018

Ich erwachte vom Piepen meines Smartphones. Wer um alles in der Welt schickte mir so früh am Morgen schon irgendwelche Sachen? Neugierig schälte ich mich aus den Laken und griff zum Handy auf dem Nachttisch. Über Nacht waren über 20 Nachrichten eingegangen. Ich hatte das Telefon auf Nachtruhe gestellt, doch nun ploppte eine Mitteilung nach der anderen auf – alle betrafen meinen Facebook-Post vom gestrigen Abend. Ich setzte mich im Bett auf und scrollte durch die Meldungen. Einige waren von Freundinnen, die mir einen schönen Urlaub wünschten und zu meinem Zufallsfund gratulierten. Dann gab es die von unbekannten Typen, die so was schrieben wie ‚Hey Babe! Bist du alleine im Urlaub? Wo in Port de Sóller wohnst du? Ich hole dich ab!"

Oder „Hallo Kristin! Deine Nachricht hat mich sehr berührt. Wollen wir uns treffen? Ich bin ganz in deiner Nähe!"

Mich schüttelte es. Ich löschte die Nachrichten und überlegte schon alle wegzuklicken, als ich auf eine längere Mitteilung stieß.

„Hallo Kristin, ich habe deinen Post über den Hashtag Port de Sóller gefunden, wo ich, seitdem ich in Rente bin, lebe. Eine gute Bekannte von mir heißt Eva Heynschmid und könnte die Frau sein, die du suchst. Sie kommt nach Port de Sóller, seitdem sie ein junges Mädchen ist und lebt seit ein paar Jahren dauerhaft hier. Keine Ahnung, ob sie diesen Peter kannte. Aber vielleicht fragst du sie einfach? Viel Glück! Hermann Böttcher“

Darunter hatte er noch eine Adresse in Port de Sóller geschrieben. Ich schluckte. Das war ja schnell gegangen. Konnte diese Eva wirklich die Frau sein, an die der Briefeschreiber sein Herz verloren hatte? Bei Licht betrachtet, wäre das schon ein ziemlich großer Zufall. Aber was hatte ich zu verlieren, wenn ich mal bei ihr klingelte und fragte? – Ich schrieb ein paar Zeilen an Herrn Böttcher zurück und bedankte mich für den Tipp. Dann zog ich mich an, bereitete mir einen Latte Macchiato und einen Toast mit Spiegelei zu und setzte mich zum Frühstücken auf die Terrasse.

Der Tag versprach herrlich zu werden. Ich könnte baden oder wandern gehen, ein Buch am Strand lesen. Oder diese Eva besuchen. Was hatte ich mir mit dieser blöden Flaschenpost bloß eingebrockt? Andererseits ließ mir der Inhalt des Briefes keine Ruhe mehr. Ich holte ihn aus der Küche und las ihn noch einmal. Dann ließ ich den Brief sinken und schloss kurz die Augen. Ob er seine Seelengefährtin wieder getroffen hatte?

War es die Eva, deren Adresse ich nun auf meinem Handy hatte? Den Schwur ewiger Liebe fand ich ziemlich pathetisch. Kein Mensch würde doch so etwas heute noch sagen. Für Jan war das Höchste der Gefühle ein ‚Ich hab' dich lieb' gewesen. Ach, Jan. Er hätte diesen Brief vermutlich als völligen Schwachsinn bezeichnet und gleich wieder vergessen. Ich konnte das nicht.

Am besten, ich bringe es schnell hinter mich, sagte ich mir. Ich fahre zu dieser Frau, zeige ihr den Brief, werde feststellen, dass sie nichts damit zu tun hat, und dann gehe ich an den Strand. Genauso würde ich es machen.

Schnell trank ich den Kaffee aus, öffnete die Adresse von Eva in Google Maps und stellte fest, dass sie nur einen Katzensprung von mir entfernt lebte. Bevor ich meinen Elan verlieren konnte, schnappte ich den Brief und meine Badesachen und stieg ins Auto. Kurz darauf hielt ich vor einer kleinen Villa. Sie stammte vermutlich aus den späten 50er- oder frühen 60er-Jahren, war aber top in Schuss. Ich klingelte und eine Frau in Jeans und blauer Hemdbluse öffnete. Ich tippte sie zunächst auf um die 70, doch als ich in ihre blitzenden, hellblauen Augen blickte, revidierte ich mein Urteil nach unten. Das musste Eva sein. Die Frau lächelte mich unbefangen an.

„Guten Morgen. Ich nehme doch an, dass Sie Deutsche sind. Oder täusche ich mich?"

„Guten Morgen. Bitte entschuldigen Sie die Störung. Und Sie haben völlig recht, ich bin Deutsche und froh, dass ich mich mit meinen paar Spanisch-Brocken jetzt nicht bis auf die Knochen blamieren muss."

Sie lachte. „Kein Problem. Aber worum geht es denn eigentlich?"

„Mein Name ist Kristin Regener. Ich mache Urlaub hier in Port de Sóller und ein Bekannter von Ihnen, Herr Böttcher, hat mir Ihre Adresse gegeben."

„Ach Hermann. Ja, den kenne ich. Ich hoffe, ihm geht's gut?"

Die Frau strich sich eine Strähne ihres halblangen Haares aus der Stirn. Ihr Gesicht hatte einen besorgten Ausdruck angenommen.

„Ich denke schon. Tut mir leid, ich kenne ihn eigentlich gar nicht."

Nun guckte sie erst recht verwundert.

„Es ist so. Ich war gestern in dieser Bucht hier tauchen und habe eine Flaschenpost gefunden. In der Flasche befand sich ein ..." Ich zögerte kurz. „Ein sehr bewegender Liebesbrief, den ein gewisser Peter im Sommer 1968 an eine Eva geschrieben hat. Herr Böttcher meine, dass Sie vielleicht diese Eva sein könnten."

Während ich gesprochen hatte, war alle Farbe aus Evas leicht gebräuntem Gesicht gewichen. Sie griff nach dem Türrahmen und hielt sich fest.

„Was sagen Sie da?"

Ihre Stimme zitterte. Sie schwankte leicht und ich griff ihren Arm.

„Vielleicht sollten wir besser reingehen und uns hinsetzen? Dann zeige ich Ihnen den Brief."

Eva sah mich an, als käme ich von einem anderen Planeten. Dann nicke sie. „Natürlich, kommen Sie herein."

Sie wies mit der Hand in Richtung eines sonnigen Wohnzimmers, das in Pastellfarben eingerichtet war. Die Tür zu einer blumengeschmückten Terrasse stand offen und ließ den Geruch von Sommer und Meer hinein.

„Setzen Sie sich doch."

Eva selbst hielt sich an ihrem Sofa fest und sah aus, als würde sie jeden Moment umfallen.

„Es tut mir leid, Eva. Darf ich Sie Eva nennen?" Plötzlich klopfte mir das Herz bis zum Hals. Was, wenn diese Frau zusammenbrach, weil ich in ihr einen Schock verursacht hatte?

„Ich hole Ihnen schnell ein Glas Wasser. Setzen Sie sich so lange."

Sie ließ sich von mir ohne Widerrede zu einem Sessel führen. Dann lief ich in die angrenzende Küche und kam mit einem Glas kalten Leitungswassers zurück.

„Hier, trinken Sie das. Hoffentlich fühlen Sie sich gleich besser. Es tut mir so leid, wenn ich Sie erschreckt habe."

Sie nahm einen großen Schluck vom Wasser und langsam kehrte etwas Farbe in ihr Gesicht zurück. Trotzdem gefiel sie mir gar nicht.

„Was steht in dem Brief?“

Ich hatte nicht den geringsten Zweifel mehr, dass Eva diejenige war, an die der Verfasser der Flaschenpost geschrieben hatte.

„Hier, lesen Sie ihn selbst.“

Ich kramte den Brief aus meiner Tasche und gab ihn ihr.

Eva las die ersten Zeilen, als ein erstickter Laut aus ihrer Kehle drang. Sekunden später liefen ihr die Tränen die Wangen hinab.

„Mein Gott, Peter. Wenn ich das gewusst hätte ...“

Ich hätte sie am liebsten in den Arm genommen. Innerhalb von Minuten schien Eva von einer vor Energie sprühenden, gutaussehenden Lady zu einer alten Frau mutiert zu sein. Wäre ich doch bloß niemals hierhergekommen.

„Eva, geht es Ihnen gut? Ich mache mir Sorgen um Sie.“

Auf ihrer Stirn hatten sich Schweißtropfen gebildet und mir fiel auf, dass sie sich wiederholt an die linke Brust griff.

„Ach, es wird gleich wieder. Das ist nur der Schock. Wissen Sie, ich hätte nicht gedacht, dass ich jemals wieder von Peter hören würde. Und jetzt das ... Haben Sie den Brief gelesen?“

Sie sah mich kurz an und winkte dann ab.

„Ach, natürlich haben Sie ihn gelesen. Ist das nicht einfach unglaublich?“

Ich nickte. „Ich wünschte, ich hätte jemals einen solch wundervollen Brief bekommen. Haben Sie denn seit damals niemals wieder von Peter gehört?“

Eva wischte sich die Tränen aus dem Gesicht, aber es nützte nichts, neue kamen nach. Ich fummelte ein Paket Papiertaschentücher aus meiner Tasche und reichte es ihr.

„Hier. Weinen Sie ruhig. Manchmal hilft das.“

Sie schüttelte den Kopf. „Es hilft gar nichts, mein Kind. Wenn Sie wüssten, wie viele Tränen ich schon wegen Peter vergossen habe. Er war ...“ Sie holte tief Luft und schluckte. „Er war die große Liebe meines Lebens. Und um Ihre Frage zu beantworten: Nein, ich habe ihn niemals wiedergesehen.“

„Was kann denn damals bloß passiert sein, dass er die Insel verlassen hat?“

Sie zuckte die Achseln. „Das habe ich mich bestimmt tausendmal gefragt. Wir kannten uns ungefähr zwei Wochen – was nicht viel ist – ich weiß. Aber wissen Sie, manchmal weiß man einfach vom ersten Augenblick an, dass der andere der Richtige für einen ist. Ohne Wenn und Aber. Und so war das bei mir und Peter.“

Sie lehnte sich zurück und drückte das Wasserglas an ihre Wange.

„Ich war 18 und hatte gerade Abitur gemacht. Meine Eltern hatten hier ein Ferienhaus, dieses, um genau zu sein. Und ich durfte zum ersten Mal allein mit einer Freundin hier Urlaub machen. Es war herrlich!“

Endlich lächelte sie ein wenig. Ich nickte ihr aufmunternd zu.

„Babsi und ich waren jeden Tag unterwegs und so entdeckten wir den kleinen Zirkus, der in Sóller Station gemacht hatte. Wir bummelten über das Gelände und kamen zu einer Wiese, auf der Elefanten standen. Ein junger Mann kümmerte sich um sie – das war Peter. Wir sahen uns an und es war um uns geschehen.“

Sie schluckte und schloss kurz die Augen. Nach einer Weile sprach sie weiter.

„Es war genauso, wie er in dem Brief schreibt. Wir waren Seelenverwandte. Für mich stand von Anfang an fest, dass ich mein Leben mit ihm verbringen wollte. Damals, im Sommer `68 sahen wir uns jeden Tag. Wir trafen uns im Zirkus, am Strand, in der Stadt oder hier in der Villa meiner Eltern. Doch eines Tages kam er nicht zum verabredeten Zeitpunkt. Ich wartete und wartete und fuhr schließlich zum Zirkus. Doch auch dort wusste niemand, wo Peter war. Er hatte eine kurze Nachricht hinterlassen, dass er den Zirkus verlassen müsste und es ihm sehr leidtäte. Die Zirkusleute waren ganz schön sauer auf ihn. Er hatte ein fabelhaftes Händchen für die Elefanten gehabt und war ein fleißiger Kerl gewesen. Die Elefanten haben sogar ein paar Tage nicht gefressen, weil er ihnen so fehlte."

„Niemand konnte Ihnen ein Grund nennen, warum er abgehauen war? Das ist doch merkwürdig."

Eva nickte. „Das fand ich auch. Ich ging damals jeden Tag zum Zirkus und wartete darauf, dass er wiederkam. Doch er kam nicht."

Sie hielt inne und zuckte wieder mit den Achseln.

„Irgendwann reiste der Zirkus wieder ab und ich blieb hier und wartete weiter auf Peter. Meine Freundin und meine Eltern, die schließlich auch hierher in den Urlaub kamen, versuchten mich zu trösten, doch ich habe das nie verwunden."

Eva war während des Sprechens immer kurzatmiger geworden. Meine Sorge um sie wuchs. Vom Sessel aus zog sie eine Schublade unter dem Couchtisch auf und wühlte in allerlei Unterlagen herum. Schließlich schien sie das Gesuchte gefunden zu haben und zog ein verknittertes Foto in den typisch rötlichen Tönen der Farbfotos aus den 60er Jahren hervor.

„Hier. Das ist mein Peter", sagte sie und hielt mir das Bild hin.

Ich betrachtete es und musste schmunzeln. Der junge Mann auf dem Foto sah aus wie eine Kopie von Indiana Jones. Groß, muskulös, braungebrannt. Von den staubigen Jeans bis zu seinem schelmischen Lächeln und den strubbeligen, kurzen Haaren wirkte er extrem anziehend. Ich konnte mir gut vorstellen, warum Eva ihm so schnell verfallen war.

„Ein toller Typ“, seufzte ich und gab ihr das Foto zurück.

„Ja, das war er“, sagte Eva. Und berichtigte sich im selben Atemzug. „Das ist er, meinte ich.“

„Sie glauben, dass er noch lebt?“

Eva sah mir fest in die Augen. „Ich weiß es. Ich fühle es ganz tief in meinem Inneren. Ich verstehe nur nicht, warum er nie zu mir zurückgekehrt ist. Die Frage hat mich mein ganzes Leben lang begleitet. Und sie macht mich wahnsinnig.“

Wieder griff sich Eva an die Brust und verzog schmerzhaft das Gesicht.

„Eva, was ist los? Haben Sie Probleme mit dem Herzen?“

„Ach, nichts von Bedeutung. In letzter Zeit galoppiert es manchmal etwas aus dem Takt. Aber eigentlich war ich mein ganzes Leben lang gesund. Das wird schon wieder.“

„Haben Sie Tabletten, die Sie jetzt nehmen könnten?“

Sie schüttelte den Kopf.

„Kristin ist Ihr Name, richtig?“

Ich nickte. Mir wurde immer unwohler zumute. Etwas stimmte mit Eva ganz und gar nicht.

„Also Kristin, ich habe damals selbst versucht, Peter zu finden. Ich habe mein Sparkonto geplündert und heimlich – meine Eltern durften nichts davon erfahren –

einen Detektiv beauftragt, ihn zu suchen. Es war gar nicht so einfach, denn Peter war ein Waisenkind. Er war als Jugendlicher aus einem Kinderheim abgehauen und landete irgendwann beim Zirkus, der fortan seine Familie war. Er liebte vor allem die Elefanten. Manchmal hatte ich das Gefühl, dass er besser mit ihnen reden konnte als mit den Menschen.“

Sie stockte kurz und wandte sich dann wieder mir zu. „Wissen Sie, Peter war so ein scheuer Junge. So einsam. Er hatte als Kind niemals Liebe erfahren und bestimmt einiges mitgemacht in diesem Waisenhaus. Aber er hatte so ein gutes Herz. Wenn wir zusammen waren, hatte ich immer das Bedürfnis, ihm all die Liebe zurückzugeben, die ihm verwehrt geblieben war. Und zugleich wusste ich tief in meinem Herzen, dass ich sein ein und alles war.“

Ein kleines Lächeln umspielte ihre Mundwinkel.

„Seine Zirkusprinzessin.“

Sie seufzte und kehrte mit ihren Gedanken in die Gegenwart zurück.

„Naja, wie dem auch sei, der Detektiv fand heraus, dass Peter, nachdem er Mallorca verlassen hatte, zuerst in einem anderen Zirkus in Europa arbeitete und später nach Amerika ging. Dort verlor sich seine Spur.“

Sie hob in einer hilflosen Geste ihre Hände. „Er war einfach wie vom Erdboden verschluckt. Ich habe niemals wieder von ihm gehört.“

Je länger sie gesprochen hatte, umso kurzatmiger war Eva geworden. Nun stand sie ruckartig auf.

„Mir ist nicht wohl, ich mache uns einen Tee."

Sie schaffte zwei Schritte in Richtung Küche, dann blieb sie keuchend stehen. Ich sprang auf und lief zu ihr, um sie zu stützen.

„Eva! Jetzt ist es genug. Ich rufe einen Rettungswagen."

„Nein." Sie sah auf den Boden, wedelte abwehrend mit der Hand und versuchte, sich zu fangen. „Es wird gleich schon besser gehen."

Jan war Arzt gewesen und hatte mir einmal erzählt, dass Frauen oft andere Symptome aufwiesen, wenn sie einen Herzinfarkt hatten. Atemnot, ein Engegefühl in der Brust, Übelkeit, Schweißausbrüche. In meinem Kopf schrillten sämtliche Alarmglocken.

„Tut mir leid, Eva. Ich mache mir ernste Sorgen um Sie. Lassen Sie sich wenigstens kurz im Krankenhaus durchchecken."

Sie sagte nichts mehr. Offenbar ging es ihr inzwischen viel zu schlecht zum Sprechen. Widerstandslos ließ sie sich von mir zum Sessel zurückführen. Ich rannte in die Küche und holte ein weiteres Glas Wasser. Dann wählte ich den Notruf.

„Sind Sie die Tochter?“

Der spanische Notarzt sprach fließend Deutsch. Während er ein EKG ableitete, hielt ich Evas rechte Hand und redete beruhigend auf sie ein.

„Nein, ich bin ... ich bin eine Bekannte“, antwortete ich.

Er nickte mir zu, sein Gesichtsausdruck wirkte nicht gerade hoffnungsvoll.

„Ihre Freundin muss sofort ins Krankenhaus. Ihr Blutdruck ist viel zu hoch. Das EKG ist nicht eindeutig. Wir brauchen eine weitere Diagnostik und zwar so schnell wie möglich.“

Eva verdrehte die Augen und sah mich vorwurfsvoll an.

„Nehmen Sie irgendwelche Tabletten, Eva?“, fragte der Arzt.

„Cholesterinsenker. Sie liegen in der Küche“, sagte Eva.

„Die nehmen wir gleich mit und auch Ihre Gesundheitskarte. Alles andere können Sie zusammenpacken und später ins Krankenhaus bringen“, wandte er sich an mich. Inzwischen waren die Rettungssanitäter ins Haus gekommen. Mit geübten Handgriffen hoben sie Eva auf eine Trage.

„Wir bringen sie ins Hospital Universitari Son Espases in Palma“, sagte der Arzt und trieb die Sanitäter zur Eile an. Mit heulenden Sirenen jagte der

Rettungswagen wenig später die Straße zur Bucht hinab und ließ mich mit klopfenden Herzen zurück.

Ich sah mich in dem viel zu stillen Wohnzimmer um. Was für ein Mist, ich fühlte mich hundeelend. Hätte ich diese blöde Flaschenpost doch nie gefunden, wäre ich doch einfach nicht hierhergekommen. Mit wackeligen Knien ging ich zum Sofa und setzte mich hin. Peters Brief lag noch auf dem Tisch, daneben sein Foto.

„Bitte lass sie nicht sterben." Der Satz war wie von selbst aus meinem Mund gekommen. Ich musste hier raus. Ich musste ihr ins Krankenhaus folgen. Was hatte der Arzt nochmal gesagt? Ach ja, sie brauchte ein paar Sachen.

Ich stand auf und sah mich um. Eine Treppe führte in den zweiten Stock. Ich folgte ihr und gelangte in einen schmalen Flur. Rechts lag ein Badezimmer, links gab es zwei Schlafzimmer. Ich tippte darauf, dass der in sonnigem Gelb gestrichene Raum Evas Schlafzimmer war und lag richtig.

Es fiel mir nicht leicht, die fremden Schranktüren zu öffnen und in Evas Wäsche zu greifen, aber es musste sein. Nach ein paar Minuten hatte ich alles gefunden, was Eva im Krankenhaus benötigen würde und packte die Sachen in eine Reisetasche, die auf dem Schlafzimmerschrank lag. Was nun? Sollte ich jemanden benachrichtigen? Aber ich hatte keine Ahnung, ob Eva einen Mann hatte oder Kinder. Wir hatten uns in der kurzen Zeit schließlich nur über Peter unterhalten.

Ich kehrte ins Wohnzimmer zurück und inspizierte das Regal, in dem jede Menge Bücher, aber auch gerahmte Fotografien standen. Auf einem Bild strahlte mir eine Familie mit zwei kleinen Kindern entgegen. Dann gab es ein Bild, auf dem Eva neben einem gutaussehenden Mann zu sehen war. Vielleicht ihr Sohn? Schließlich stand dort noch eine Fotografie, auf der eine weitaus jüngere Eva im Arm eines stämmigen Mannes zu sehen war. Das war garantiert ihr Ehemann. Der wahrscheinlich nicht mehr am Leben war, vermutete ich.

Ich musste ins Krankenhaus und mit Eva sprechen. Ohne Telefonnummern konnte ich niemanden benachrichtigen. Ich nahm die Tasche und ließ meinen Blick noch einmal durch die Wohnung schweifen. Dabei entdeckte ich ein Mobiltelefon, das mit einem Ladekabel an einer Steckdose angeschlossen war. Ich packte es in meine Jackentasche. Dann zog ich den Haustürschlüssel von innen ab, verschloss das Haus und stieg in meinen Wagen. Während das Navi mich zum Krankenhaus nach Palma führte, versuchte ich nicht daran zu denken, was passierte, wenn Eva es nicht schaffen würde.

Die Frau am Informationsschalter des Krankenhauses sah mich missbilligend über den Rand ihrer Brille hinweg an.

„Ich erkläre Ihnen nun den Weg zur Intensivstation. Ich kann Ihnen aber nicht versprechen, dass die Kollegen Sie hineinlassen. Normalerweise dürfen die Patienten dort nur von ihren Angehörigen besucht werden.“

Ich nickte. „Das weiß ich. Aber leider hat Frau Heynschmid keine Angehörigen auf Mallorca. Ich bin ihre beste Freundin“, log ich. „Und ich muss ihr doch ihre Sachen bringen.“

Die Frau hob beschwichtigend die Arme und erklärte mir den Weg. Unterwegs durch das Krankenhaus wurde mir immer mulmiger zumute. Intensivstation. Das klang nicht gut. Ich klingelte vor der geschlossenen Tür und brachte erneut mein Anliegen vor. Die Schwester betrachtete mich von oben bis unten und seufzte dann.

„Na gut. Aber nur fünf Minuten. Frau Heynschmid geht es überhaupt nicht gut. Ich muss Sie bitten, sich kurz zu halten und Sie nicht aufzuregen.“

Vielleicht sollte ich besser wieder gehen und ihre Sachen einfach dalassen. Denn dass sie sich nicht aufregen würde, konnte ich ganz und gar nicht versprechen. Aber da schob mich die Schwester schon in den Gang und wies auf das erste Zimmer auf der linken Seite.

„Fünf Minuten!“, wiederholte sie mit erhobenem Zeigefinger.

„Natürlich“, flüsterte ich. Meine Beine fühlten sich plötzlich schwer wie Blei an. Was tat ich hier eigentlich? Eva lag klein und verloren unter den dünnen Laken. Verschiedene Kabel führten von ihrem Körper zu einem blinkenden Bildschirm. Als sie mich sah, huschte ein Lächeln über ihr Gesicht.

„Kristin! Wie schön, dass Sie gekommen sind.“

„Ich habe Ihnen ein paar Sachen eingepackt. Sie sind hier in der Tasche“, sagte ich unbeholfen.

„Danke, meine Liebe. Haben Sie den Brief auch dabei?“

Ich nickte, nestelte den Brief aus meiner Tasche und legte ihn in Evas Hände. Eine Träne lief langsam ihre Wange hinab.

„Dieser verrückte Kerl, warum hat er bloß so lange gewartet, bis er sich gemeldet hat?“

War Eva verwirrt? Stand sie unter dem Einfluss von Medikamenten? Sie musste doch wissen, dass sich Peter mitnichten plötzlich gemeldet hatte. Er hatte die Flaschenpost schon vor 50 Jahren ins Meer geworfen. Ich wusste nicht, was ich antworten sollte. Aber da sprach Eva schon weiter.

„Bitte kommen Sie näher, Kristin.“

Ich trat einen Schritt auf ihr Bett zu und stand nun direkt vor ihr. Sie griff nach meiner Hand und drückte sie.

„Es hat etwas zu bedeuten, dass Sie diese Flasche gefunden haben. Hören Sie?“

Ich schluckte und starrte sie wortlos an. Ihr Atem ging schneller. Und plötzlich begannen die Apparate, an denen sie angeschlossen war, zu piepsen. Die Kurve, die eben noch einen regelmäßigen Ausschlag gezeigt hatte, wies nun auf einen gestörten Herzrhythmus hin. Auf dem Gang ertönte ein Alarm. Die Schwester, die mich hineingelassen hatte, kam in den Raum und warf mir einen bösen Blick zu.

„Gehen Sie, schnell!“

Schuldbewusst wollte ich zurücktreten, doch Eva klammerte sich noch immer an meiner Hand fest. Ein Arzt stürmte in den Raum und fluchte.

„Verlassen Sie sofort das Zimmer!“

Ich riss mich los, jetzt liefen mir die Tränen übers Gesicht.

„Kristin!“, rief Eva. „Sie müssen Peter für mich finden. Bitte! Versprechen Sie es!“

Ich blickte ihr in die Augen und nickte, ohne nachzudenken. „Ich verspreche es“, sagte ich. Dann schob mich der Arzt aus dem Zimmer und die Tür fiel vor mir ins Schloss.

Kapitel 3

Port de Sóller, 19. September 2018

Ich peilte die nächste Bank vor dem Krankenhaus an und setzte mich. Mein Herz schlug wie nach einem 1000-Meter-Lauf. Nur ein paar Meter von mir entfernt kämpfte Eva um ihr Leben und das alles nur, weil ich ihr den verdammten Brief gegeben hatte. Und dann auch noch dieses verrückte Versprechen! Aber was hätte ich in diesem Augenblick anderes tun können? Ich wusste schon jetzt, dass ich den verzweifelten Ausdruck in ihren Augen niemals würde vergessen können.

Geistesabwesend durchsuchte ich meine Tasche nach den Kaugummis, die ich normalerweise immer dabeihatte. Dabei stieß ich auf Evas Handy, das ich ihr eigentlich hatte geben wollen. Garantiert passwortgeschützt, dachte ich und drückte halbherzig auf den On-Button. Sofort war das Telefon freigeschaltet.

Wie leichtsinnig. Aber gut für mich. Ich scrollte durch Evas Anrufliste und sah, dass sie fast täglich mit einem Philipp telefoniert hatte. Ich tippte auf seine Nummer und ‚Anrufen'.

„Hallo Mama! Da hast du aber Glück gehabt. Meine Vorlesung ist gerade zu Ende und ich habe das Handy wieder eingeschaltet. Wie geht's dir?"

Also doch der Sohn. Die Stimme am anderen Ende der Leitung klang tief und angenehm. Sie verbreitete augenblicklich eine entspannte Stimmung. Die würde ich jetzt zerstören. Ich räusperte mich.

„Bitte entschuldigen Sie, dass ich das Telefon Ihrer Mutter benutze. Mein Name ist Kristin Regener und ich war gerade bei Ihrer Mutter, als sie einen ...“ Ich stockte kurz. „Eine Art Herzanfall erlitten hat. Sie ist jetzt in Palma im Krankenhaus und wird behandelt. Ich wollte Ihnen nur Bescheid geben.“

Einen Moment lang war es totenstill in der Leitung. Danach klang die Stimme von Evas Sohn völlig anders.

„Oh Gott. Wie ... wie geht es meiner Mutter?“

„Sie liegt auf der Intensivstation. Ich habe ihr eben ein paar Sachen gebracht, aber die Ärzte haben mich gleich wieder hinausgeworfen. Sie können die Intensivstation anrufen. Es ist das Hospital Universitari Son Espases in Palma. Aber ehrlich gesagt ... ich glaube, Sie sollten so schnell wie möglich herkommen.“

Ich hörte, wie Philipps Atem schneller ging. Der arme Kerl. Ich konnte gut nachfühlen, wie er sich jetzt fühlte. Den Anruf, in dem ich von Jans Tod erfahren hatte, würde ich niemals vergessen.

„Okay. Natürlich. Ich versuche, sofort einen Flug zu bekommen. Danke, dass Sie mich angerufen haben.“

Bevor ich etwas antworten konnte, hatte er aufgelegt.

Ich starrte auf Evas Handy. Was sollte ich jetzt tun? Was konnte ich tun? Es würde niemandem nützen, wenn ich den ganzen Tag vor dem Krankenhaus sitzen würde. Ich musste mich irgendwie beschäftigen. Also fuhr ich in die Innenstadt von Palma, stellte den Mietwagen im Parkhaus ab und spazierte in Richtung Kathedrale. Vor dem Eingang hatte sich eine Schlange von Besuchern gebildet. Aber ich hatte ja Zeit, also stellte ich mich an.

In der nächsten Stunde lernte ich zusammen mit vielen anderen Touristen Palmas Wahrzeichen kennen. Ich erfuhr, dass ihr Bau ganze 400 Jahre gedauert und dass auch Gaudí seine Spuren hinterlassen hatte. Doch so interessant die Geschichte dieser Kirche war, sie konnte meine Sorgen um Eva nicht eine Minute verbannen. Als ich die Kathedrale verließ, klingelte mein Handy.

Es war Inga. Schon wieder. Am liebsten hätte ich den Anruf einfach ignoriert, aber ich kannte meine Schwägerin. Es war besser, wenn ich es schnell hinter mich brachte.

„Hallo Inga. Alles okay bei dir?“

Hallo Kristin. Ja natürlich. Aber du hast gestern so schnell aufgelegt, deswegen rufe ich heute nochmal an. Bist du beim Tauchen?“

„Nein, ich bin gerade in Palma unterwegs. Sightseeing, weißt du.“

Sie schnaubte. „Sightseeing?“

Ich vermutete, dass Inga dieses Wort mit Zeitverschwendung gleichsetzen würde und bekam meine Vermutung auch gleich bestätigt.

„Sowas hast du doch früher nicht gemacht. Normalerweise wärst du jetzt mit Jan beim Tauchen."

„Stell dir vor, Inga, bevor ich Jan kennengelernt habe, hatte ich tatsächlich Spaß an Sightseeing."

Meine Stimme klang schärfer als beabsichtigt, aber ich hatte mich Jan zuliebe jahrelang im Umgang mit meiner Schwägerin zusammengerissen. Wahrscheinlich war mein Toleranz-Reservoir inzwischen mehr oder weniger aufgebraucht.

„Du musst es ja wissen", antwortete sie patzig.

„Genau."

Wir schwiegen beide einen Moment. Diesmal war es sogar meine Schwägerin, die einlenkte.

„Hast du etwas von Johanna gehört? Sie hat sich ewig nicht bei mir gemeldet."

Muss sie ja auch nicht, dachte ich und schlug dabei den Weg in Richtung Innenstadt ein.

„Sie hat gestern angerufen. Es geht ihr gut und sie liebt ihren Aufenthalt in Boston."

„Okay. Sag ihr das nächste Mal, sie möchte mich anrufen."

‚Bitte' ergänzte ich in Gedanken Ingas Satz.

„Das mache ich. Gibt's sonst noch etwas Neues?"

„Ich war am Grab. Die ganzen Blumen waren verwelkt. Es sah schlimm aus. Ich habe sie entfernt und neue hingetan."

Mein Magen zog sich schmerzhaft zusammen. Reg dich nicht auf, Kristin. Bleib ruhig.

„Das war nett von dir, Inga. Vielen Dank."

„Gern geschehen. Einer muss es ja machen. Nun, dann will ich dich nicht länger beim Sightseeing stören. Ich melde mich wieder."

Diesmal war es Inga, die ohne ‚Tschüss' zu sagen, auflegte. Ich ließ mein Handy in die Tasche gleiten und seufzte befreit auf.

Manchmal tat meine Schwägerin mir leid. Sie hatte nur ihre Arbeit als OP-Schwester, aber niemanden, der ihr nahestand. Keinen Mann, keine Kinder, keine Freunde. Und seitdem Jan gestorben war, auch keine Familie mehr – außer Johanna und mir. ‚Sie ist doch selbst schuld daran, Mama. Was können wir dafür?', hatte Johanna gesagt, als ich sie einmal darum gebeten hatte, mehr Verständnis für ihre Tante aufzubringen. Recht hat sie, dachte ich heute und versuchte, den Gedanken an Inga endgültig abzuschütteln.

Ich hatte die schmalen, urigen Gassen hinter der Kathedrale erreicht. Langsam bummelte ich an Stadtpalästen mit prächtigen Innenhöfen, Kirchen, kleinen Geschäften und Bars vorbei. Vor einem wunderschönen Gebäude namens Can Corbella spielte eine Reggaeband. Ich blieb ein paar Minuten stehen und hörte zu. Schließlich konnte ich meinen Hunger und vor allem meinen Durst nicht länger ignorieren und ließ mich an einem kleinen Tisch vor einem Bistro nieder. Ich bestellte ein Glas hausgemachte Zitronenlimonade und zwei Tapas. Ein Mädchen servierte mir die köstlichsten Datteln im Speckmantel, die ich je gegessen hatte und dazu eine kleine Tortilla. Das Leben kann so schön sein, dachte ich, während ich die Menschen beobachtete, die vorbei flanierten. Doch sofort musste ich wieder an Eva denken und an das Versprechen, das ich ihr gegeben hatte.

Wie sollte ausgerechnet ich ihren Peter finden?

Mir fiel ein, dass ich das Foto von ihm immer noch in meiner Tasche herumtrug. Ich holte es heraus und betrachtete es erneut. Wirklich ein sympathischer Kerl, dieser Mann. Aber Fotos konnten täuschen. Andererseits: Das, was er in seinem Brief geschrieben hatte, klang ehrlich und zeugte von einem guten Herzen. Was war bloß geschehen, dass er damals abgehauen und niemals zurückgekehrt war?

Ich drehte das Foto um. Jemand – vermutlich Eva – hatte mit Bleistift einen Namen und ein Datum auf das Papier geschrieben.

Peter Salbach. Juni 1968

Jetzt hatte ich zumindest einen Nachnamen. Damit ließe sich doch bestimmt etwas anfangen. Ich schaute auf die Uhr. Hier war es früher Nachmittag, dann war es in Boston früh am Morgen. Vielleicht hatte ich Glück und konnte Johanna erreichen, bevor sie zur Uni fuhr.

Meine Tochter ging gleich nach dem ersten Freizeichen ans Handy.

„Mama! Wir hatten doch erst gestern gesprochen, ist alles gut bei dir?“

„Guten Morgen! Ja, alles gut. Obwohl ... ich muss dir unbedingt etwas erzählen.“

Ich berichtete ihr von dem Brief in der Flaschenpost, von meinem Besuch bei Eva und was er bewirkt hatte. Und schließlich auch von meinem unseligen Versprechen. Als ich geendet hatte, blieb es einen Moment lang still in der Leitung.

„Wow“, sagte meine Tochter. „Das klingt ja wie im Film. Was wirst du jetzt tun?“

„Ich weiß es nicht, Johanna. Ich habe das Gefühl, dass ich es einfach versuchen muss. Du hättest den Ausdruck in ihren Augen sehen sollen, als sie mir dieses Versprechen abnahm. Ich kann das einfach nicht vergessen.“

Sie seufzte. „Verstehe. Kann ich dir irgendwie helfen?“

Auf diese Frage hatte ich gehofft. „Vielleicht könntest du etwas im Internet für mich recherchieren? Darin bist du doch viel besser als ich. Dieser Peter soll vor vielen

Jahren in die USA gegangen sein. Heute lässt sich doch so gut wie jeder irgendwie im Netz finden, oder?“

Meine Tochter gab ein kurzes Lachen von sich. „Naja, nicht jeder. Wer nicht gefunden werden will, wird keine Spur hinterlassen. Aber ich kann es auf jeden Fall versuchen.“

„Du bist ein Schatz!“

„Ich weiß ...“

Wir kicherten beide, doch dann wurde Johanna wieder ernst.

„Du weißt aber schon, dass dieser Peter seit Jahren verheiratet sein könnte und vielleicht sieben Kinder und 24 Enkel hat? Oder er könnte gestorben sein oder mit Alzheimer in irgendeinem Seniorenheim sitzen.“

„Natürlich, Johanna. Wahrscheinlich wird es sogar so sein, aber dann kann ich es auch nicht ändern und habe zumindest mein Versprechen gehalten.“

„Okay. Wie heißt der Typ nochmal, Peter Salbach?“

Johanna notierte sich den Namen und wir verabschiedeten uns. Anschließend machte ich ein Foto von Peters Bild, das immer noch vor mir lag, und schickte es ihr per Whatsapp. Es hatte gutgetan, mit meiner vernünftigen und pragmatischen Tochter über alles zu reden. Vermutlich hatte sie recht. Peter hatte eine Familie in den USA und Eva längst vergessen. Jetzt musste sich Eva nur von ihrem Herzanfall erholen, dann würde alles gut. Ich bestellte einen Cappuccino und lehnte mich zurück.

Zwei Stunden später kehrte ich bepackt mit zwei Einkaufstüten zu meinem Auto zurück. Ich hatte mir ein Sommerkleid, Sandalen, Ohrringe aus Majorica-Perlen und einen großen Sonnenhut gekauft. Als ich den Autoschlüssel in meiner Tasche suchte, zog ich einen anderen Schlüssel heraus. Evas Haustürschlüssel.

Mist, den hatte ich ganz vergessen. Bestimmt würde ihr Sohn ihn brauchen, schließlich würde er doch heute garantiert im Haus seiner Mutter übernachten wollen. Ob er wohl schon gelandet war? Ich beschloss, es nochmal bei ihm zu versuchen. Sollte er im Flugzeug sitzen, hätte er sein Handy ja ausgestellt.

Diesmal meldete er sich nur mit ‚Hallo?!'. Seine Stimme klang mehr als angespannt.

„Hallo Philipp. Hier ist nochmal Kristin."

„Haben Sie etwas von meiner Mutter gehört?"

„Nein, leider nicht. Ich rufe nur an, weil ich auch noch den Haustürschlüssel Ihrer Mutter habe. Sind Sie schon auf Mallorca?"

Philipp klang etwas erleichtert, als er antwortete.

„Ich hatte Glück und habe noch einen Platz in der nächsten Maschine nach Palma bekommen. Bin gerade gelandet."

Im Hintergrund hörte ich die typischen Flughafengeräusche. Offenbar befand sich Philipp schon im Ankunftsbereich.

„Soll ich Sie abholen und ins Krankenhaus fahren? Ich bin gerade noch in Palma und könnte schnell dort sein."

Philipp schien kurz zu überlegen.

„Das ist sehr nett von Ihnen, Kristin. Aber ich habe mir schon einen Mietwagen bestellt. Wenn es Ihnen nichts ausmacht, könnten wir uns gleich vor dem Krankenhaus treffen. Dann können Sie mir den Schlüssel geben. Wäre das okay für Sie?"

„Natürlich. Ich fahre gleich hin und werde dort auf Sie warten."

Ein paar Minuten später stand ich erneut vor dem Eingangsbereich des Krankenhauses. Rastlos lief ich auf und ab und beobachtete dabei die Leute, die sich dem Eingang näherten. Ich kannte Philipp gar nicht, womöglich lief er an mir vorbei. Andererseits müsste ihm eine blonde Frau, die hektisch nach irgendetwas Ausschau hielt, doch verdächtig vorkommen. Zehn Minuten später eilte ein schlanker, großer Mann mit zügigen Schritten auf das Krankenhaus zu. Als er näherkam, erkannte ich ihn als den Mann auf dem Foto in Evas Haus – obwohl er inzwischen ein paar Jährchen älter war. Ich ging auf ihn zu.

„Philipp?"

Er blieb stehen und für einen Wimpernschlag erhellte ein kleines Lächeln seine Miene. Doch schon eine Sekunde später wurde sie wieder ernst, eine steile Falte bildete sich zwischen seinen Augenbrauen. Er wirkte müde und in seinem Blick erkannte ich etwas, das mir nur allzu vertraut war: Angst.

„Sie müssen Kristin sein. Entschuldigung, ich hatte Sie mir ganz anders vorgestellt."

Unter anderen Umständen hätte ich eine scherzhafte Antwort gegeben. So aber nahm ich seine Hand, die er mir entgegengestreckt hatte, in beide Hände und drückte sie.

„Ihre Mutter wird es schaffen. Sie muss es einfach. Gehen Sie am besten schnell zu ihr."

Er nickte. „Danke, dass Sie sich gekümmert haben."

Ich winkte ab. „Das ist doch wohl klar." Dann übergab ich ihm Evas Handy und den Haustürschlüssel sowie einen kleinen Zettel, den ich zuvor geschrieben hatte. „Da ist meine Handynummer drauf. Würden Sie mich später anrufen und mir sagen, wie es ihr geht?"

Ich blickte zu ihm auf. Seine Augen schimmerten in einem silbrigen Grau. Wie herbstlicher Nebel mit einem Schuss Sonnenlicht. Ich hatte mal gelesen, dass die alten Griechen Weisheit mit hellen, grauen Augen verbanden. Plötzlich fühlte ich mich befangen. Ich konnte weder den Blick von ihm wenden, noch wusste ich, was ich sagen sollte. Erst nach einem Augenblick, der mir unendlich vorkam, gelang es mir, mich loszureißen. Abrupt starrte ich auf den Boden und wagte es dann nur zögernd, ihm wieder ins Gesicht zu schauen. Ob er etwas gemerkt hatte?

Er lächelte mich warmherzig an und nickte.

„Ich rufe Sie später an. Aber nun muss ich gehen."

Was für ein verrückter Tag! Diesmal konnte mich der prachtvolle Ausblick von meinem Apartment auf die Bucht nicht aus dem Gedankenkarussell befreien, das sich immer schneller drehte und in dem eine todkranke Eva, ihr besorgter Sohn und ein verschwundener Zirkusmann die Hauptrollen spielten. Es dämmert schon, als endlich das Telefon klingelte und eine unbekannte Nummer anzeigte.

„Hallo Kristin. Hier ist Philipp."

„Wie geht es Ihrer Mutter?"

Ich hatte mich innerhalb der letzten Stunde total verrückt gemacht und schon das Allerschlimmste befürchtet. Nun hoffte ich verzweifelt, dass Philipp gute Nachrichten verkündete. Er seufzte leicht und am Ton seiner Stimme erkannte ich schon, dass es wohl nicht so kommen würde.

„Leider geht es ihr nicht gut", sagte Philipp leise.

Mein Magen krampfte sich zusammen.

„Die Ärzte haben mich nur ganz kurz zu ihr gelassen. Sie hat mich erkannt und sich gefreut, mich zu sehen, aber wir konnten kaum miteinander reden. Sie hatten ihr wohl auch etwas zur Beruhigung gegeben. Jedenfalls schlief meine Mutter immer wieder ein. Und sie ..."

Ich hörte, wie er tief Luft holte und sich offenbar anstrengen musste, weiterzusprechen. Also ließ ich ihm Zeit und sagte erstmal nichts.

„Sie sah einfach unfassbar blass und erschöpft aus. Es war schrecklich.“

Wieder schwieg er einen Moment. „Später habe ich noch mit einem Arzt gesprochen. Er hat mir erklärt, dass meine Mutter einen Herzinfarkt hatte. Wahrscheinlich muss sie operiert werden – am besten zu Hause in Deutschland. Aber momentan ist sie nicht transportfähig. Sie muss sich jetzt erstmal erholen. Oh Gott, ich hoffe, sie kommt wieder in Ordnung.“

Ich spürte, dass Philipp mit den Tränen rang und mir ging es fast ebenso, obwohl ich seine Mutter doch erst heute kennengelernt hatte.

„Es tut mir so leid, Philipp. Aber Sie dürfen jetzt nicht verzweifeln. Ich kenne Ihre Mutter nicht so gut, aber ich glaube, sie ist eine Kämpferin. Sie wird es schaffen, bestimmt.“

Ich wusste, dass ich völligen Quatsch redete. Ich kannte Eva nicht und täglich starben Tausende von Menschen an einem Herzinfarkt. Wie kam ich dazu, Philipp Hoffnungen zu machen, wo vielleicht gar keine waren? Doch andererseits – ging es im Leben nicht immer nur darum – die Hoffnung nicht zu verlieren?

„Ich hoffe, dass Sie recht behalten, Kristin.“

Seine Stimme, die ich schon bei unserem ersten Telefonat so gemocht hatte, klang abgrundtief traurig.

Am liebsten hätte ich ihn in diesem Moment in den Arm genommen und getröstet.

„Sind Sie noch im Krankenhaus?“

„Nein, ich bin gerade in unserem Haus in Port de Sóller angekommen. Wo wohnen Sie eigentlich?“

„Ebenfalls in Port de Sóller. Ich habe hier ein kleines Apartment gemietet. Zwei Wochen Urlaub, bevor es wieder nach Deutschland geht.“

„Verstehe.“ Er hielt kurz inne, bevor er weitersprach.

„Hätten Sie vielleicht Lust, heute mit mir zu Abend zu essen? Ich drehe durch, wenn ich hier allein sitze und jede Minute an meine Mutter denke. Außerdem würde ich Sie gerne einladen und mich so zumindest ein bisschen dafür bedanken, dass Sie heute so klug gehandelt und sofort den Rettungswagen gerufen haben.“

Ich zögerte. Philipp wusste immer noch nicht, warum seine Mutter sich so aufgeregt hatte, dass sie einen Herzinfarkt bekommen hatte. Und am liebsten wäre mir, wenn er das auch niemals erfahren würde. Doch ich musste mir auch etwas anderes eingestehen. Ich wollte ihn gerne wiedersehen. Ohne weiter zu überlegen, hörte ich mich selbst sagen: „Gerne. Wo wollen wir uns treffen?“

Kapitel 4

Port de Sóller, 19. September 2018

Philipp hatte ein Restaurant direkt am Hafen vorgeschlagen. Ich ließ mein Auto stehen und ging zu Fuß zu unserem Treffpunkt. Die Sonne würde bald untergehen, aber noch tauchte sie die Bucht in ein orangefarbenes Licht. Die Bars und Lokale am Meer waren fast ausgebucht. Überall saßen Paare und Freundescliquen und ließen es sich gutgehen. Der Duft nach Knoblauch, Zitrone und gebratenem Fisch mischte sich mit dem salzigen Geruch des Meeres. Ich hatte unseren Treffpunkt erreicht und sah mich um, ob ich Philipp irgendwo entdecken konnte. Da spürte ich eine warme Hand an meinem Rücken und drehte mich um.

„Kristin, schön, dass Sie gekommen sind. Ich bin so froh, dass ich diesen Abend nicht allein verbringen muss."

Philipp hatte sich umgezogen. Er trug Jeans und ein weißes Hemd und ich konnte nicht umhin, mir einzugestehen, dass er verdammt attraktiv aussah.

„Mir geht es genauso. Ich habe mich über Ihre Einladung gefreut."

„Wirklich? Ich hatte schon Sorgen, dass Sie den Abend aus Mitleid für mich opfern.“ Er lächelte und wies mit der Hand in Richtung eines freien Tisches mit Blick aufs Meer. „Dann nehmen Sie doch bitte Platz. Das da ist unser Tisch, ich hatte vorsichtshalber reserviert.“

Wir setzten uns und ich spürte eine merkwürdige Nervosität in mir aufsteigen. Idiotisch. Ich kannte diesen Mann doch gar nicht. Wahrscheinlich hatte er Frau und Kinder in Deutschland und mich aus reiner Höflichkeit eingeladen. Und ich war schließlich auch nicht darauf aus, mir einen neuen Mann anzulachen. Wieso war ich bloß so aufgeregt?

„Einen Aperitif?“

Philipp sah mich fragend an und winkte gleichzeitig in Richtung eines Kellners.

Ich zuckte unschlüssig die Achseln, was Philipp wohl als Zustimmung wertete.

„Ich würde ein Glas Cava vorschlagen. Einverstanden?“

Als ich nickte, bestellte er die Drinks und wandte sich dann gleich wieder mir zu.

„Waren Sie hier schon einmal essen?“

Als ich verneinte, seufzte er leise. „Dann sollten Sie den Fisch des Tages probieren. Der ist immer fantastisch.“

„Na gut, überredet“, antwortete ich und schob die Speisekarte beiseite. Ich saß nicht so furchtbar gerne alleine beim Abendessen im Restaurant, deswegen hatte ich mir bisher immer selbst eine Kleinigkeit zu essen gemacht und die Abende auf meiner Terrasse verbracht. Während Philipp für uns beide den Fisch bestellte, einen Salat als Vorspeise und eine Flasche Weißwein dazu, nutzte ich die Gelegenheit, ihn näher zu betrachten. Ich schätzte ihn auf Mitte vierzig, vielleicht ein oder zwei Jahre älter, als ich es war. Die Grübchen in seinem leicht gebräunten Gesicht verliehen ihm einen jungenhaften Ausdruck, den er bestimmt noch als Oldie behalten würde. Im Gegensatz zu vielen Männern in seinem Alter besaß er sogar noch volles Haar. Kein Zweifel, Evas Sohn war der Typ Mann, dem die Frauen garantiert zu Füßen lagen. Meine Aufregung legte sich etwas. Mich hatte er zweifellos schon als Typ Mauerblümchen einsortiert. Ich sollte mich also besser entspannen.

„Wie kommt es, dass so eine schöne Frau wie Sie allein auf Mallorca unterwegs ist?“

Erschrocken fuhr ich aus meinen Betrachtungen hoch.

„Wie bitte?“

Er sah mich erstaunt an. „Entschuldigung. Offenbar liege ich falsch, aber ich dachte, Sie wären allein hier im Urlaub.“

„Oh, aber das stimmt auch.“ Ich schluckte, am besten gleich heraus mit der Wahrheit. „Mein Mann ist vor eineinhalb Jahren gestorben und ... Nun, deswegen bin ich alleine hier.“

Philipp stand die Betroffenheit ins Gesicht geschrieben. „Das tut mir sehr leid, Kristin. Es muss schrecklich für Sie sein."

„So langsam arbeite ich mich zurück ins Leben. Aber als damals der Anruf kam, dass sie ihn tot gefunden haben, stand die Welt für mich still."

Ich merkte, dass mir der Schweiß ausbrach – wie fast jedes Mal, wenn ich jemandem von Jans Tod erzählte. Eine Zeitlang hatte ich mich geweigert, überhaupt über jenen Vorfall zu sprechen. Ich hatte es auch schon lange nicht mehr getan. Doch anstatt nun schnell das Thema zu wechseln, verspürte ich den Drang, Philipp alles zu erzählen. Vielleicht war es seine ruhige, mitfühlende Art. Ich konnte es nicht genau benennen, aber als ich ihm nun von Jans Bergtour in den Schweizer Alpen berichtete, blieben die üblichen Stressanzeichen aus: das Herzrasen, der leichte Schwindel. Das Schwitzen ließ nach. Und zum ersten Mal in meinem Leben konnte ich jemandem Jans letzte Reise schildern, ohne völlig aus der Fassung zu geraten.

„Mein Mann war ein Extremsportler. Er liebte Marathons und Triathlons, das Tauchen und Bergsteigen. Im Frühjahr vergangenen Jahres fuhr er alleine zum Klettern in die Schweizer Berge. Die Leute im Hotel hatten ihn am Morgen noch gewarnt, er solle lieber im Tal bleiben. Es sei eine Schlechtwetterfront gemeldet. Doch Jan ignorierte ihre Warnung und machte sich trotzdem auf den Weg. Er kam nie zurück.

Als sie ihn schließlich fanden, musste er schon seit Stunden tot gewesen sein."

Philipp hatte mir schweigend zugehört. Jetzt griff er über den Tisch, nahm meine Hand und drückte sie sanft.

„Danke, dass Sie es mir erzählt haben. Ich kann mir vorstellen, wie schwer das ist – so etwas immer wieder zu erzählen."

Ich wollte ihm gerade sagen, dass es mir heute schon leichter gefallen war, aber da wurde der Cava serviert und jetzt war ich doch ganz froh über die Unterbrechung. Schnell griff ich zu meinem Glas.

„Lassen Sie uns nicht mehr davon reden. Nicht heute Abend. Kommen Sie, wir trinken auf Ihre Mutter. Dass sie schnell wieder gesund wird!"

Philipp sah mich mit einem unergründlichen Ausdruck in seinen silbergrauen Augen an und mein ganzer Magen begann zu kribbeln.

„Auf meine Mutter!", entgegnete er. Unsere Gläser gaben ein leises Klirren von sich, als wir anstießen und ich stürzte den eisgekühlten Cava hinunter, als hätte ich drei Tage nichts zu trinken bekommen. Philipp schmunzelte in sich hinein.

Ich mochte ihn. Eigentlich hatte ich das schon bei unserem ersten Treffen in Palma gewusst. Aber jetzt ließ es sich unter keinen Umständen mehr abstreiten.

„Woher kennen Sie meine Mutter eigentlich?"

Auweia, diese Frage musste ja kommen. Plötzlich schlug mir das Herz bis zum Halse. Sollte ich ihm wirklich jetzt schon verraten, was am Morgen alles passiert war?

„Äh ... Ich kenne sie durch Herrn Böttcher."

„Hermann Böttcher? Ach ja, den kenne ich auch. Noch so jemand, der dem kalten Deutschland entflohen ist und lieber auf Mallorca lebt."

Ich nahm die Gelegenheit wahr, schnell das Thema zu wechseln.

„Ein Glück, dass ich Sie so schnell erreicht habe. Hat Ihre Mutter eigentlich noch mehr Familie?"

Sollte Philipp der rasche Themenwechsel verwundert haben, so ließ er sich das zumindest nicht anmerken.

„Oh ja, das hat sie. Es gibt noch meine Schwester Miriam, ihren Mann Christian und ihre beiden Kinder, Sophie und Alexander. Die leben genau wie ich alle in Frankfurt. Mein Vater ist vor drei Jahren leider gestorben. Seitdem wohnt meine Mutter beinahe ganzjährig auf Mallorca."

Seltsam. Er hat nichts davon erwähnt, dass er eine Frau und Kinder hat.

„Das tut mir leid mit Ihrem Vater. Haben Sie denn schon mit Ihrer Schwester gesprochen?"

„Natürlich. Gleich nachdem Sie mich heute Morgen angerufen haben. Sie ist ziemlich besorgt. Aber es ist nicht so leicht für sie, schnell mal herzufliegen. Sie sitzt mit in der Geschäftsleitung der Firma meiner Eltern und die Kinder müssen ja auch zur Schule. Wie das eben so ist."

„Und Sie? Arbeiten Sie auch in der Firma Ihrer Eltern?"

Was immer das für eine Firma sein sollte.

Er lachte. „Nein, zum Glück nicht. Obwohl das der große Wunsch meines Vaters war. Er selbst hatte in die Maschinenbaufirma meiner Großeltern eingeheiratet und sogar den Namen meiner Mutter angenommen. Für ihn stand eigentlich immer fest, dass ich die Tradition einmal fortführen würde."

„Und Sie wollten das nicht?"

Er schüttelte den Kopf und lächelte versonnen.

„Ich war schon immer ein Bücherwurm. Als Junge wollte ich Schriftsteller werden ..."

Das gab's doch nicht. Vor Aufregung begannen meine Fingerspitzen zu kribbeln. Auch ich hatte als kleines Mädchen davon geträumt, später einmal Bücher zu schreiben.

„Und? Sind Sie's geworden?", fragte ich mit angehaltenem Atem.

„Nein." Er blinzelte mir zu und nahm einen Schluck Cava. „Ich habe Germanistik studiert und bin heute selbst Professor für Germanistik an der Uni in Frankfurt. Und dass ich das geworden bin, habe ich allein meiner Mutter zu verdanken. Sie hat sich bei meinem Vater für mich eingesetzt, gekämpft wie eine Löwin, dass ich das studieren durfte, was ich wollte."

Seine Miene verdüsterte sich und ich wusste, was er dachte: Wird sie es schaffen? Wird sie auch für sich selbst wie eine Löwin kämpfen?

Ich musste ihn auf andere Gedanken bringen.

„Ich habe auch mal Germanistik studiert."

Überrascht hob er die Augenbrauen. Die Grübchen verstärkten sich, als sein ganzes Gesicht zu strahlen begann.

„Tatsächlich? Was für ein Zufall! Erzählen Sie, wo haben Sie studiert und was machen Sie heute?"

Das musste ja kommen. Und diesmal würde ich wohl nicht so elegant das Thema umschiffen können. Stattdessen würde er gleich erfahren, dass ich rein gar nichts aus meinem Leben gemacht hatte.

„Ich habe in Münster studiert – dort habe ich auch Jan kennengelernt, der mitten im Medizinstudium war. Tja, ich hatte mich unsterblich in ihn verliebt und schwebte auf Wolke sieben. Etwa Mitte des dritten Semesters stellte ich fest, dass ich schwanger war. Eigentlich völlig unpassend in unserer damaligen Situation, aber wir freuten uns trotzdem beide wie verrückt auf das Baby. Jan versprach mir, dass ich mein Studium später zu Ende bringen könnte und wir heirateten. Johanna wurde geboren und ich hatte alle Hände voll damit zu tun, das Kind zu versorgen und Jan den Rücken freizuhalten. Er hatte gerade eine Stelle als Assistenzarzt in einem Hamburger Krankenhaus angetreten und wie waren zusammen nach Hamburg gezogen."

Ich hielt kurz inne, schnappte nach Luft und redete dann schnell weiter, um es hinter mich zu bringen.

„Lange Rede, kurzer Sinn, es kam nie dazu, dass ich das Studium beenden konnte. Jan hat ständig gearbeitet und hatte nie Zeit, sich um Johanna zu kümmern. Andererseits wollte er auch nicht, dass sie in eine Kita oder zu einer Tagesmutter ging. Als Johanna dann in den Kindergarten kam, übernahm Jan eine Orthopädiepraxis und meinte, dass Germanistik doch eher eine brotlose Kunst sei und ich ihm besser als Arzthelferin in der Praxis helfen könnte."

Ich zuckte resigniert die Achseln. „Da habe ich meinen Traum vom Germanistik-Studium endgültig aufgegeben."

Während ich sprach, hatte mich Philipp nicht eine Sekunde aus den Augen gelassen. Nun schüttelte er bedauernd den Kopf.

„Das tut mir leid, Kristin. Arbeiten Sie denn jetzt immer noch als Arzthelferin?"

„Nein. Als Jan starb, hat ein Kollege seine Praxis übernommen und ich habe sofort dort aufgehört. Ich ..." Ich brauchte eine Minute, um weitersprechen zu können.

„Ich war völlig fertig und brauchte einige Zeit, um zumindest etwas darüber hinwegzukommen. Aber vor kurzem habe ich mich um eine Stelle in einem

Buchladen beworben und sie auch bekommen. Nach dem Urlaub fange ich an.“

Ich freute mich so über diese Chance, dass ich nicht anders konnte, als zu strahlen.

Das Essen wurde serviert. Inzwischen war die Sonne längst untergegangen und am Himmel funkelten die ersten Sterne. Der Fisch schmeckte fantastisch und der Wein, den Philipp bestellt hatte, passte perfekt dazu. Wir genossen das Essen und auch wenn wir schwiegen, war dieses Schweigen nicht eine Sekunde lang unangenehm. Hin und wieder schenkten wir uns ein Lächeln und ich fühlte mich in Philipps Gegenwart so wohl wie schon lange nicht mehr.

„Sie haben also eine Tochter, die Johanna heißt. Lebt sie bei Ihnen?“

„Sie studiert gerade in Boston. Aber wir haben einen guten Draht zueinander. Sie ist wirklich ein tolles Mädchen.“ Ich spürte, dass ich errötete. „Sorry, das sagt wahrscheinlich jede Mutter von ihrem Kind. Aber ich konnte gerade nicht anders.“

Philipp warf den Kopf zurück und lachte leise. „Wenn sie ihrer Mutter nur ein kleines bisschen ähnlich ist, dann muss sie ein sehr tolles Mädchen sein.“

Jetzt wurde mir erst richtig heiß. Verlegen starrte ich auf meinen Teller. Flirtete dieser Philipp etwa gerade mit mir? So etwas hatte ich doch längst verlernt. Und ich hatte nicht erwartet, dass mir das nochmal passierte. Ich schaute auf und sah, dass Philipp mich noch immer vergnügt musterte. Offenbar wusste er genau, wie verwirrt ich mich gerade fühlte. Ich beschloss, lieber mal nicht auf seinen letzten Satz einzugehen und ihn dafür noch ein wenig auszufragen.

„Und Sie? Haben Sie auch Kinder?“

„Nein.“ Er schüttelte den Kopf und der Glanz aus seinen Augen verschwand für einen Moment. „Ich hätte furchtbar gerne welche gehabt, aber meine Frau - Ellen - wollte keine. Die Ironie an der Geschichte ist, dass sie – kaum dass sie mich für einen anderen verlassen hatte – schwanger wurde und nun ein Kind mit ihm zusammen hat.“

„Mein Gott!“ Ich lehnte mich zurück und sah ihn entgeistert an. „Das tut mir leid ...“

„Ach was.“ Er winkte ab. „Dafür habe ich einen Neffen und eine Nichte, beides prächtige Kinder, und überhaupt bin ich auf der Uni ja ständig von jungen Leuten umgeben. Kommen Sie, wir hören jetzt auf damit, uns gegenseitig leid zu tun und richten den Blick auf die Zukunft. Einverstanden?“

Dann hob er das Glas und prostete mir zu. „Auf die Zukunft!“, sagte er, als unsere Weingläser sich trafen.

„Auf die Zukunft“, wiederholte ich leise.

Die Zeit verging, doch wir wurden beide nicht müde, uns zu unterhalten. Wir waren inzwischen längst beim Du angelangt und redeten mit viel Leidenschaft über Bücher und Schriftsteller, über Filme, die wir gesehen und Länder, die wir bereist hatten. Und natürlich über die Träume, die wir uns noch erfüllen wollten. Manchmal hatte ich das Gefühl, Philipp schon viel länger zu kennen als nur ein paar Stunden. Es war fast Mitternacht und ich hatte schon vergessen, dass ich nur deshalb hier mit ihm saß, weil ich seine Mutter am Morgen in den Herzinfarkt getrieben hatte, als Philipp noch einmal auf Eva zu sprechen kam.

„Sag mal Kristin, wir waren irgendwie vom Thema abgekommen, aber warum hattest du meine Mutter eigentlich besucht? Du kanntest sie doch vorher gar nicht, oder? Jedenfalls hat sie mir nie von dir erzählt, und wir telefonieren fast täglich miteinander."

Ich saß da wie erstarrt. Was sollte ich ihm antworten? Eine Lüge kam nicht in Frage. Ich war nicht der Typ dafür und außerdem würde er die Wahrheit sowieso erfahren, sobald er mit Eva reden konnte. Also holte ich tief Luft und erzählte ihm alles – von meinem Fund im Meer, dem Brief in der Flaschenpost und dem Versprechen, das ich seiner Mutter gegeben hatte. Während er mir schweigend zuhörte, wich alle Farbe aus seinem Gesicht. Längst hatte er aufgehört, zu lächeln und der Glanz aus seinen Augen war verschwunden. Ich zwang mich dazu, trotzdem weiterzusprechen. Nun, da ich angefangen hatte, alles zu erzählen, sollte er auch die ganze Wahrheit erfahren. Als ich schließlich geendet hatte, blieb es einen Moment still an unserem Tisch. Nur, dass dieses

Schweigen nun nicht mehr angenehm war. Ich wagte kaum zu atmen oder ihn anzusehen.

„Das ist nicht dein Ernst.“ Seine Stimme klang eisig.

Mein Herz krampfte sich zusammen. Trotz der warmen Nacht fror ich plötzlich.

„Du willst mir also sagen, dass meine Mutter wegen solch eines bescheuerten Briefes, den du angeschleppt hast, einen Herzinfarkt bekommen hat und nun vielleicht stirbt?“

Ich bekam keine Luft mehr. Warum musste das hier so enden? Ich hatte keine Ahnung, was ich Philipp antworten sollte, ich wusste nur: Ich musste hier weg.

„Es ... es tut mir leid“, stammelte ich. Dann sprang ich von meinem Stuhl auf, griff meine Handtasche und lief aus dem Lokal, ohne mich noch einmal umzusehen.

Kapitel 5

Spanien, Juni 1968

Er hatte die nächste Fähre genommen, die Mallorca verließ, und die hatte ihn nach Valencia gebracht. Auf der Überfahrt hatte Peter darüber nachgedacht, was er mit seinem Leben anfangen sollte. Er kannte nur das Waisenhaus und den Zirkus, der ihn aufgenommen hatte, als er aus dem Heim abgehauen war. Alles, was er besaß, trug er in einer kleinen Reisetasche mit sich. Das wenige Geld, das ihm nach der Fährpassage geblieben war, befand sich in einem Halsbeutel unter seinem Hemd.

Sollte er zurück nach Deutschland gehen? Eigentlich zog ihn nichts in sein Heimatland, in dem er keine Familie hatte. Niemanden, der ihn vermisste.

Ich könnte gleich hier im Hafen nach Arbeit fragen, überlegte Peter. Er war handwerklich geschickt. Im Zirkus hatte er überall mit anpacken müssen. Auf diese Weise hatte er vieles gelernt, das ihm auf seinem weiteren Weg nützlich sein würde. Er sah sich auf dem Hafengelände um. Fähren und Fischtrawler lagen am Kai vertäut. Arbeiter rannten geschäftig hin und her. Möwen kreischten. Es roch nach Öl und Tang, nach Abgasen und Meer.

Er sehnte sich nach dem Geruch von Sägespänen. Jetzt schon. Ob Charlie seinen Elefanten genug zu fressen gegeben hatte? Die Tiere würden ihn vermissen. Er verspürte einen schmerzhaften Stich in der Brust, als er an Maisie, Robin und Ardo dachte – seine Dickhäuter. Am liebsten wäre er umgekehrt und gleich mit der nächsten Fähre wieder zurückgefahren – zu seinem Zirkus.

Der Hafen war nichts für ihn. Das war ihm jetzt schon klar. Er warf sich die Reisetasche über die Schulter und ging Richtung Ausgang. Valencia. Was sollte er hier? Während er missmutig durch die Straßen trottete, fehlte ihm jeder Blick für die Schönheit der spanischen Hafenstadt. In einer kleinen Bar bestellte er ein Bier und stierte resigniert vor sich hin.

„Wollen Sie auch was zu essen?", fragte die Wirtin auf Spanisch.

Peter hatte durch den Zirkus, in dem Menschen aus aller Herren Länder arbeiteten, einige Sprachen gelernt – zumindest das Nötigste. Er bestellte ein Sandwich und dachte darüber nach, dass sein Geld nicht lange reichen würde. Er brauchte eine Arbeit, die ihm zumindest ein Auskommen bescherte. Sein Blick fiel auf ein kleines Plakat, das halb abgerissen an der Wand hing. Ein Zirkusplakat.

„Oh, hab' ich doch glatt vergessen, es abzunehmen", murmelte die Wirtin, die seinem Blick gefolgt war, als sie ihm die Bestellung brachte. Mit einem Ruck riss sie das Plakat von der Wand und zerknüllte es.

„Nein, warten Sie. Darf ich das haben?"

Plötzlich war Peter wieder hellwach.

„Natürlich." Die Wirtin klang verwundert. Sie legte ihm das verknitterte Plakat auf den Tisch und zog die Augenbrauen hoch. „Der Zirkus ist aber schon weitergereist."

„Wissen Sie wohin?"

Sie schüttelte den Kopf. „Tut mir leid, keine Ahnung. Sie sind gestern weg, da bin ich mir sicher."

Nachdem er sich gestärkt hatte, machte sich Peter auf den Weg zum Zirkusplatz. Die Wirtin hatte ihn gut beschrieben und auch wenn die Zelte längst abgebaut waren, erkannte er sofort, dass hier noch vor kurzem ein Zirkus gastiert hatte. Platt getretenes Gras und die Abdrücke des Zeltes und der Wohnwagen sprachen ihre eigene Sprache. Ein paar Teenager lungerten auf einer Parkbank herum und betrachteten ihn misstrauisch.

„Wisst ihr, wohin die Zirkusleute gezogen sind?"

Einer der Jungen warf ihm einen verächtlichen Blick zu.

„Die sind weg, Mann."

Peter atmete tief durch. Intelligenz war eben nicht jedem gegeben. Er bemühte sich, weiter freundlich zu klingen.

„Tja, das sehe ich. Aber vielleicht habt ihr gehört, wohin sie gegangen sind."

Der Junge wendete den Blick ab, zog an seiner Zigarette und schwieg. Die anderen ignorierten ihn völlig. Peter musterte das einzige Mädchen in der

Gruppe. Sie hatte langes, lockiges Haar und wäre als Schönheit durchgegangen, wenn sie sich nicht so fürchterlich angemalt hätte. Offenbar fühlte sie sich unwohl unter seinem Blick. Mit einem Seufzer zuckte sie schließlich die Achseln.

„Sie sind nach Alicante gefahren. Hab‘ ich jedenfalls gehört.“

Peter lächelte sie an. „Alicante? Ist das weit von hier?“

„Schätze so 200 Kilometer“, antwortete sie.

Der Junge neben ihr schlug sich die Hand vors Gesicht.

„Elena, bist du blöd? Es sind höchstens 150.“

Peter winkte ab. „Ist ja auch egal. Besten Dank jedenfalls.“

In Gedanken überschlug er, was eine Zugfahrt nach Alicante kosten würde. Vermutlich würde sie seine komplette Barschaft verschlingen. Keine gute Idee. Schon im Gehen wandte er sich noch einmal um. „Wo geht's zur Ausfahrtstraße nach Alicante?“

Die Jugendlichen starrten ihn stumpf an. Schließlich hob einer den Arm und wies in südliche Richtung. Peter nickte und folgte der Straße hinaus aus der Stadt.

Seit zwei Stunden stand er nun schon am Straßenrand und reckte den Daumen in die Luft. Kein einziges Auto hatte angehalten. Hinter sich hörte er ein mehrstimmiges Kichern und wandte sich um. Drei junge Frauen in blumigen Hängekleidchen und Jesuslatschen näherten sich ihm. Hippies, war sein erster Gedanke. Trampende Hippies sein zweiter.

„Hey, stehst du schon lange hier? Hat keiner angehalten?“, rief die Brünette zu ihm hinüber. Er schüttelte den Kopf. „Scheint kein guter Platz zu sein.“

Die Mädchen lachten schon wieder. Sie waren Engländerinnen und bereits länger gemeinsam auf der Reise, erzählten sie ihm.

„Welcher Musiktyp bist du?“, fragte die Blonde, sie hieß Suzie. „Beatles oder Rolling Stones?“

Peter war überhaupt kein Musiktyp. Er mochte es, wenn die Vögel morgens zwitscherten und ihn weckten. Wenn die Elefanten trompeteten und die Pferde wieherten. Aber das brauchten die Mädchen nicht zu wissen.

„Rolling Stones“, sagte er und zwinkerte ihnen zu.

„Hey, du bist in Ordnung. Ich hatte schon Schiss, dass du Beatles sagst. Wir sind nämlich Revoluzzers. Wir lieben die Stones, The Doors und Jimi Hendrix. Weißt du was? Wir werden dir jetzt mal helfen, hier wegzukommen.“

Breit grinsend bedeuteten die drei ihm, sich hinter einem Baum zu verstecken, während sie ihre Kleider ein ganzes Stück nach oben schoben und charmant lächelnd den Daumen nach oben hielten. Keine drei Minuten später hielt ein Bulli, der sie mitnehmen wollte.

„Moment! Wir haben noch einen Freund dabei!“, riefen sie und winkten Peter zu sich. Der Fahrer, ein Typ wie ein gut gefütterter Stier, ließ die Mundwinkel kurz nach unten sinken, doch dann kehrte sein Lächeln zurück.

„Da habt ihr mich wohl etwas an der Nase herumgeführt, aber was soll’s. Steigt alle ein. Wohin wollt ihr überhaupt?“

Es stellte sich heraus, dass die Engländerinnen auch nach Alicante wollten.

„Da habt ihr Glück. Das liegt auf meinem Weg, ich muss nämlich nach Elche“, verkündete der Fahrer und setzte seinen Bulli in Bewegung. „Was wollt ihr in Alicante?“, fragte er und heftete seinen Blick im Rückspiegel wollüstig auf die blonde Suzie.

„Mal sehen“, antwortete die Brünette. „Wir singen in Kneipen, um das Geld für unsere Weiterreise zu verdienen.“

„Mmh“, brummte der Spanier. „Und du?“ Er heftete seinen Blick auf Peter. „Bist du der Gitarrist?“

„Nee. Ich kann weder singen noch irgendein Instrument spielen. Ich arbeite beim Zirkus.“

„Ach!“ Suzies Augen wurden kugelrund. „Bist du etwa Artist? So jemand wollte ich schon immer mal kennenlernen.“

Peter grinste. Artisten hatten irgendwie immer einen Stein im Brett bei den Mädels. „Ich arbeite mit den Tieren. Am liebsten mit Elefanten.“

„Wow!“ Suzie starrte ihn immer noch ehrfurchtsvoll an. „Dann willst du bestimmt zu dem Zirkus, der bis vor kurzem in Valencia aufgetreten ist.“

„Genau.“ Peter nickte. „Ich hoffe, die haben dort einen Job für mich.“

Während der weiteren Fahrt quetschten die Mädchen Peter über sein Leben im Zirkus aus und erzählten von ihren Reisen quer durch Europa. Was als längerer Urlaub geplant war, hatte sich über Monate ausgedehnt. Die drei hatten einfach keine Lust mehr, nach England zurückzukehren. „Für was?“, fragte die rothaarige Barbara. „Etwa, um zu heiraten und eine Schar Kinder am Rockzipfel zu haben? Oder um in einem langweiligen Büro zu verstauben? Da lebe ich doch lieber von der Hand in den Mund, genehmige mir einen kleinen Joint am Strand und singe in spanischen Bars – Hauptsache frei und selbstbestimmt.“

„Yeah, Baby, recht hast du“, mischte sich der Bullifahrer wieder ein. „Ihr Mädchen habt das Abenteuer im Blut. Das gefällt mir.“

Peter schmunzelte in sich hinein. Die drei Engländerinnen gefielen ihm ebenfalls. Sie waren locker und unkonventionell und genossen ihr Leben in vollen Zügen. Keine schlechte Sache. Und doch konnte keine der jungen Frauen seiner Eva das Wasser reichen. Sie allein hatte sein Herz erwärmt und seine Seele berührt – so wie keine andere Frau zuvor. Und vermutlich keine nach ihr. Sobald er an Eva dachte, krampfte sich sein Herz zusammen.

„Hey, Peter, was ist los mit dir? Du guckst so komisch. Alles in Ordnung?“

Suzie griff nach seiner Hand und drückte sie.

Er riss sich zusammen. „Ja, alles okay.“

Die drei Mädchen warfen sich betretene Blicke zu.

„Du kannst mit uns reden, weißt du? Und wenn du magst, schließt du dich uns an. Gemeinsam macht das Leben doch viel mehr Spaß als alleine. Was hältst du davon?“

Suzies Augen hatten einen hoffnungsvollen Schimmer bekommen. Noch immer drückte sie Peters Hand. Er lächelte ihr zu und löste sich vorsichtig von ihr.

„Das ist wirklich nett von euch. Aber mein Leben ist der Zirkus. Ich muss einfach dorthin zurück.“

Suzie nickte ergeben. „Okay, Mr. Lonely Rider, ich verstehe. Trotzdem schade.“

Sie zwinkerte ihm zu und bald unterhielten sie sich wieder über dies und das und ehe sie sich versahen, stoppte der Bulli und der Fahrer verkündete: „Wir sind jetzt in Alicante.“

Nachdem jedes Mädchen dem Spanier fürs Mitnehmen ein Küsschen auf die Wange gehaucht und ihn damit zum Strahlen gebracht hatte, machten sie sich zu Fuß auf den Weg in die Innenstadt. Ein paar Mal nachgefragt und schon hatten sie den Zirkus erreicht.

„Circo de los animales“ stand auf einem großen Schild am Eingang.

Als Peter das rotweiß gestreifte Chapiteau sah, schlug sein Herz schneller. Neben dem offenen Vorzelt stand ein Sattelschlepper mit Löwen, Tigern und Bären. Daneben gab es mehrere Stallzelte und südländisch aussehende Wohnwagen. Es roch nach Tieren, nach Sägespänen und nach Heimat. Peter holte tief Luft.

„Haltet mir die Daumen. Und danke, dass ihr mich mitgenommen habt.“

Jede der drei Engländerinnen drückte Peter einmal fest an sich, wobei Suzie sogar ein paar Tränen die Wangen herab kullerten.

„Viel Glück und pass auf dich auf“, flüsterte sie.

Peter blinzelte ihr zu. „Danke. Und du auf dich.“

Dann drehte er sich um und ging auf das Zirkuszelt zu.

Kapitel 6

Barcelona, August 1970

Mit Schwung beförderte Peter die letzte Gabel voll Zebra-Dung auf die Schubkarre. Es war erst halb neun am Morgen, aber schon jetzt klebte ihm das Hemd am Leibe. Er ließ die Mistgabel sinken und wischte sich den Schweiß von der Stirn. Seit Tagen kratzte die Nadel des Thermometers an der 40-Grad-Marke. Die Löwen und Tiger dösten schlapp in ihren Käfigen und selbst der stets zu irgendwelchen Scherzen aufgelegte Schimpanse Malo hockte trübsinnig in der Ecke.

Peter gab frisches Wasser in den Trog der Zebras und wünschte sich zum hundertsten Mal in den vergangenen Tagen, dass die Hitze endlich nachlassen würde. Seit über einem Jahr zog er nun mit dem Circo de los Animales durch ganz Spanien. Den Job als Tierpfleger zu bekommen, war einfacher gewesen, als er gedacht hatte. Erst wenige Tage, bevor er damals mit den drei Engländerinnen in Alicante angekommen war, hatte der Cheftierpfleger aus heiterem Himmel gekündigt. Yago, der Zirkusdirektor, hatte sich Peters Geschichte mit großen Augen angehört und ihm anschließend auf die Schulter geklopft.

„Du bist engagiert, mein Junge. Erstmal auf Probe und mach hier bloß keinen Ärger, sonst fliegst du schneller wieder raus, als du Piep sagen kannst."

Aber das war nicht passiert. Der Einzige, der Peter bisweilen zur Weißglut reizte, war Colon, der Dompteur des Zirkus. In fünfter Generation, wie er nicht müde wurde zu beteuern. Für Peter war Colon einfach nur ein Dreckskerl übelster Sorte. Er kannte solche Typen aus dem Waisenhaus. Sie genossen ihre Macht über die bemitleidenswerten Seelen, die ihnen unterstellt waren und sich nicht wehren konnten. Im Waisenhaus waren es die Kinder gewesen, im Zirkus die Tiere.

Doch Peter zügelte sein Temperament, wenn er mit Colon zu tun hatte. Der Spanier ahnte, dass Peter ihn verachtete, ja, sogar hasste. Und es machte ihm Spaß, den jungen Deutschen bei vielerlei Gelegenheiten zu piesacken. Bis jetzt hatte Peter seinen Zorn jedoch sorgsam verborgen. Er wollte nicht gefeuert werden und Colon stand in der Zirkus-Hierarchie eindeutig etliche Stufen über ihm.

„Peter! Hier steckste also. Ick hab‘ dir schon überall jesucht.“

Grete war schwer atmend im offenen Zelteingang aufgetaucht. Die Artistin aus Berlin war einige Jahre älter als Peter und die einzige Landsmännin im Zirkus. Als er vor gut einem Jahr im Circo de los Animales angefangen hatte, war es Grete gewesen, die sich überall für ihn eingesetzt hatte. Ihr Mann, ein Artist wie sie, war wenige Monate zuvor mit einer jüngeren Kollegin durchgebrannt und hatte Grete allein zurückgelassen. Nachdem sie ihre Wunden geleckt und die Männer im Allgemeinen und im Besonderen in ausreichendem Maße verteufelt hatte, entdeckte sie in Peter ein neues Objekt ihrer Zuneigung. Sie hatte alle Register der Verführung gezogen und war doch gescheitert.

„Bin ick dir nicht schön jenug? Oder zu alt?“, hatte sie irgendwann mit Tränen in den Augen gefragt.

Peter hatte den Kopf geschüttelt und sie in seine Arme gezogen.

„Grete, du bist wunderschön und eine tolle Frau. Jeder Mann, der dich bekommt, kann sich glücklich schätzen ...“

„Aber ...?“, hatte sie schniefend hinzugefügt.

„Aber ich liebe eine andere“, hatte er geantwortet.

„Ach herrje. Auch das noch.“

Und während Peter ihr von Eva erzählte, flossen noch mehr Tränen bei Grete. Schließlich tupfte sie sich die Augen wieder trocken und richtete sich auf.

„Weeste wat, Peter, du bist der anständigste Mann, den ick kenne. Und deshalb darfst du in meinen Wohnwagen einziehen – auch wenn du nich bei mir liegst.“

Und so war Peter von seinem Strohlager im Pferdewagen in Gretes Wohnwagen umgezogen. Grete hoffte zwar noch immer, dass Peter seinen Liebeskummer endlich überwinden und in ihr Bett kommen würde, aber sie drängte ihn nicht. Irgendwann, so malte sie es sich aus, wäre er dazu bereit.

Als Peter an diesem Morgen aufgestanden war, um die Tiere zu füttern, hatte Grete noch tief und fest geschlafen. Er lehnte sich auf seine Forke und blickte sie an.

„Guten Morgen. Ist alles in Ordnung?“

Es kam selten vor, dass Grete in den Tierzelten auftauchte. Meistens trafen sie sich erst zur Mittagszeit zum Essen.

„Ick wollte dir nur warnen. Colon hat eine Stinklaune. Er rennt überall rum und fängt Streit mit den Leuten an. Und da du ja sein bevorzugter Schuhabtreter bist ...“

Grete ließ den Rest des Satzes in der Luft hängen. Peter grinste sie schief an.

„Danke, dass du mich so siehst, meine Schöne der Lüfte.“

Sogleich bekam Grete ein schlechtes Gewissen, was man ihr an der Nasenspitze ablesen konnte.

„Och Peter! So hab‘ ick dat doch nich gemeint.“

„Schon gut. Danke für den Tipp. Dann werde ich ihm wohl mal lieber aus dem Weg gehen, soweit das möglich ist.“

Grete nickte, erleichtert, dass Peter ihr nicht böse war.

„Bestimmt is es wegen dieser verdammten Hitze. Die macht eenen ja noch total bekloppt.“

Er zuckte die Achseln. „Kann sein. Aber bei Colon weiß man nie.“

„Bis später dann.“ Sie winkte ihm noch einmal zu und verschwand in der Zeltstadt des Zirkus.

Peter verstaute sein Arbeitszeug und machte sich auf den Weg zu seinen Lieblingen – den Elefanten.

Der Circo de los Animales besaß drei Elefantenkühe, als Peter in Alicante zum Zirkus gestoßen war: Sally, Ruby und Dickie. Alle drei waren nicht mehr die Jüngsten und schlecht gepflegt, als Peter sie zum ersten Mal sah. Inzwischen machten sie einen besseren Eindruck. Peter achtete darauf, dass sie genügend zu fressen bekamen, er feilte regelmäßig ihre Nägel, er schrubbte und duschte täglich ihre Haut. Tatsächlich verbrachte er die meiste Zeit des Tages mit der Pflege seiner Elefanten.

Erst vor ein paar Wochen hatte der Zirkus einen vierten Elefanten bekommen: Mala war mit Abstand die Jüngste im Bunde. Als Peter das Elefantenzelt betrat, waren die vier Dickhäuter noch immer damit beschäftigt, ihr Heu zu fressen. Sie sahen nur kurz auf, erkannten ihren Freund und fraßen weiter. Mala gab ein schwaches Quieken von sich – ihr Zeichen für die besondere Zuneigung, die sie fast von Anfang an zu Peter gefasst hatte.

„Sei vorsichtig mit der neuen Elefantenkuh“, hatte Yago, der Zirkusdirektor, ihn gewarnt, als sie Mala bekommen hatten. „Ich konnte sie günstig kaufen, weil der letzte Zirkus sie unbedingt loswerden wollte.

Genauso wie der Zirkus davor. Aber unser Colon wird schon mit ihr fertig werden."

Für Peter hatte sich das wie eine Drohung angehört. Und er sollte recht behalten. Colon ließ sich von seinem neuen Star in der Manege nicht auf der Nase herumtanzen. Er behandelte Mala noch strenger als die anderen Elefanten und ahndete jeden Versuch der Elefantenkuh, sich seiner Härte zu entziehen, mit roher Gewalt.

„Hallo mein schönes Mädchen", flüsterte Peter und tätschelte Mala sanft am Kopf. Die Elefantenkuh maß knapp drei Meter und trotzdem gelang es ihr, sich so leichtfüßig zu bewegen, dass sie Peter schon manches Mal überrascht hatte, wenn sie plötzlich wie aus dem Nichts hinter ihm auftauchte und mit ihrem Rüssel sein Gesicht liebkoste. Auch jetzt ließ sie ihr Futter liegen und wandte ihre Aufmerksamkeit voll und ganz ihrem Menschenfreund zu. Sie hob ihren Kopf und öffnete ihr Maul, dass es wie ein Lächeln aussah. Ihre bernsteinfarbenen Augen glänzten.

„Womit habe ich deine Liebe überhaupt verdient?"

Peter zog einen Apfel aus der Hosentasche seiner Jeans und warf ihn in Malas Maul. Wenn er in ihrer Nähe war, konnte er Raum und Zeit vergessen. Selbst Eva, an die er immer noch Tag und Nacht dachte, verlor sich dann im Nebel der Zeit. Seitdem Mala in sein Leben getreten war, verbrachte Peter mehr Stunden als zuvor bei den Elefanten. Er studierte ihr Verhalten, er erinnerte sich daran, was Charlie, der Dompteur aus seinem alten Zirkus, ihm über die größten landbewohnenden Säugetiere der Erde beigebracht hatte. Vor allem aber lernte er von Mala selbst.

Sie war in Afrika geboren worden, hatte er von Yago erfahren. Man hatte ihre Mutter abgeschossen und Mala als Baby nach Europa verkauft. Zunächst hatte sie sich gut dressieren lassen und die Menschen mit ihren glanzvollen Kunststücken begeistert. Doch irgendwann musste etwas geschehen sein, dass Mala dazu brachte, ihre Zusammenarbeit aufzukündigen. Danach hatten es die Dompteure schwer mit ihr. Malas Stern sank. Als sie beim Circo de los Animales landete, galt sie bereits als bösartig.

Als Peter Mala zum ersten Mal sah, erkannte er vor allem die Klugheit im Blick der mächtigen Elefantenkuh. Er hatte ganz ruhig vor ihr gestanden und seinen Atem fließen gelassen. Hatte beruhigende Worte geflüstert. Sich in ihrer Schönheit verloren. Mala hatte ihn ihrerseits eingehend gemustert. In den Augen unter ihren langen Wimpern erkannte Peter eine Traurigkeit, die ihn an früher erinnerte. An die Blicke der anderen Kinder im Waisenhaus. Du bist ein bisschen wie ich, dachte er. Ein Waisenkind, eine Außenseiterin in einer fremden Welt. Und auch wenn das natürlich Quatsch war, wie Peter glaubte, hatte er manchmal das Gefühl, dass Mala genau das Gleiche dachte.

Die anderen Elefanten fraßen ungerührt weiter, Mala rieb ihren Rüssel vorsichtig an Peters Schulter.

„Schön, dass es euch gutgeht. Kann ich sonst noch etwas für euch tun?“

Peter hatte aus Spaß den Tonfall eines schleimigen Kellners aus einem vornehmen Hotel imitiert. Als Antwort stieß Mala wieder ihr leises, fröhliches Quieken aus. Doch plötzlich zuckte sie zurück und verstummte. Ein Schatten fiel auf Peter, jemand war in den Zelteingang getreten und verdeckte die Sonne.

„Kann ich sonst noch was für euch tun?“ Colon wiederholte Peters Satz in süffisantem Ton. Dann spuckte er auf den Boden.

„Ja, kannst du, du kleiner Wichser. Meine Stiefel müssen noch poliert werden. Geh und mach dich an die Arbeit.“

Er schleuderte seine schmutzigen Stiefel neben Peter auf den Boden und grinste ihn selbstgefällig an. Peter roch den Alkohol in Colons Atem. Der Dompteur hatte schon wieder getrunken, dabei war es noch nicht einmal Mittagszeit.

Colons Stiefel zu putzen, gehörte ganz und gar nicht zu Peters Aufgaben im Zirkus. Das wussten beide Männer. Angriffslustig musterte Colon den Tierpfleger. Würde er gegen den ungerechtfertigten Auftrag rebellieren? Genau darauf wartete der Dompteur. Er hasste den jungen Mann aus Deutschland seit dessen Ankunft in Alicante. Viel zu oft hatte er beobachtet, dass ihm die Elefanten bedingungslos folgten, dass sie ihm ihre Kunststückchen darbrachten, allein, um ihm zu gefallen. Zudem waren Colon die Tuscheleien der anderen Zirkusleute nicht entgangen. Dass Peter vermutlich der bessere Dompteur sei, wenn man ihn nur ließe.

Ha, das wäre ja noch schöner, dass ein dahergelaufener Nichtsnutz ihm den Rang abliefe. Er würde schon dafür sorgen, dass Yago den Deutschen rausschmiss.

„Was ist jetzt? Soll ich dir Beine machen, Bürschchen?"

Colon verzog den Mund zu einem diabolischen Grinsen. Mala schnaubte aufgeregt.

„Schon gut." Peters Unterkiefer mahlte. Es fiel ihm von Mal zu Mal schwerer, sich zusammenzureißen und gelassen auf Colons offensichtliche Herausforderungen zu reagieren. Am liebsten hätte er dem Spanier ordentlich eine aufs Maul gegeben. Aber das wäre dann wahrscheinlich seine letzte Tat im Circo de los Animales gewesen. Langsam beugte sich Peter zum Boden und klaubte Colons Stiefel auf.

„Ich bringe sie Ihnen später zu Ihrem Wohnwagen, Señor."

Colon presste die Lippen aufeinander und funkelte Peter und die Elefanten wütend an. Dann drehte er sich auf dem Absatz um und verließ das Zelt.

Die Abendvorstellung war vorüber und die unerträgliche Hitze einer lauen Sommernacht gewichen. Die Tiere dösten in ihren Gehegen und die Zirkusleute saßen in Grüppchen vor ihren Wohnwagen und ließen den Tag ausklingen. Auch Peter und Grete hatten die Campingstühle herausgestellt. Ihre besten Freunde waren gekommen, der italienische Artist Luigi und Ciril, ein Clown aus Salamanca. Luigi hatte eine Flasche Rotwein mitgebracht. Grete spendierte eingelegte Oliven, knuspriges Weißbrot und ein Stück Käse. Aus der Nähe drangen sanfte Gitarrenklänge zu ihnen hinüber. Eines der Araberpferde wieherte.

Peter schloss kurz die Augen. Er liebte Nächte wie diese und wenn es diesen Vollidioten Colon nicht geben würde, wäre sein Leben perfekt. Fast perfekt, korrigierte er sich. Denn noch immer ging ihm Eva nicht aus dem Kopf. Ob sie auch manchmal an ihn dachte? Er hatte zu ihr zurückkehren wollen. Doch immer, wenn er konkrete Pläne in diese Richtung schmiedete, kamen ihm Zweifel. Was konnte er ihr schon bieten? Er verdiente einfach nicht genug Geld, um eine Frau versorgen zu können. Und dann auch noch Eva! Sie stammte aus einer reichen Familie und wäre wohl kaum mit einem kleinen Einkommen zufrieden. Und dennoch: Peter legte jede Pesete beiseite. Irgendwann würde es vielleicht doch reichen – für ein Leben zu zweit.

„Hey, Peter, hörst du mir eigentlich zu?“

Peter schreckte zusammen. Er hatte vor sich hingeträumt und nicht mitbekommen, was Luigi erzählt hatte.

„Entschuldige! Ich war mit meinen Gedanken woanders. Was hast du gesagt?“

„Ich hab‘ von William, the Great gesprochen. Hast du mal von ihm gehört?“

Peter schüttelte den Kopf. „Nee, wer soll das sein?“

„Ein berühmter Dompteur aus den USA.“ Luigi beugte sich vor. „Mein Cousin, der ebenfalls Artist ist und bei einem Zirkus in Amerika arbeitet, hat mir von ihm erzählt. Er muss unglaublich sein. Die Tiere machen, was er will, ohne dass er jemals Gewalt anwendet. Er versucht nicht, ihren Willen zu brechen.“

Jetzt senkte Luigi die Stimme und blickte sich vorsichtig um. „So wie unser von uns allen geliebter Colon.“

Grete verdrehte die Augen und Luigi fuhr fort.

„Stattdessen verdient er sich den Respekt der Tiere. Vor allem seine Nummern mit Elefanten sollen spektakulär sein. Da müsstest du mal hin, Peter. Du könntest bei ihm in die Lehre gehen und selbst ein berühmter Dompteur werden. Die Elefanten lieben dich. Das sieht doch ein Blinder mit Krückstock.“

Ciril nickte begeistert. „Luigi hat recht. Du hast wirklich einen besonderen Draht zu den Dickhäutern. Ich glaube, die verrückte Mala würde alles für dich tun. Ich habe sie beobachtet. Wenn du ihr Gehege säuberst, lässt sie dich keine Sekunde aus den Augen. Es sieht fast aus, als wenn sie auf dich aufpasst und dich beschützen will."

Peter lächelte. „Ja, Mala ist wirklich was Besonderes. Aber ich ein Dompteur? Ich weiß nicht ..."

Sofort begannen seine Freunde zu protestieren. „Jetzt sei nicht so bescheiden. Das könntest du mit links", insistierte Luigi.

„Du wärst zehn Mal besser als Colon. Mindestens!", sagte Grete.

„Vertraue der Meinung eines erfahrenen Clowns", fügte Ciril hinzu und alle lachten.

Sie erhoben ihre Gläser und stießen an.

„Auf Peter. Den Elefanten-Flüsterer", prostete Grete den anderen stolz zu.

„Auf Peter", wiederholten Luigi und Ciril, während Peter belustigt den Kopf schüttelte. „Ihr seid ja verrückt, aber wisst ihr was? Ich glaube, jetzt spendiere ich uns noch eine Flasche."

Viel später, als Peter und Grete in ihren jeweiligen Betten lagen, dachte Peter noch einmal über Luigis Worte nach. Ein Dompteur im fernen Amerika, der auf eine respektvolle Kommunikation mit den Tieren setzte. Nicht schlecht. Peter hatte einiges über Elefanten gelesen. Bücher, die ihm der Dompteur aus seinem alten Zirkus geliehen hatte. Er wusste, dass sich Elefanten in freier Wildbahn über große Entfernungen hinweg miteinander verständigen konnten – über Laute, die für den Menschen unhörbar waren. Er erinnerte sich sogar an das schwierige Wort, das diese Laute umschrieb. Es seien Geräusche im infrasensorischen Bereich, hatte er erfahren. Peter fand diese Entdeckung unglaublich. Und sicher war diese Gabe nur ein winziges Detail im Repertoire dieser faszinierenden Tiere, die seiner Meinung nach in ihrer Güte und mit ihrem Familiensinn dem Menschen weit überlegen waren.

Er seufzte leise. Von einem wirklich guten Tiertrainer zu lernen, wäre ein Ziel, für das es sich lohnte zu kämpfen.

„Peter?“, hörte er Grete flüstern. Sie hatte offenbar mitbekommen, dass er trotz der zweiten Flasche Rotwein noch nicht eingeschlafen war.

„Hm.“

„Du wirst doch nicht fortgehen, nach Amerika, oder?“

Ihre Stimme klang verzagt.

Er ließ sich einen Augenblick Zeit mit der Antwort. Bis auf das Zirpen der Grillen durch das geöffnete Fenster war es totenstill im Wohnwagen.

„Nein, natürlich nicht. Keine Sorge, ich bleibe hier.“

Erleichtert atmete Grete aus.

„Da bin ick aber froh. Denn gute Nacht.“

„Gute Nacht, Grete. Schlaf schön.“

Dass er nicht wegen ihr im Circo de los Animales blieb, sondern allein wegen Mala, brauchte er ihr ja nicht zu verraten.

Kapitel 7

Sevilla, Oktober 1970

Im Chapiteau brandete Applaus auf. Enrico und Ramona hatten ihre Pferdedressur mit den acht Arabern beendet und verbeugten sich vor dem Publikum. Die Racklos, wie die Arbeiter im Zirkus genannt wurden, hatten erst gestern die Zelte in Sevilla aufgeschlagen. Zum Glück war lange kein Zirkus in der andalusischen Stadt aufgetreten. Die Abendvorstellung war ausverkauft. Als Nächstes kam Colon mit seinen Elefanten an die Reihe.

Peter schlüpfte durch den Hintereingang ins Chapiteau, um sich die Nummer anzusehen. Er sorgte sich um Ruby. Die betagte Elefantendame hatte in letzter Zeit schlecht gefressen und machte einen erschöpften Eindruck. Er hatte Colon vorgeschlagen, sie für ein paar Tage aus der Show zu nehmen, damit sie sich ausruhen konnte. Aber Colon hatte natürlich nichts davon wissen wollen.

Wie befürchtet, trottete Ruby mit gesenktem Kopf fast apathisch hinter ihrer Freundin Dickie her. Colons Gesicht hatte einen grimmigen Ausdruck angenommen, immer wieder ließ er die Peitsche durch die Luft knallen, um Ruby anzutreiben. Als Nächstes sollten die vier Elefanten jeweils auf großen Bällen balancieren. Peter hielt die Luft an, Ruby sah bereits jetzt aus, als sei sie am Ende ihrer Kräfte. Trotzdem versuchte sie, die Nummer wie gewohnt zu zeigen. Alle Elefanten befanden sich nun auf den Bällen. Colon bleckte die Zähne und verbeugte sich vor dem Publikum. Die Menge applaudierte und Peter atmete erleichtert auf. In dem Moment rutschte Ruby ab und landete wie ein Käfer auf dem Rücken inmitten der Sägespäne. Sie gab einen dumpfen Laut des Erschreckens von sich und blieb liegen. Manche der Besucher schrien entsetzt auf und hielten sich die Hände vor den Mund. Colon wandte sich um und kniff die Augen zusammen.

Wutentbrannt stürmte er auf den Elefanten zu.

„Steh auf, du Scheißvieh."

Das Orchester begann, einen flotten Marsch zu spielen, um das Publikum abzulenken. Colon hatte den Elefanten inzwischen erreicht und rammte ihm seine blank polierte Stiefelspitze in die Seite.

„Dieser Mistkerl." Peter konnte nicht länger an sich halten und machte sich auf den Weg in die Manege. Doch da wurde er von zwei starken Armen zurückgehalten.

„Tu das nicht", raunte ihm Luigi ins Ohr und hielt ihn fest umklammert.

Die anderen Elefanten hatten aufgehört, zu balancieren, und schienen ratlos, was von ihnen erwartet wurde. Nur Mala hatte die Situation augenscheinlich erfasst. Sie sprang von ihrem Ball und trabte auf Colon zu. Er hatte ihr den Rücken zugewendet und versuchte weiterhin, Ruby zum Aufstehen zu bewegen.

„Oh Gott, Mala, sie greift ihn an!“

Peter ahnte, was gleich geschehen würde, und riss sich mit einem Ruck aus Luigis Umklammerung los. Er rannte in die Manege und erreichte Colon etwa eine Sekunde, bevor Mala ihn erwischen konnte.

„Stopp, Mala, stopp!“, rief Peter und warf sich zwischen Colon und den Elefanten. Der Dompteur sah sich ungläubig um und erstarrte. Die Besucher waren mucksmäuschenstill geworden und gafften mit großen Augen in die Manege. Die Musiker fiedelten, was das Zeug hielt.

„Zurück, Mala, zurück.“

Das vier Tonnen schwere Tier hielt inne und fixierte noch immer den Dompteur und die am Boden liegende Ruby. Peter schauderte, als er den Hass in Malas Augen sah.

„Ist ja gut, beruhig dich, mein Mädchen.“

Erst jetzt wandte Mala den Blick ab und richtete ihn auf Peter. Er spürte förmlich, wie die Aggressivität von ihr wich. Ruby rappelte sich umständlich auf.

„Verschwinde!“, zischte Colon und sah Peter feindselig an.

Mala stieß einen drohenden Laut aus ihrem Rüssel aus und Colon verstummte.

„Schon gut.“ Peter tätschelte Malas Kopf und zog sich zurück.

Colon ließ seine Peitsche ein weiteres Mal durch die Luft sausen und die vier Elefanten reihten sich hintereinander ein und trabten wie am Anfang ihrer Nummer durch die Manege. Das Publikum spendete erleichtert Applaus und Colon setzte sein einstudiertes Lächeln auf, bevor er sich mit einer galanten Geste verbeugte.

„Du meinst, es war nicht einfach nur ein dummer Zufall, dass Ruby von ihrem Ball gerutscht und in die Manege geplumpst ist?“

Yago sah Peter hoffnungsvoll an, doch dieser schüttelte den Kopf.

„Ich habe Colon gewarnt, er solle Ruby besser für ein paar Tage aus der Show nehmen, aber er wollte ja nicht mit sich reden lassen. Die Elefantin ist alt, Yago, sie hat ihre beste Zeit hinter sich. Der Tierarzt sollte sie sich ansehen. Vielleicht kann er ihr etwas zur Stärkung geben und sie kann noch einige Zeit ihren Job machen, aber lange wird es nicht mehr gutgehen.“

Yagos Schultern sackten nach unten. „Verdammt. Aber trotzdem danke, dass du zu mir gekommen bist. Ich werde dem Tierarzt Bescheid geben. Zwischen dir und Colon scheint es ja immer noch nicht gut zu laufen. Das ist wirklich schade ...“

Peter zuckte die Achseln. „Ich tue mein Bestes, aber Colon hasst mich. Da lässt sich wohl nichts dran rütteln.“

Yago nickte bekümmert. „Wird wohl so sein, mein Junge, aber jetzt geh wieder an die Arbeit und lass mich meine tun.“

Peter verließ den Wohnwagen des Zirkusdirektors und lief zurück zum Stallzelt der Elefanten. Seit dem Zwischenfall am gestrigen Abend im Chapiteau versuchte er, Colon aus dem Weg zu gehen. Auch jetzt sah er sich vorsichtig um, ob der Dompteur in der Nähe war. Doch die Luft war rein und so betrat er das Zelt. Mala kollerte leise zur Begrüßung und schlackerte mit ihren großen Ohren. Die anderen fraßen ungerührt weiter an ihrem Heu.

„Wie wäre es mit einem kleinen Spaziergang, meine Schöne?“, sprach er Mala an, die sofort mit dem Fressen aufhörte und ihm ihre volle Aufmerksamkeit schenkte. Mala liebte Spaziergänge und wusste sofort, um was es ging, als Peter einen langen Strick an ihrer Halskette befestigte.

„Bis später ihr drei“, verabschiedete Peter sich von den drei anderen Elefantenkühen und trottete gemeinsam mit Mala aus dem Zelt. Die Sonne schien warm auf die Zirkusstadt nieder, doch zum Glück war es nicht mehr so heiß wie in den Sommermonaten. Sie passierten die Paddocks der Zebras und Pferde. Von weitem war das Fauchen eines Tigers zu hören. Peter vermutete, dass es Nero war. Er litt an einem entzündeten Zahn und war dementsprechend etwas gereizt.

Hinter dem Zirkusplatz gab es eine Wiese, die im Sommer zur Heugewinnung diente, nun aber abgeerntet und verdörrt vor ihnen lag. Mala ließ ihren Blick über das Land schweifen und stand still. Es kam nicht oft vor, dass sie zusammen mit Peter der Enge der Zirkuswelt entfliehen konnte. Peter betrachtete den riesigen Elefanten neben sich und fragte sich, ob sich Mala an ihre Kindheit in Afrika erinnern konnte. Es gab so vieles, dass er sie gerne fragen würde, wenn sie ihm doch nur antworten könnte. Zwar verstand er die Körpersprache nach den vielen Jahren im Zirkus schon immer besser, aber er hatte trotzdem das Gefühl, dass er noch ganz am Anfang stand.

„Tut mir leid, dass ich dir hier keinen See zum Baden bieten kann, aber später bekommst du eine Dusche. Versprochen."

Mala blickte ihn an, als hätte sie jedes Wort verstanden und stieß ein tiefes, wohlwollendes Brummen aus. Sie setzten ihren Weg fort und Peter wurde es warm ums Herz. Mit Mala an seiner Seite war alles gut.

Etwa eine Stunde später kehrten sie zurück. Peter brachte Mala zu den anderen Elefanten, schloss das Gatter zu ihrem Gehege und wollte sich dem Ausgang zuwenden, als ihn ein Faustschlag mitten ins Gesicht traf. Blut schoss aus seiner Nase und kurz wurde ihm schwarz vor Augen. Dann merkte er, dass sein Angreifer erneut ausholte, um ihm einen weiteren Schlag zu verpassen. Colon.

Peter duckte sich und wich dem Schlag aus. Colon grunzte. Ein ekelhafter Geruch nach Alkohol entwich seinem Mund. Mala trompetete laut und stürmte wie eine Furie auf den Zaun zu, um ihrem Freund zu helfen.

Erneut holte Colon zum Schlag aus. Seine blutunterlaufenen Augen zeugten von einer durchzechten Nacht. Er schien wie von Sinnen.

„Colon, hör auf!“, schrie Peter. Er wollte sich nicht mit dem Dompteur prügeln. Am Ende mussten nur er selbst und die Elefanten darunter leiden. Doch Colon ließ sich nicht beruhigen.

„Du Scheißkerl, wer hat dir erlaubt, mit meinem Elefanten wegzugehen, hä? Und was wolltest du gestern in meiner Vorstellung? Was fällt dir ein, den Tierarzt zu holen? Ich werde dir schon zeigen, wer hier das Sagen hat!“

Wieder attackierte Colon ihn, ging nun auch mit Fußtritten auf ihn los. Diesmal wusste Peter sich nicht anders zu helfen, als zurückzuschlagen. Mala trat mit dem Bein gegen das Gitter und versuchte, es niederzureißen. Lange würde es nicht gegen die Kräfte einer ausgewachsenen Elefantenkuh standhalten.

Peter landete einen Treffer auf Colons Kinn und der ältere Mann hielt einen Moment inne. Mala trompetete erneut. Da wurde der Zeltvorhang aufgezogen und Yago erschien – hinter ihm eine Handvoll Männer, Racklos, Tierpfleger und Artisten.

„Was ist hier los?“

Colon stolperte zurück und zeigte mit dem Finger auf Peter.

„Dieses Schwein hat mich angegriffen!“

Peter schnappte nach Luft. Erschrocken schüttelte er den Kopf.

„Das stimmt nicht. Er hat mir aufgelauert und wollte mich niederschlagen.“

Yago stemmte sich die Hände in die Seiten und wölbte den Brustkorb nach vorn.

„Schluss jetzt. Ihr seid wohl beide verrückt geworden, euch hier zu prügeln. Habt ihr nichts Besseres zu tun?“ Er musterte die beiden Männer mit gerunzelter Stirn.

„Ihr gebt euch jetzt sofort die Hände und vertragt euch wieder. Verstanden?“

Colon spukte auf den Boden und warf Peter einen vernichtenden Blick zu.

„Niemals“, knurrte er. „Seitdem dieser Hurensohn bei uns im Zirkus ist, gibt es nur Ärger. Ich will, dass er verschwindet.“

Peter wischte sich das Blut aus dem Gesicht und sah zu Yago hinüber. Ihn beschlich ein ungutes Gefühl. Der Zirkusdirektor würde doch wohl nicht ...

Yago zog die Augenbrauen nach oben. Ihm war deutlich anzusehen, wie unangenehm ihm die ganze Situation war.

„Komm Colon, jetzt mach nicht so ein Theater. Peter ist ein sehr guter Tierpfleger. Seitdem er bei uns ist, sehen die Elefanten viel besser aus, das musst du zugeben.

Colon stieß ein verächtliches Lachen aus.

„So ein Quatsch. Du hast doch überhaupt keine Ahnung von Elefanten, Yago. Seitdem der hier ist“, und dabei stieß er wieder den Finger in Peters Richtung, „sind die Elefanten aufsässig und faul. Vor allem die da!“ Damit wandte er sich zu Mala um, die ihn mit kalten Augen musterte.

„Dieser Dreckselefant hätte mich gestern fast getötet. Und zwar auf seinen Befehl hin.“ Dabei wies er schon wieder auf Peter, der nur den Kopf schüttelte und mit den Augen rollte. Die Männer hinter Yago begannen zu tuscheln. Einige hatten den Vorfall des vergangenen Abends beobachtet, andere nur davon gehört.

„Schht!“, verwies Yago sie. „Geht an eure Arbeit und lasst uns allein!“

Murrend verließen die Männer das Zelt.

„Colon, so geht das nicht. Ihr arbeitet hier zusammen. Ihr müsst euch doch wieder vertragen.“

Yagos Stimme hatte mittlerweile einen flehenden Klang angenommen.

Colon richtete sich zu seiner vollen Größe auf, die Trunkenheit schien nun völlig von ihm gewichen zu sein.

„Schmeiß ihn raus, Yago. Das ist alles, was ich verlange. Ich arbeite schon mein ganzes Leben lang für deinen Zirkus. Und vor mir haben mein Vater und mein Großvater für den Circo de los Animales geschuftet. Jetzt heißt es er oder ich. Entscheide dich!“

Peter hielt den Atem an und Yago starrte seinem Chefdompteur entsetzt ins Gesicht.

„Das ist nicht dein Ernst, oder?“

„Aber sowas von. Ich will jetzt sofort deine Entscheidung hören. Und solltest du dich für diesen dahergelaufenen Mistkerl entscheiden, werde ich noch heute meine Sachen packen und verschwinden.“

Langsam sackte der Zirkusdirektor in sich zusammen. Innerhalb von Sekunden sah er um einiges älter aus, als er war. Peter wusste schon, was kommen würde, als sich Yago mit einem traurigen Lächeln an ihn wandte. Der Spanier zuckte mit den Achseln. Noch einmal ließ er seinen Blick über die beiden Streithähne und die grauen Riesen im Hintergrund gleiten.

„Es tut mir leid, Peter. Ich muss dich bitten zu gehen.“

„Nein! Das kann doch alles nicht wahr sein!"

Grete saß Peter im Wohnwagen gegenüber und die Tränen strömten über ihr Gesicht.

„Soll ich nochmal mit Yago reden? Vielleicht lässt er sich umstimmen?"

Peter schüttelte stumm den Kopf. Sein Herz war schwer wie Blei.

„Vergiss es, die Sache ist entschieden. Ich soll noch heute den Zirkus verlassen. Immerhin zahlt er mir noch für den Rest des Monats mein Gehalt. Aber das ist auch alles."

Luigi und Ciril, die ebenfalls mit am Tisch saßen, schwiegen betroffen. Luigi klopfte seinem Freund Peter immer mal wieder fassungslos auf den Rücken, während Ciril Grete tröstend über die Hand strich. Alle vier waren gleichermaßen erschüttert über den Fortgang der Ereignisse.

„Scheiße, was soll ich jetzt bloß tun? Und was wird aus Mala?", murmelte Peter mehr zu sich selbst als zu den anderen.

Grete zuckte kurz zusammen. Sie hatte sich gerade gefragt, was aus ihr ohne Peter werden sollte.

„Wir werden uns um sie kümmern", sagte Ciril. Die Mundwinkel seines sonst so heiteren Clownsgesichts neigten sich nach unten.

„Ja, mach dir keine Sorgen. Wir passen auf sie auf", fügte Luigi hinzu.

Peter versuchte zu lächeln, was ihm kläglich misslang. Er hatte die besten Freunde der Welt, aber was nutzte ihm das?

Eine Zeitlang verfielen die vier in dumpfes Schweigen. Schließlich seufzte Peter tief und lehnte sich zurück.

„Es nützt ja nichts. Ich muss meine Sachen packen."

„Warte!" Grete sah alarmiert zu ihm hinüber. „Wo willst du denn hin?"

Plötzlich schlug sich Luigi mit der flachen Hand vor die Stirn.

„Natürlich! Das ist es!"

Die drei anderen sahen den Artisten verwundert an.

„Du musst nach Amerika!", rief Luigi. „Haben wir nicht erst kürzlich davon gesprochen? Ich habe dir doch von dem Super-Dompteur erzählt, von William, the Great. Du musst dich irgendwie zu ihm durchschlagen und bei ihm in die Lehre gehen."

Cirils Miene heiterte sich auf.

„Luigi hat recht. Vielleicht sollte das alles so sein. Ohne den Rausschmiss hättest du diesen Schritt doch nie getan. Aber jetzt gibt es keinen Vorwand, es nicht zu tun. Das ist deine Chance, Peter!"

Grete hatte aufgehört, zu schniefen, und sah traurig auf die Tischplatte vor sich.

„Amerika. Das ist sooo weit weg. Werden wir uns dann überhaupt noch einmal wiedersehen?"

Peter ließ sich den Gedanken durch den Kopf gehen. Seitdem Luigi ihm von diesem besonderen Zirkusmann erzählt hatte, war der ihm nicht mehr aus dem Sinn gegangen. Aber alleine Malas wegen hatte er es nicht in Erwähnung gezogen, vom Circo de los Animales fortzugehen. Nun blieb ihm nichts anderes übrig, als sie zu verlassen. Aber Amerika? Er schüttelte den Kopf.

„Es ist viel zu teuer. Wahrscheinlich kann ich mir noch nicht einmal den Flug dahin leisten."

Grete sah auf. „Aber du hast doch jeden Penny gespart, denn du hier verdient hast. Wofür auch immer!"

Peter rutschte unbehaglich auf seinem Sitz hin und her. Es stimmte, er hatte sein Geld zusammengehalten, um doch irgendwann um Evas Hand anhalten zu können. Aber das hatte er Grete natürlich nicht auf die Nase gebunden.

„Dann musst du dieses Geld nun nehmen, um in die USA zu fliegen. Sieh es als Investition in deine Zukunft." Luigi sah ihm eindringlich in die Augen.

Ciril nickte. „Wenn es nicht reicht, geben wir dir etwas dazu. Das tun wir doch, oder?"

Er warf Grete und Luigi einen fragenden Blick zu. Luigi antwortete mit einem heftigen Kopfnicken und nach einem Moment des Zögerns hob auch Grete ergeben die Schultern und ließ sie dann wieder fallen. „Also gut, wenn ihr meint, dass es das Beste ist, dann gebe ick natürlich auch was dazu."

„Dann ist es also beschlossen?“ Luigi strahlte in die Runde und hob seine rechte Hand. Ciril und Grete schlugen ein und Peter starrte seine Freunde überrumpelt an. Schließlich schüttelte er lächelnd den Kopf. „Ihr seid ja verrückt. Aber ... okay – dann hab‘ ich wohl keine andere Wahl, oder?“

Kapitel 8

Kristin, 20. September 2018

Ein sich ständig wiederholender Klingelton riss mich aus dem Schlaf. Benommen fuhr ich auf. Wer zum Teufel ....

Es hatte ewig gedauert, bis ich endlich eingeschlafen war. Als ich gestern Nacht mit hämmerndem Herzen den Weg zu meinem Apartment hinaufgejoggt war, brauchte ich erstmal eine ganze Weile, um mich zu beruhigen. Ich hatte mich hundsmiserabel gefühlt. Philipp hatte mir genauestens vor Augen geführt, was ich mit meiner vorschnellen Flaschenpost-Aktion angerichtet hatte. Als ich im Bett lag, tauchten die gruseligsten Szenarien vor meinen inneren Augen auf. Philipp mit leerem Blick an Evas Grab. Dabei dröhnten ihre letzten Worte an mich ständig in meinen Ohren. „Versprechen Sie mir, dass Sie ihn finden!"

Kein Wunder, dass Philipp mich inzwischen hasste. Ich würde an seiner Stelle bestimmt genauso denken. Das Telefon verstummte. Mit einem tiefen Seufzer ließ ich mich wieder in die Kissen sinken und schloss die Augen. Eine Minute später klingelte das Handy erneut. Wenn das mal nicht die penetrante Inga war. Resigniert griff ich zum Telefon und nahm das Gespräch an, ohne aufs Display zu schauen.

„Regener."

„Kristin, hier ist Philipp. Gottseidank erreiche ich dich endlich.“

Mit einem Mal hellwach, setzte ich mich ruckartig im Bett auf.

„Ist etwas mit Eva?“ Bitte lass sie nicht gestorben sein, betete ich innerlich.

„Nein, es ist alles in Ordnung. Ich habe eben mit einem Arzt telefoniert. Sie hat die Nacht einigermaßen gut überstanden und ich kann heute Nachmittag zu ihr.“

Ich atmete erleichtert aus. „Puh, das freut mich. Als du anriefst, dachte ich schon ...“

„Es ist alles in Ordnung, Kristin.“

Er klang nicht mehr so zornig und fassungslos wie gestern Abend. Aber warum rief er mich jetzt an? Erwartete er, dass ich nochmals Abbitte leistete?

„Ich rufe an, um mich bei dir zu entschuldigen. Ich weiß auch nicht, was gestern mit mir los war. Warum ich dich so angefahren habe. Du kannst ja überhaupt nichts dafür, dass du diesen Brief gefunden und ihn meiner Mutter gezeigt hast. Schließlich konntest du ja nicht ahnen, dass ihr das Ganze buchstäblich so zu Herzen gegangen ist.“

Auch wieder wahr. Trotzdem konnte ich mein schlechtes Gewissen nicht ganz abschütteln. Ich schwieg.

„Kannst du mir verzeihen, Kristin? Es tut mir wirklich leid.“

Er machte einen zerknirschten Eindruck. Ich schloss die Augen und konnte ihn in meinem Inneren vor mir sehen. Ihm verzeihen? Selbstverständlich konnte ich das.

„Natürlich Philipp. Wahrscheinlich hätte jeder so reagiert. Ich hoffe bloß, dass deine Mutter wieder gesund wird. Sonst könnte ich mir die Sache wahrscheinlich selbst niemals verzeihen."

„Sag das nicht. Es ist nicht deine Schuld und sie wird bestimmt wieder ganz die Alte."

Einen Moment lang sagte keiner von uns etwas. Ich fühlte mich total befangen. Der Wechsel zwischen dem wunderschönen Abend und seinem schrecklichen Ende war einfach zu abrupt gewesen. Ich hatte keine Ahnung, wie es nun weitergehen sollte.

„Hast du heute schon etwas vor?", fragte Philipp.

Ich hatte nichts geplant, aber weil sich das so doof angehört hätte, erklärte ich Philipp, dass ich vielleicht eine Wanderung im Tramuntana-Gebirge machen würde.

„Mmh", brummte er. „Hättest du vielleicht Lust, den Tag mit mir zu verbringen? Ich kenne einen Ort, den ich dir gerne zeigen würde. Als kleine Wiedergutmachung für mein bescheuertes Verhalten gestern Abend."

Mein Herz schlug schneller bei der Vorstellung, Philipp schon bald wiederzusehen. Aber war das wirklich eine gute Idee?

„Das ist wirklich nicht nötig, du hast dich doch schon entschuldigt. Ich schätze, es ist besser, wenn wir uns nicht mehr wiedersehen."

Diesen Satz zu sagen, kostete mich einiges an Überwindung. Denn natürlich hatte ich nicht vergessen, wie wohl ich mich in Philipps Nähe gefühlt hatte. Ich wusste, dass ich mich in ihn verliebt hatte. Aber auch deshalb war es bestimmt besser, wenn wir uns nicht mehr treffen würden. Wie sollte das alles enden, wenn seine Mutter doch an dem Herzanfall sterben würde?

Ich hörte, wie er die Luft anhielt.

„Bitte Kristin. Gib mir noch eine Chance. Ich hatte schon sehr lange nicht mehr einen so schönen Abend wie gestern mit dir. Hat er dir denn nicht gefallen?"

„Doch ...", flüsterte ich und hielt mir dann erschrocken die Hand vor den Mund. Das hatte ich doch gar nicht sagen wollen.

„Ein Glück." Ich konnte hören, dass er lächelte. „Dann gib dir einen Ruck. Ich verspreche dir, dass du es nicht bereuen wirst."

Ich sollte standhaft bleiben. Was würde es bringen, ihn wiederzusehen – bestimmt nur neuen Schmerz.

„Okay", sagte ich leise.

„Okay? Ist das eine Zusage? Das ist eine Zusage!"

Philipp lachte. „Sehr gut! Wann kann ich dich abholen? Sagen wir in einer Stunde?"

Ich stimmte zu und nannte ihm meine Adresse. Dann raste ich ins Bad und drehte die Dusche auf.

Die Straße zog sich in engen Serpentinen die Berge hinauf und offenbarte immer wieder grandiose Ausblicke aufs Meer. Drei Radrennfahrer in neongelben Trikots quälten sich vor uns die Steigung hoch. Ich war froh, gemütlich in einem Auto zu sitzen und keine sportlichen Höchstleistungen vollbringen zu müssen. Wäre ich mit Jan hier, hätte er bestimmt schon eine Biketour für uns geplant. So aber konnte ich mich entspannen und die Aussicht genießen. Wir hatten die Fenster geöffnet, der Fahrtwind blies mir ins Haar und bescherte uns genau die richtige Kühlung für einen sonnigen Spätsommermorgen.

„Wohin fahren wir eigentlich?"

Philipp schaute kurz zu mir hinüber und heftete den Blick dann wieder nach vorne.

„Kennst du Valldemossa?"

„Ich habe davon gehört, bin aber noch nie dort gewesen."

„Das hatte ich gehofft. Ich wette, es wird dir gefallen. Für mich ist es das schönste Dorf Mallorcas. Auch wenn es inzwischen natürlich sehr touristisch geworden ist."

„Da bin ich mal gespannt."

Nachdem Philipp mich abgeholt hatte, war die Flaschenpost kein Thema mehr zwischen uns gewesen. Ich war froh darüber. Denn obwohl der Abend so unschön geendet hatte, war die ungewöhnliche

Vertrautheit zwischen uns am Morgen sofort wieder eingetreten.

Bald hatten wir Valldemossa erreicht. Philipp stellte das Auto auf einem der großen Parkplätze am Rande des Dorfes ab und wir bummelten durch die mittelalterlichen Gassen, vorbei an Kunstateliers und schönen, kleinen Cafés.

„Ein Glück, dass jetzt noch nicht so viele Touristen hier unterwegs sind, sonst muss man schon viel Fantasie mitbringen, um den Zauber dieses Ortes zu entdecken."

„Aber ich habe Fantasie", erwiderte ich mit einem Augenzwinkern und folgte Philipp in Richtung des berühmen Kartäuserklosters.

„Davon bin ich überzeugt", sagte er, während wir den Platz vor dem Kloster überquerten und zunächst den tipptopp gepflegten Klostergarten mit seinen Buchsbaumhecken und Orangenbäumchen besichtigten.

„Du hast bestimmt davon gehört, dass Frédéric Chopin und die Schriftstellerin George Sand hier mal die berühmtesten Gäste waren?"

Ich nickte. „Hab' gehört, dass die beiden hier ziemlich gefroren haben."

„Das stimmt. Es war Winter, es war kalt, es hat wochenlang geregnet und der arme Chopin war auch noch lungenkrank. Schätze, das hatten sie sich damals etwas anders vorgestellt."

„Wann haben sie hier gelebt?"

„1838“, erklärte Philipp. „Damals gab es hier noch keinen Tourismus. Die Menschen lebten von der Landwirtschaft, das wichtigste Exportgut waren Schweine. Ich kann mir gut vorstellen, dass die streng gläubigen Katholiken nicht gerade begeistert davon waren, dass sich hier ein unverheiratetes Liebespaar eingenistet hatte, zumal der Mann auch noch einen todkranken Eindruck machte.“

Ich wusste, dass George Sand später ein Buch über ihren Aufenthalt geschrieben hatte: „Ein Winter auf Mallorca“. Jetzt, da ich diesen Ort besichtigte, an dem sie gelebt hatte, bekam ich plötzlich Lust, es zu lesen. Als ob er meine Gedanken kannte, fragte Philipp: „Kennst du George Sands Buch über Mallorca? Wenn nicht, kann ich es dir gerne leihen. Es steht bei meiner Mutter im Regal.“

„Gerne!“

Wir besichtigten das Kloster und das kleine Museum, das Chopin gewidmet war, und schlenderten dann weiter durch das von hohen Bergen umgebene Dorf mit seinen schmalen Gassen, die an ein Labyrinth erinnerten. An vielen Häusern entdeckten wir bunte Kacheln. Philipp kannte ihre Bedeutung. „Sie erzählen die Geschichte von Valldemossas Heiligen, Catalina Thomás“, erklärte er. „Jetzt frag mich aber bloß nicht nach ihrer Vita. Für Heilige hab‘ ich mich noch nie besonders interessiert.“

„Da bin ich aber froh. Ich habe schon befürchtet, dass ich mit einem wandelnden Lexikon unterwegs bin.“

„He!“ Philipp tat empört und stieß mir spielerisch seinen Ellenbogen in die Seite. „Ich lese mir extra heute morgen noch den Reiseführer durch, um dich zu beeindrucken, und jetzt geht der Schuss nach hinten los?“

Wir mussten beide lachen. Inzwischen waren wir in einem Teil des Dorfes angelangt, in dem kaum noch Leute unterwegs waren. Hier hatte sich bestimmt seit Jahrhunderten nichts verändert. ...

Ich stellte mir vor, wer vor mir hier über das Kopfsteinpflaster geeilt war, welche Geschichten die Menschen mit sich herumgetragen hatten. Das wäre eine tolle Location für einen Roman. Der Gedanke schoss mir einfach so durch den Kopf. In meiner Studienzeit hatte ich mir öfter Story-Ideen notiert und mir vorgenommen, sie später weiter auszuarbeiten. Es war nie dazu gekommen.

„Was hast du früher im Urlaub gemacht, Kristin? Wenn du mit deinem Mann unterwegs warst?“

Es war das erste Mal, dass Philipp auf Jan zu sprechen kam. Ich wünschte, er hätte es gelassen. Ich hatte heute noch kein einziges Mal an meinen verstorbenen Mann gedacht und irgendwie fühlte ich mich freier, leichter. Aber schließlich war es nur eine harmlose Frage. Warum sollte ich sie ihm nicht beantworten?

„Wir sind laufen gegangen, haben getaucht, gesurft, geradelt. Nur beim Klettern im Berg habe ich mich ausgeklinkt."

Philipp zog überrascht die Augenbrauen hoch. „Dann bist du also eine richtige Sportskanone?"

War ich das? Ich spürte, dass die Traurigkeit, die sich heute noch nicht hatte blicken lassen, langsam zurückkam. Sie schälte sich von den Häuserwänden und heftete sich an meine Fußspuren. Ich war nie eine besonders sportliche Person gewesen. Aber ich wusste, dass Jan Frauen bewunderte, die sich todesmutig in die Fluten stürzten, die scheinbar mühelos einen Triathlon absolvierten oder nichts lieber taten, als in aller Herrgottsfrühe aufzustehen und noch im Dunkeln durch die Gegend zu joggen. Er selbst war ja genauso. Was blieb mir also anderes übrig, als die Zähne zusammenzubeißen, die Turnschuhe überzustreifen und lächelnd mitzumachen? – Na klar, lass uns zusammen laufen! Wie gerne wäre ich stattdessen im Bett liegen geblieben und hätte ein Buch gelesen? Aber mir blieb keine Wahl. Ich liebte Jan und ich wollte ihm beweisen, dass ich die richtige Partnerin für ihn war. Pech nur, dass – so sehr ich mich auch bemühte – ich immer das Gefühl hatte, nicht gut genug zu sein.

„Sportskanone ist nicht der richtige Ausdruck. Das war mein Mann. Ich wollte natürlich die Zeit im Urlaub mit ihm zusammen verbringen. Also habe ich mitgemacht.“

Ich merkte selbst, wie blöd das klingen musste. So als sei ich eine völlig unselbstständige Tusse, die nicht für sich selbst einstehen konnte. Vielleicht war es ja auch so. Philipp sah mich aufmerksam an.

„Du musst dich nicht rechtfertigen, Kristin.“ Seine Stimme klang sanft, verständnisvoll. Ich hatte das Gefühl, dass er noch etwas sagen wollte, doch stattdessen schwieg er. Nach einer Weile drehten wir um und spazierten zurück in Richtung des Kartäuserklosters.

„Wenn ich im Urlaub bin, wandere ich ganz gerne. Vor allem aber nutze ich die Gelegenheit, all die Bücher zu lesen, zu denen ich zu Hause nicht komme, weil ich Vorlesungen vorbereiten und Arbeiten korrigieren muss.“

„Das könnte mir auch gefallen“, antwortete ich spontan. Doch dann fiel mir ein, dass ich noch nicht viele Seiten in meinem Thriller gelesen hatte, der auf der Terrasse lag. Ich musste paranoid sein, dass ich diesen Tauchkurs gebucht hatte, anstatt es mir mit einem Buch gemütlich zu machen. Während wir nun wieder in vertraute Bereiche kamen, die auch von anderen Urlaubern bevölkert wurden, erzählten wir uns gegenseitig von den Büchern, die wir zuletzt gelesen hatten. Zu meiner Überraschung besaßen wir einen ähnlichen Geschmack. Bis auf die Sache mit den

Thrillern. Ich liebte die Romane von Dan Brown: Illuminati, Sakrileg, Inferno und alle anderen. Philipp hatte sie noch nicht gelesen. Aber das Funkeln in seinen Augen verriet mir, dass der Herr Professor sich vielleicht doch herabließ, mal einen ‚Dan Brown' zu lesen.

Die Melancholie, die mich für kurze Zeit wieder erfasst hatte, blieb im hintersten Winkel von Valldemossa zurück. Philipp und ich redeten und scherzten und auf einmal wurde mir klar, warum ich mich in seiner Gegenwart so wohl fühlte. Ich brauchte mich nicht eine Sekunde verstellen. Ich konnte so sein, wie ich war, und trotzdem leuchteten seine Augen, wenn er mich ansah. Im selben Moment, als mir diese weise Erkenntnis in den Sinn kam, blieb ich mit meiner Sandale am Pflaster hängen und fiel vornüber. Ich wäre lang hingeschlagen, hätte Philipp mich nicht im gleichen Moment aufgefangen.

„Hoppla!"

Blitzschnell umfasste er mit beiden Händen meine Taille und riss mich nach oben. Ich umklammerte seinen Hals und versuchte, das Gleichgewicht wiederzufinden. Unsere Körper waren so nah, dass ich seinen Herzschlag spüren konnte. Ich sah ihm ins Gesicht und der Moment dehnte sich zu einer Ewigkeit. Seine silbergrauen Augen hielten meinen Blick gefangen. In meinen Ohren rauschte es.

Philipp beugte seinen Kopf zu mir hinab. Sah mich unendlich zärtlich an. Fast berührten sich unsere Münder schon.

Oh Gott, er wird mich küssen ...

Ich trat einen Schritt zurück. Er ließ meine Taille los. Verwunderung trat in seinen Blick. Mein Herz flatterte. Ich versuchte, mich wieder in den Griff zu bekommen.

„Danke. Da wäre ich wohl fast auf die Nase gefallen, wenn du mich nicht aufgefangen hättest."

Verlegen sah ich nach unten. Warum hatte ich Schiss bekommen? Ein solcher Augenblick würde wahrscheinlich nie wieder kommen. Ich ärgerte mich über mich selbst, aber nun war es zu spät.

Philipp grinste ein wenig schief, dann nahm er meine Hand und wir gingen weiter.

„Ich passe mal lieber auf, dass du nicht noch mal stolperst, okay?"

Ich nickte und spürte, dass mir das Blut in die Wangen schoss. Was war bloß mit mir los? Ich konnte mich selbst nicht verstehen. Doch es tat gut, dass er meine Hand hielt.

„Wie wär's mit einem Cappuccino?"

Philipp deutete auf ein kleines Café, dessen Tische und Stühle unter einer schattigen Eiche standen.

„Das wäre fantastisch."

Wir setzten uns. Philipp bestellte die Getränke und zum Glück wich die Verlegenheit wieder von mir. Nachdem ich mich wieder gefangen hatte, wollte ich nirgendwo anders sein, als hier mit ihm. Wir unterhielten uns ein wenig über Mallorca und seine Schönheiten, als Philipp auf seine Armbanduhr schaute.

„Musst du los?“, fragte ich alarmiert.

„Nein, nein. Ich hab‘ noch viel Zeit, ich darf erst am Nachmittag zu meiner Mutter.“

Ich atmete auf, meinetwegen hätten wir den ganzen Tag in Valldemossa verbringen können – Hauptsache zusammen. Philipp schien es genauso zu gehen, denn im nächsten Moment, fragte er mich, ob ich mir vorstellen könnte, noch etwas länger zu bleiben.

„Wir könnten ein Glas Weißwein trinken, ein paar Tapas essen und fahren dann zurück. Was hältst du davon?“

Wenig später standen der Wein und die typisch spanischen Vorspeisen vor uns auf dem Tisch. Die Septembersonne fiel durch die dicken Äste der Eiche und vor unseren Füßen pickten Spatzen die Krümel weg, die andere Gäste hinterlassen hatten. Wie friedlich es hier ist, dachte ich und nahm noch einen Schluck vom kühlen Wein. Alles wäre perfekt, wenn es jetzt Eva wieder besser ginge. Auch Philipp schien in diesem Moment an seine Mutter zu denken.

„Ich habe gestern Nacht noch lange über diesen ominösen Brief in der Flaschenpost gerätselt. Ich hatte keine Ahnung, dass meine Mutter einen Freund hatte, bevor sie meinen Vater kennengelernt hat. Sie hat nie von ihm gesprochen."

Ich musste schmunzeln. „Naja, das ist auch nicht unbedingt etwas, das man mit seinen Kindern bespricht, oder?"

Philipp zuckte die Achseln. „Da magst du recht haben. Mich wundert es einfach, was dieser Brief nach so vielen Jahren noch in ihr auslöst. Das ist doch verrückt!"

Und dann erzählte er mir von seinem Vater, den Eva gut ein Jahr nach ihrem Abitur kennengelernt hatte. Er hatte neu in der Firma ihres Vaters angefangen, ein ehrgeiziger junger Mann, dem keine Überstunde zu viel war, um möglichst rasch auf der Karriereleiter nach oben zu klettern. Für Evas Vater schien er schon bald so etwas wie der Sohn zu sein, den er nie hatte. Offenbar waren Philipps Großeltern mehr als erfreut, als Eva begann, mit ihrem Vorzeige-Angestellten auszugehen. Als sie heirateten, nahm Philipps Vater den Namen seiner Frau an und stieg in die Geschäftsleitung ein. Ein paar Jahre später übernahm er dann die Führung des Familienunternehmens. Und Eva widmete sich der Familie.

„Sie war die beste Mutter, die man sich denken konnte", erzählte Philipp. „Für uns Kinder hatte sie immer ein offenes Ohr und wenn wir Mist gebaut hatten, dann hat sie uns vor unserem Vater in Schutz genommen."

„War er denn streng euch gegenüber?"

„Naja, wie Väter eben so sind. Eigentlich haben wir ihn gar nicht so oft zu Gesicht bekommen – außer an den Wochenenden. Er hat eigentlich immer für die Firma gelebt. Von uns erwartete er, dass wir gut in der Schule waren und uns nicht hängen ließen."

„Denkst du, dass deine Eltern eine gute Ehe hatten?"

Eigentlich ging mich das nichts an, aber so wie Philipp von seinem Vater sprach, hatte ich nicht den Eindruck, dass zwischen Eva und ihm eine große Leidenschaft bestanden hätte. Es hörte sich alles einen Tick zu vernünftig an. Ein bisschen zu geplant und vorhersehbar.

Philipp ließ sich Zeit mit der Antwort.

„Ehrlich gesagt, habe ich mir darüber noch nie groß Gedanken gemacht. Aber ich glaube schon, ja, sie hatten eine gute Ehe. Bei ihnen gab es nie Streit oder laute Worte. Sie waren einfach ein gutes Team."

Aha. Ein gutes Team. Nichts, was dagegen sprach. Aber auch zwei Kollegen konnten ein gutes Team sein. Von Liebe hatte Philipp nicht gesprochen.

Er legte den Kopf in den Nacken und schaute hinauf in den azurblauen Himmel von Mallorca.

„Ich hatte mich gewundert, dass meine Mutter unbedingt hierher ziehen wollte, nachdem mein Vater gestorben war. Meinst du, das hing mit diesem Typen zusammen, diesem Peter?"

„Das musst du deine Mutter schon selbst fragen. Zumindest scheinen die beiden damals sehr verliebt ineinander gewesen zu sein. Eva hat ihn jedenfalls nie vergessen."

Philipp nickte und sah dabei nicht gerade glücklich aus. Schließlich blickte er mir fest in die Augen.

„Glaubst du an Liebe auf den ersten Blick, Kristin?"

Ich schluckte. Mit dieser Frage hatte ich nicht gerechnet. Doch bevor ich länger überlegen konnte, antwortete ich.

„Ja, an die glaube ich."

Ein warmer Glanz trat in seine Augen. Er sagte nichts und lächelte nur.

Plötzlich wusste ich nicht, ob er seine Mutter und Peter bei dieser Frage im Sinn gehabt hatte oder zwei andere Menschen. In meinem Bauch begannen die Schmetterlinge zu tanzen.

„Vielen Dank für den schönen Vormittag!"

Philipp hielt vor meinem Appartement und schob sich die Sonnenbrille ins Haar. Ich öffnete den Gurt und versicherte ihm, wie sehr mir der Ausflug nach Valldemossa gefallen habe.

„Grüß Eva von mir. Ich drücke alle Daumen, dass es deiner Mutter besser geht."

„Danke. Glück kann sie gebrauchen."

Auf der Rückfahrt nach Port de Sóller war Philipp immer einsilbiger geworden. Die Sorge um seine

Mutter hatte ihn eingeholt und plötzlich schien er es eilig zu haben, mich abzuliefern und nach Palma ins Krankenhaus zu fahren.

„Würdest du mir später noch Bescheid sagen, wie ihr Zustand ist?“

„Natürlich. Ich rufe dich an.“

Ich stieg aus und wendete mich noch einmal zum Auto, um ihm auf Wiedersehen zu sagen. Er hatte die Stirn in Falten gezogen und sah mich an. Anders als zuvor in Valldemossa. Irgendetwas lag ihm auf der Seele.

„Ich möchte dich um etwas bitten, Kristin.“

Ich lächelte arglos.

„Na klar, schieß los. Was kann ich für dich tun?“

„Du hast mir gesagt, dass du meiner Mutter versprochen hast, diesen Peter zu finden. Und ich glaube, dass du der Typ bist, der seine Versprechen hält. Aber ich möchte das nicht. Meine Mutter hatte einen tollen Mann – meinen Vater. Das, was sie am allerwenigsten braucht, ist irgend so ein Windhund aus dem Zirkus, der sie damals schon verlassen hat.“

Er hielt kurz inne, während ich wie erstarrt am Straßenrand stand.

„Wahrscheinlich ist dieser Peter sowieso längst tot oder verschollen, weiß der Teufel. Aber falls nicht ... Verschwende nicht deine Zeit mit der Suche nach ihm. Ich möchte nicht, dass er meiner Mutter noch einmal wehtut.“

Er hielt meinen Blick fest und wartete auf eine Antwort. Ich hatte vor Schreck die Luft angehalten und starrte ihn schweigend an.

„Kristin?“

Da nickte ich. „Okay. Wenn du meinst ...“

Er atmete sichtbar auf und lächelte.

„Danke. Ich melde mich dann später.“

Er startete den Motor und bald darauf verschwand sein Wagen hinter der nächsten Biegung. Ich ging langsam auf meine Haustür zu und nestelte den Schlüssel aus der Tasche. Die Euphorie der vergangenen Stunden hatte sich wie von Zauberhand verflüchtigt. Plötzlich fühlte ich mich wie eine Verräterin. Wie konnte ich mein Versprechen, dass ich Eva gegeben hatte, so schnell brechen? Andererseits hatte Philipp vielleicht recht. Es würde schwierig, eventuell sogar unmöglich sein, Peter zu finden. Und was hätte Eva überhaupt davon?

Nachdenklich kramte ich mein Handy aus der Tasche. Ich hatte es extra ausgestellt, damit Inga meinen Ausflug mit Philipp nicht durch irgendwelche idiotischen Anrufe oder Mitteilungen stören konnte. Als ich es jetzt wieder anstellte, ploppte sofort eine Nachricht auf. Sie war von Johanna.

„Hallo Mama! Ich habe etwas über deinen Peter herausgefunden. Ruf mich an!“

Kapitel 9

Port de Sóller, 20. September 2018

Ich starrte auf das Display meines Handys und konnte kaum glauben, was dort stand. Bis vor ein paar Minuten hätte ich mich riesig gefreut, diese Nachricht zu lesen, und nun würde ich sie am liebsten löschen. Doch das würde nichts nützen, denn mein Gedanken-Karussell kreiste bereits. War Peter am Leben? Erinnerte er sich überhaupt noch an Eva? Und was war mit der Zusage, die ich Philipp gegeben hatte?

Ich war auf die Terrasse getreten und blickte auf das blaue Meer und die kleinen Segelboote, die leicht im Wind schaukelten. Verdammt, was sollte ich nun tun? Ich biss mir auf die Unterlippe und dann traf ich eine Entscheidung. Ich würde Johanna anrufen und mir anhören, was sie herausgefunden hatte. Da war schließlich überhaupt nichts dabei. Vielleicht war Peter längst gestorben, dann konnte ich das alles vergessen und brauchte weder Eva noch Philipp enttäuschen. Doch während ich auf den Rückruf-Button drückte, ahnte ich bereits, dass die Sache nicht so einfach sein würde.

„Mama! Wo hast du gesteckt? Ich habe schon viel früher mit deinem Rückruf gerechnet!“

„Tut mir leid, Johanna. Ich habe einen Ausflug gemacht. In ein kleines Dorf namens Valdemossa. Es war einfach großartig ...“

Johanna unterbrach mich. „Und da hattest du dein Handy ausgestellt? Das machst du doch sonst nie ...“

„Nun ja ...“

Sollte ich ihr von Philipp erzählen? Ich hatte mir bisher gar keine Gedanken darüber gemacht. Jetzt, da ich mit Johanna über Valldemossa sprach, kam die Erinnerung an den Moment, als Philipp mich fast geküsst hätte, mit voller Intensität zurück. Ich spürte, dass mir die Hitze ins Gesicht schoss.

„Ich war nicht alleine dort.“

„Was? Erzähl! Mit wem bist du unterwegs gewesen?“

Ich räusperte mich. „Mit dem Sohn von Eva, der Frau, die den Herzanfall hatte. Er ist gestern gleich nach Mallorca gekommen, als er das von seiner Mutter erfahren hatte. Als Dankeschön für meine Hilfe hat er mich heute zu diesem Ausflug eingeladen. Das ist alles.“

„So, das ist also alles?“ Am Ton ihrer Stimme konnte ich hören, dass sie breit grinste. Ich schluckte.

„Hört sich an, als sei dieser Sohn ein ziemlich netter Typ. Wie heißt er denn?“

„Philipp.“

„Okay. Und wie alt?“

„Ach Liebling. Das ist doch völlig nebensächlich. Ich schätze ihn so auf Mitte vierzig."

„Mmh, nicht schlecht. Ist er Single?"

„Johanna!"

„Mama, das ist doch eine ganz normale Frage. Also, was ist nun?"

Ich seufzte. Aber ich kannte meine Tochter, die würde so schnell nicht aufgeben.

„Du hättest bei der Kripo anfangen sollen. Also schön, ja, er ist Single. Ja, er sieht gut aus. Und ja, er ist ein sehr netter Mann."

„Bingo!", rief meine Tochter triumphierend. „Mensch Mama, ich finde es super, dass du jemanden kennengelernt hast. Ich habe schon befürchtet, dass ich dich irgendwann bei einer Partnervermittlungsbörse anmelden müsste."

„Also, weißt du ...!"

Ich hätte nicht gedacht, dass sich Johanna schon Gedanken darüber gemacht hatte, ob ich nach einem neuen Partner Ausschau halten würde. Immerhin war Jan erst seit eineinhalb Jahren tot und Johanna hatte immer ein gutes Verhältnis zu ihrem Vater gehabt.

Johanna kicherte. „Ist ja schon gut, Mama, entspann dich."

„Ich bin entspannt", antwortete ich gereizt. „Und außerdem ist Philipp sowieso nichts für mich. Er ist Uni-Professor. Und ich eine mittelalte Hausfrau mit abgebrochenem Studium. Tolle Kombi ..."

„Wieso hast du eigentlich so ein mieses Selbstwertgefühl, Mama?“

Mit einem Mal klang die Stimme meiner Tochter ernst. „Du hättest das Studium mit Bravour zu Ende gebracht, wenn du nicht mit mir schwanger geworden wärst. Du hast Papa von früh bis spät in der Praxis zur Seite gestanden. Und so ganz nebenbei hast du es auch noch geschafft, dafür zu sorgen, dass wir alle ein wunderschönes Zuhause hatten. Weißt du eigentlich, dass all meine Freundinnen mich um dich als Mutter beneidet haben?“

„Was?“ Das hatte ich tatsächlich nicht gewusst. So ein Quatsch.

„Du brauchst gar nicht so ungläubig zu fragen“, fuhr Johanna fort. „Du warst weder eine von diesen penetranten Helikopter-Muttis, die immer hinter einem stehen, noch eine Mutter, die ständig arbeitet und nie Zeit hat. Du warst einfach die perfekte Mischung. Was heißt warst, du bist es natürlich immer noch.“

Nun fühlte ich mich doch geschmeichelt. Am liebsten hätte ich Johanna jetzt einmal fest in den Arm genommen.

„Danke, mein Schatz. Das war das schönste Kompliment, das ich je bekommen habe.“

Johanna seufzte. „Das war einfach nur die volle Wahrheit und ich wünschte, du würdest dein Licht nicht immer so unter den Scheffel stellen, sondern endlich auch mal stolz auf dich selbst sein.“

Ich atmete tief durch. Johanna würde mal eine gute Psychologin werden, davon war ich überzeugt. Aber eigentlich wollte ich nicht länger über mich reden.

„Sag mal, du hast geschrieben, dass du etwas über diesen Peter herausgefunden hast?“

„Stimmt! Gutes Ablenkungsmanöver übrigens.“

„Mmh. Lebt er noch? In den USA?“

„Ich weiß es nicht.“ Johanna hielt kurz inne. „Ich hatte versucht, über ein Online-Zirkusportal etwas über ihn herauszufinden. Dort hatte sich dann tatsächlich ziemlich schnell ein Typ gemeldet, der behauptet, ein Freund von Peter zu sein. Er wollte leider nichts Näheres schreiben, aber er hat mir seine Telefonnummer gegeben und ist bereit, mit dir zu sprechen.“

„Mit mir?“, antwortete ich erschrocken. Ich hatte gehofft, Johanna mit ihren hervorragenden Englischkenntnissen hätte diesen Part für mich übernommen.

„Natürlich mit dir. Mit wem denn sonst? Er heiß Robert Sullivan und lebt in Detroit. Ich schicke dir gleich seine Kontaktdaten aufs Handy.“

„In Ordnung. Vielen Dank, Johanna.“

„Ich muss jetzt auch Schluss machen, Mama. Bin gespannt, was du herausfindest. Halt mich auf dem Laufenden, ja?“

„Natürlich. Tschüss, mein Spatz.“

Ich legte das Handy beiseite und lief hektisch in dem kleinen Apartment auf und ab. Was sollte ich jetzt tun? Endlich hatte ich eine heiße Spur und könnte mein Versprechen Eva gegenüber einhalten, doch dann würde ich mein Wort gegenüber Philipp brechen. Es war zum Verrücktwerden.

Hier würde ich nie zur Ruhe kommen, ich musste mich irgendwie ablenken. Also zog ich mir schnell einen Bikini und ein T-Shirt-Kleid über, schnappte mir ein Handtuch und fuhr hinunter an den Strand. Jetzt, am Nachmittag, herrschte ein ziemlicher Betrieb in Port de Sóller. Paare, Familien mit Kindern und Freundescliquen lagen am Strand oder kühlten sich im Wasser ab. Ich schlüpfte aus dem Kleid, genoss den warmen Sand unter meinen nackten Füßen und lief dem Meer entgegen.

Was für eine Wohltat, sich von den Wellen umspülen zu lassen. Rasch schwamm ich ins tiefere Wasser und kraulte eine Weile in der geschützten Bucht, bis ich müde wurde. Dann drehte ich mich auf den Rücken, ließ mich vom Wasser tragen und sah hinauf in den wolkenlos blauen Himmel. Von weitem sah ich das Tauchboot mit ein paar Touristen hinausfahren. James, mein Tauch-Buddy von vorgestern, war wieder dabei. War es wirklich erst vorgestern gewesen, dass ich diese vermaledeite Flaschenpost gefunden hatte? Es kam mir schon viel länger vor und mir wurde klar, dass sich mein stinknormaler Mallorca-Urlaub seitdem in ein kleines Abenteuer verwandelt hatte.

Nach einer Weile schwamm ich zurück zum Strand und legte mich zum Trocknen in die Sonne. Ich hätte gerne gelesen, um mich abzulenken, doch dummerweise hatte ich meinen Thriller im Apartment liegengelassen. Um mich herum wurde geflirtet und gelacht. Es roch nach zitronigem Sonnenöl und von weitem erklang das Plopp-Plopp eines Ping-Pong-Spiels. Ich schloss die Augen. Der letzte Hauch des Sommers. Wenn ich nach Hause käme, würden vielleicht schon die ersten Herbststürme aufziehen. Ich würde die Heizung aufdrehen müssen. Inga käme wieder vorbei und würde endlos über vergangene Zeiten reden. Über ihren Bruder.

Ich öffnete die Augen. Nur nicht an Zuhause denken. Noch war ich hier. Vor mir schimmerte das Mittelmeer – in fifty shades of blue. Ich wünschte, Philipp wäre jetzt hier mit mir zusammen. Seltsam, ich hatte ihn doch gerade erst kennengelernt und doch vermisste ich ihn schon.

Während ich meine Haut eincremte, blickte ich zu der Stelle, an der ich die Flaschenpost gefunden hatte. Mit ihr hatte alles angefangen. Und so viel Schmerz sie auch hervorgerufen hatte, musste man doch eins feststellen: Ohne sie hätte ich Philipp niemals getroffen. Aber wie sollte es jetzt weitergehen? Ich war hin- und hergerissen.

„Warum musstest du auch einfach so verschwinden, du verrückter Zirkusmann?“

Es ging schon wieder los, ich redete mit mir selbst. Der verschollene Peter ging mir ebenso wenig aus dem Kopf wie Philipp. Was für ein Urlaub!

Ich fand auch am Strand einfach keine Ruhe. Nachdem ich vollständig getrocknet war, packte ich meine Sachen ein und fuhr zurück ins Apartment. Endlich hatte ich einen Entschluss gefasst. Ich musste wissen, was aus Peter geworden war. Und Philipp brauchte ja nicht zu erfahren, dass ich noch ein wenig herumgeschnüffelt hatte ...

„Hi! This is Rob. Unfortunalety, you didn‘t get me now. But maybe I’ll call you back if you leave a message.“

Auch das noch, ein Anrufbeantworter. Ich hatte mich zwar überwunden, den Zirkusmenschen aus Detroit anzurufen, aber ich hatte keine Ahnung, was ich ihm auf seine Mailbox quatschen sollte. Also schwieg ich erstmal, überlegte fieberhaft und begann dann mit einem „Ähm, hello Mr. Sullivan. This is Kristin ...“

Bevor ich weiter herumeiern konnte, ertönte ein Knacken in der Leitung und ein Mann meldete sich.

„Hallo! Wer spricht da?“

Die Stimme gehörte definitiv zu einem älteren Menschen.

„Hier spricht Kristin Regener“, meldet ich mich schnell, bevor er wieder auflegen würde. „Meine Tochter Johanna hatte Kontakt über ein Zirkusportal mit Ihnen aufgenommen und mir Ihre Telefonnummer gegeben. Ist es okay, wenn ich Sie einen Moment störe?“

„Kein Problem, junge Frau“, antwortete der Mann. „Aber Sie können mich ruhig Rob nennen. Das tun alle. Bei Mr. Sullivan oder Robert fühle ich mich gar nicht angesprochen.“

„Oh, das ist nett, Rob“, sagte ich. Der Mann klang unglaublich freundlich und die Nervosität fiel von mir ab. Mein eingerostetes Englisch schien noch zu funktionieren.

„Sie sind also auf der Suche nach meinem Freund Peter Salbach? Warum? Hat er was ausgefressen?“

Ich musste lachen. „Nein! Jedenfalls nicht, dass ich wüsste.“

Ich erzählte ihm von der Flaschenpost, die ich gefunden und von dem Versprechen, dass ich Eva gegeben hatte.

„Donnerwetter. Das ist ja mal ne Geschichte.“ Rob pfiff leise durch die Zähne. „Dann muss das wohl die Eva sein, von der mir Peter dauernd in den Ohren gelegen hat.“

„Er hatte sie also nicht vergessen?“ Ich hielt vor Aufregung den Atem an.

„Auf gar keinen Fall, Mädchen. Diese Eva war seine große Liebe, er hat keine andere Frau angeguckt."

Ich spürte, dass sich ein Kloß in meinem Hals bildete.

„Aber warum ist er denn nie zu ihr zurückgekehrt? Oder ist er etwa gestorben?"

Nun war es Rob, der sich räusperte.

„Das will ich nicht hoffen, Kristin. Aber ehrlich gesagt, weiß ich es nicht. Peter war mein bester Freund damals beim Zirkus, aber nachdem er hier weggegangen war, haben wir uns aus den Augen verloren. Ich habe nie wieder von ihm gehört."

„Oh. Das ist ja ..."

Ich wusste nicht, was ich sagen sollte. Die Enttäuschung über seine letzten Worte ließen mich wie ein Häufchen Elend zusammensacken.

„Ja, wirklich schade", fuhr Rob fort. „Ich wüsste zu gerne, was aus ihm geworden ist. Und warum er nicht wieder mit Eva zusammengekommen ist. Immerhin hat er seine große Chance hier wegen ihr aufgegeben."

„Er hat was?" Ich traute meinen Ohren nicht.

„Ja, er ist zurück nach Deutschland gegangen, um Eva zu treffen. Wollte sie heiraten und so. Ich Idiot war es sogar, der ihm dazu geraten hatte." Er legte eine kurze Pause ein. „Tja, muss wohl nicht geklappt haben. Tut mir echt leid für ihn."

„Das gibt's doch nicht", murmelte ich leise.

„Kristin?“, fragte Rob. „Würden Sie mir Bescheid geben, wenn Sie Peter finden?“ Er seufzte tief. „So oder so, ich würde es gerne wissen.“

Ich hatte mich kaum von dem Telefonat nach Detroit erholt, als es an meiner Haustür klingelte. Erschrocken fuhr ich zusammen. Ein ungutes Gefühl machte sich in mir breit, so als ob etwas ganz und gar Unerfreuliches auf mich zukäme.

Was für ein Blödsinn, wies ich mich selbst zurecht und öffnete die Tür.

Vor mir stand Philipp, völlig aufgelöst. Sein verzweifelter Blick sagte alles. Er musste direkt von Eva zu mir gekommen sein. Obwohl die Luft voller spätsommerlicher Wärme war, fröstelte ich plötzlich. Ich ergriff seine Hand und zog ihn in die Wohnung.

„Philipp, was ist passiert?“

Kapitel 10

Port de Sóller, 20. September 2018

Ich dirigierte Philipp auf die Terrasse und ließ ihn erstmal Platz nehmen. Er wirkte völlig neben der Spur, die ungezwungene Leichtigkeit, die ihn noch am Morgen umgeben hatte, war wie weggeblasen. Da er meine Hand gar nicht mehr losließ, hockte ich mich vor ihn.

„Philipp, bitte rede mit mir. Was ist denn nur passiert?"

Langsam hob er den Blick und sah mich an. Als er schließlich sprach, klang seine Stimme belegt.

„Es geht ihr schlecht, Kristin. Ziemlich schlecht."

Ich hatte es geahnt. Vor lauter Aufregung hielt ich den Atem an.

„Kurz bevor ich am Nachmittag im Krankenhaus ankam, hat meine Mutter über Atemnot geklagt. Die Ärzte haben mir erklärt, dass sie zustande kam, weil sich Blut von der Infarkt-geschädigten Herzkammer in die Lunge zurückgestaut hat. Das hat die Sauerstoffaufnahme verschlechtert. Kurz gesagt, sie hat eine bedrohliche Herzschwäche entwickelt."

Ich schlug die Hand vor den Mund. Das hörte sich alles gar nicht gut an.

„Die Ärzte haben sie erstmal in ein künstliches Koma versetzt und hoffen, dass es nicht auch noch zu einem kardiogenen Schock kommt. Das wäre dann wahrscheinlich das Ende."

Tränen traten in seine Augen. Er versuchte, sie wegzublinzeln und sah über mich hinweg auf die Bucht. Ich richtete mich auf und nahm ihn fest in die Arme. Drückte mein Gesicht in seine Halsbeuge und streichelte mit der Hand über seinen Rücken.

„Ach, Philipp ... Es tut mir so leid. Ich hatte gehofft, du kämst mit guten Nachrichten wieder."

Er schüttelte den Kopf.

„Was soll ich nur tun, Kristin? Sie darf einfach nicht sterben. Nicht jetzt."

Er zog mich hoch, noch enger zu sich heran und ich setzte mich auf seinen Schoß. Eng aneinandergeschmiegt, wiegten wir uns hin und her.

„Du darfst die Hoffnung nicht aufgeben", flüsterte ich in sein Ohr. „Sie braucht dich jetzt, hörst du? Du musst für sie da sein, du musst an sie glauben. Und ich bin für dich da. Ich werde dich nicht im Stich lassen."

Er nickte bloß und schwieg, hielt mich fest umklammert, als sei ich sein Rettungsring in stürmischer See. Erst nach einer gefühlten Ewigkeit lockerte er seinen Griff. Ich löste mich vorsichtig aus seiner Umarmung und stand auf.

„Wie geht es denn nun weiter? Fährst du zurück ins Krankenhaus?"

Er schüttelte den Kopf. „Sie haben gesagt, ich könnte im Moment gar nichts tun. Sie rufen mich an, wenn es

Neuigkeiten gibt. Ansonsten würde ich morgen früh wieder zu ihr fahren."

„Okay." Ich sah auf ihn hinab und hätte sonst etwas darum gegeben, ihm zu helfen. Aber da gab es nicht viel, was ich tun konnte.

„Möchtest du vielleicht etwas trinken? Ich habe einen leichten Rosé im Kühlschrank. Und Pasta habe ich auch. Ich könnte uns Spaghetti aglio e olio machen, wenn du magst."

Er zuckte die Achseln. „Richtig Hunger habe ich eigentlich nicht, aber ich wäre schon froh, wenn ich einfach hierbleiben könnte."

Er warf mir einen flehentlichen Blick zu, der mein Herz zum Schmelzen brachte.

„Natürlich! Du kannst bleiben, solange du magst!" Ich ging in die Küche, holte den Wein aus dem Kühlschrank und reichte ihm die Flasche und einen Korkenzieher.

„Wie wäre es, wenn du dich nützlich machst? Ich werfe schonmal die Spaghetti ins Wasser. Vielleicht wirst du dich doch besser fühlen, wenn du etwas im Magen hast."

Eine halbe Stunde später tranken wir unseren Wein und aßen die Pasta auf der Terrasse, während die untergehende Sonne die Bucht in goldenes Licht tauchte. Philipp hatte sein Handy auf den Tisch gelegt und warf immer mal wieder einen besorgten Blick darauf, doch zum Glück blieb es stumm.

Unsere Unterhaltung war so ganz anders als noch am Morgen. Plötzlich schien es profan, über Bücher und Filme, Reisen oder Musik zu sprechen. Das Schicksal hatte sämtliche Pläne und Hoffnungen über den Haufen geworfen. Wieder einmal. Ich wusste nur zu gut, wie man sich fühlte, wenn der Tod ungebeten an die Tür klopfte und einen geliebten Menschen zu rauben versuchte. Vielleicht war es diese Erfahrung, die mich die richtigen Worte für Philipp finden ließ. Ich wusste es nicht. Aber nachdem er eine ganze Weile geschwiegen und seine Nudeln von einer Seite des Tellers auf die andere geschoben hatte, begann er auf einmal zu sprechen.

Er erzählte von Eva, jener Eva, die ihre eigenen Interessen stets zugunsten der Familie zurückgestellt hatte. Die ihre Tochter und ihre Enkelkinder liebte, aber vor allem eine enge Beziehung zu ihrem einzigen Sohn hatte.

„Was ist eigentlich mit deiner Schwester, hast du mit ihr gesprochen? Wird sie nun doch auf die Insel kommen?“

Philipp rollte mit den Augen. „Ich hab‘ sie angerufen und ihr den Ernst der Lage klargemacht, aber sie hatte trotzdem tausend Ausreden, nicht zu kommen. Kannst du dir das vorstellen?“

Ich zuckte die Achseln. Es war besser, nicht über jemanden zu urteilen, den ich gar nicht kannte.

Inzwischen war es stockdunkel geworden. In der Bucht strahlten die Lichter der Restaurants und Bars. Die Hitze war einer angenehmen Brise gewichen. Philipp gähnte und strich sich übers Gesicht. Er sah total kaputt aus.

„Möchtest du heute Nacht hierbleiben?“

Er riss überrascht die Augen auf. Und ich wunderte mich über mich selbst. Hatte ich das gerade wirklich gesagt? – Der Satz war mir einfach so über die Lippen gekommen, ich hatte gar nicht darüber nachgedacht. Und trotzdem war mir das Angebot nicht peinlich. Ich hatte das untrügliche Gefühl, dass es das Beste für Philipp war. Und wenn ich ehrlich war: Ich wollte gar nicht, dass er ging.

Ein warmer Glanz war in seinen Blick getreten, als er mich nun ansah und lächelte.

„Ich hätte mich nicht getraut, zu fragen. Aber ich wäre so froh, wenn ich nicht allein nach Hause gehen müsste.“

„Dann komm, lass uns reingehen“, schlug ich vor, stand auf und reichte ihm meine Hand. „Du siehst aus, als würdest du gleich im Sitzen einschlafen.“

Ich zeigte ihm das Bad. Während er sich wusch, zog ich mein seidenes Nachthemd an. Vielleicht keine so gute Idee, dachte ich noch, als Philipp viel zu schnell wieder im Zimmer auftauchte.

„Wo ... Wo soll ich denn schlafen?“

Noch während er seine Frage stellte, riss er die Augen auf und starrte mich an wie eine Erscheinung. Ich glühte unter seinem Blick und hätte mich am liebsten selbst gesteinigt. Warum hatte ich keinen alten, langweiligen Schlafanzug eingepackt?

„Du bist wunderschön, Kristin."

Seine Worte glitten wie eine verheißungsvolle Köstlichkeit in mein Herz. Ich traute mich kaum, ihn anzusehen. Aber als ich dann doch in sein Gesicht blickte, überzog ein Schauer meinen Körper. Ich nahm alles gleichzeitig wahr: sein Begehren, seine Leidenschaft, die vorsichtige Zärtlichkeit, mit der er mich betrachtete. Sekunden verstrichen. Dann senkte er den Blick und strich sich durch seine verwuschelten Haare.

„Ach Kristin, diese Nacht ... Es ist kompliziert."

Ich wusste, was er meinte. Wie konnten wir an uns denken, wenn seine Mutter zwischen Leben und Tod schwebte?

„Soll ich auf dem Sofa schlafen?"

Er wies mit dem Kopf auf die schmale Couch im Wohnzimmer.

Ich schüttelte den Kopf. „Ach Philipp, ich glaube, das Bett ist groß genug für uns beide. Und ich habe keine Angst, dass du heute Nacht über mich herfällst. Oder sollte ich mir da Sorgen machen?"

Jetzt kehrte doch tatsächlich das altbekannte Funkeln in seine Augen zurück. Er hob die Mundwinkel und zwinkerte mir zu.

„Zumindest würde ich keine Wette darauf abschließen."

Ich hielt die Luft an und erstarrte. Ehe ich weiter darüber nachdenken konnte, war Philipp noch einen Schritt auf mich zugegangen. Jetzt trennten uns nur noch wenige Zentimeter. Ich roch sein Aftershave. Spürte die Wärme, die von ihm ausging.

„Kristin", flüsterte er und zog mich fest an sich. Ich blickte zu ihm auf und schon fanden sich unsere Münder zu einem vorsichtigen Kuss. Einem Kuss, der immer leidenschaftlicher wurde und mich die Augen schließen ließ. Für die Dauer einiger Wimpernschläge löste sich Philipp von mir, um mir etwas ins Ohr zu raunen.

„Genau das wollte ich schon heute Morgen tun. Aber du hast mich ja nicht gelassen. Ich hatte Angst, du willst mich gar nicht."

Er ließ mir keine Zeit zum Antworten. Und ehrlich gesagt, war mir das auch lieber.

Ich schlang meine Armen um ihn, und er hob mich hoch und legte mich vorsichtig aufs Bett. Quälend langsam strich er mit den Händen über die Seide meines cremefarbenen Nachthemdes und beugte sich dicht über mich. Fuhr mit der Zunge über meine

Schlüsselbeine, sodass ich lustvoll aufstöhnte. Dann richtete er sich auf und lächelte traurig.

„Bist du mir böse, wenn ich heute nicht mit dir schlafe?“

„Was?“, fragte ich völlig perplex. Ich hatte mich völlig von meinen Gefühlen leiten lassen und das Denken ausgeschaltet. Nun kam es mir vor, als reiße mich eine eiskalte Dusche aus einem wundervollen Traum.

Er zuckte leicht die Achseln. „Ich habe einfach das Gefühl, dass jetzt nicht die richtige Zeit dafür ist. Ich muss ständig an meine Mutter denken und schrecke beim kleinsten Geräusch auf, weil ich fürchte, das Handy könnte klingeln. Es wäre nicht richtig, Kristin. Wenn ich mit dir schlafe, möchte ich mich dir mit allen Sinnen widmen.“

Ich atmete aus. Ein warmes Gefühl durchströmte meinen Körper. Ich nahm seinen Kopf in beide Hände, zog in zu mir heran und küsste ihn.

„Du musst dich nicht entschuldigen. Alles ist gut, so wie es ist. Und jetzt leg dich hin und versuch, ein wenig zu schlafen.“

Ich rückte zur Seite und er kroch neben mir ins Bett und zog die leichte Sommerdecke über uns. Dann löschte er das Licht und legte den Arm um mich. Es fühlte sich gut an. Also kuschelte ich mich noch etwas enger an ihn, was er mit einem zufriedenen Seufzer quittierte.

„Gute Nacht“, flüsterte er und berührte sanft mit den Lippen meine Schläfe. Ein wohliger Schauer durchfuhr mich und ich schloss die Augen.

„Gute Nacht“, antwortete ich. Fast hätte ich noch ein ‚mein Schatz‘ hinzugefügt, aber das konnte ich mir im letzten Augenblick verkneifen.

Bald darauf verrieten mir Philipps gleichmäßige Atemzüge, dass er schlief. Sein Arm lag noch immer auf mir und ich dachte, wie schön es doch war, so nahe bei ihm zu sein. Ich genoss seine Wärme, seinen Geruch, die Tatsache, dass er bei mir war. Und dennoch konnte ich nicht einschlafen. Meine Gedanken wanderten zu Eva und Peter und die verpasste Chance in ihrem Leben. Was war nur passiert, dass Peter sie offenbar doch nicht getroffen hatte? Denn das hätte mir Eva unzweifelhaft erzählt. Alles sprach dafür, dass er im Laufe der Jahre gestorben war. Und dennoch ... Irgendetwas hielt mich davon ab, an seinen Tod zu glauben.

Ich dachte an Eva, die nur wenige Kilometer von hier entfernt auf der Intensivstation lag und um ihr Leben kämpfte. ‚Bitte halt durch. Du musst es schaffen‘, beschwor ich sie in Gedanken. Ich betete dafür, dass sie gesund werden würde. Ich flehte das Schicksal an, es gut mit ihr zu meinen. Es war schon tief in der Nacht, als ich endlich einschlief.

Heller Sonnenschein fiel ins Schlafzimmer, als ich erwachte. Das Bett neben mir war leer. Ich hatte so fest geschlafen, dass ich überhaupt nicht mitbekommen hatte, dass Philipp aufgestanden war. Offenbar hatte er mein Apartment aber noch nicht verlassen, denn ich hörte ein leises Rumoren aus der Küche. Rasch stand ich auf und lief barfuß aus dem Zimmer.

Philipp stand in der Küche und machte sich am Kaffeeautomaten zu schaffen. Er sah auf und lächelte.

„Guten Morgen! Habe ich dich geweckt? Bitte entschuldige. Ich kämpfe gerade mit dieser Höllenmaschine, weil ich dir eigentlich einen Kaffee ans Bett bringen wollte."

Ich fuhr mir verlegen durch das ungekämmte Haar und dachte, wie gut er heute Morgen aussah und wie schön es war, ihn in meiner Küche zu sehen. Aber durfte ich das überhaupt denken, angesichts der derzeitigen Lage?

„Hast du etwas aus dem Krankenhaus gehört?", fragte ich zögernd.

Er nickte. „Ich habe gleich angerufen, als ich wach geworden war. Sie hat die Nacht gut überstanden. Das gilt zwar nicht als Entwarnung, aber trotzdem ..." Er hielt kurz inne. „Ich nehme es jetzt einfach mal als gutes Zeichen."

Ich atmete auf. „Gott sei Dank, das ist gut. Pass auf, heute wird es ihr bestimmt schon bessergehen."

„Hoffentlich. Ich werde gleich nach dem Frühstück zu ihr fahren. Apropos Frühstück. Ich war schon los und habe uns Brötchen und Croissants geholt. Das pétit

Dejeuner gibt's gleich auf der Terrasse, wenn's dir recht ist."

„Was für ein Luxus! Na, dann werde ich mich mal schnell fertigmachen", sagte ich und machte mich auf den Weg ins Bad.

Wenig später saßen wir draußen zusammen, tranken Kaffee und ließen uns knusprige Croissants schmecken. Alles fühlte sich so vertraut und selbstverständlich an, als würden wir uns schon lange kennen. Ich konnte kaum glauben, dass ich Philipp erst vorgestern zum ersten Mal getroffen hatte. In der vergangenen Nacht hatte ich noch lange über Eva, ihr Leben – so wie Philipp es mir geschildert hatte – und ihren Zusammenbruch nachgedacht. Nun nahm ich meinen Mut zusammen, um Philipp meinen Vorschlag zu unterbreiten.

„Was wirst du heute unternehmen?", fragte er und das war mein Stichwort.

„Kommt ganz 'drauf an." Ich stellte meinen Kaffeebecher auf den Tisch und lehnte mich zurück. Philipp hob fragend die Augenbrauen.

Puh, es war gar nicht so einfach. Ich holte tief Luft und dann legte ich los. Ich erzählte Philipp von meinem Telefonat mit Rob und dass Peter versucht hatte, Eva wiederzusehen. Ich sprach davon, dass jeder Mensch etwas braucht, dass ihm Hoffnung gibt. Dass es die Liebe sein kann, die uns um unser Leben kämpfen lässt. Und dass es Eva helfen könnte, wieder gesund zu werden, wenn sie wüsste, dass sie Peter noch einmal wiedersehen könnte. Während ich sprach, hatte sich Philipps Miene immer mehr verfinstert. Ich hatte es wohl bemerkt, aber nun hatte ich angefangen und musste meine Sache zu Ende bringen.

„Ich weiß, dass ich dir zugesagt habe, das Thema ruhen zu lassen, aber ich glaube fest daran, dass es wichtig ist, dass wir Peter finden. Vielleicht lebenswichtig für deine Mutter. Bitte, Philipp, lass mich weiter nach ihm suchen."

Ich schwieg und sah ihn hoffnungsvoll an.

Philipp biss sich auf die Unterlippe und sah vor sich auf den Tisch. Schließlich hob er den Blick und sah mich wütend an.

„Ich fasse es nicht, Kristin. Ich hatte dich darum gebeten, nicht weiter in der Vergangenheit herumzuwühlen. Du hast es mir versprochen und dann trotzdem weitergemacht? Den ganzen Abend hast du keinen Ton davon gesagt. Und jetzt das."

Er schüttelte den Kopf und mein Magen krampfte sich zusammen. Mit einem solchen Wutausbruch hatte ich nicht gerechnet.

„Meine Mutter hat sich so über die Sache aufgeregt, dass sie einen schweren Herzinfarkt bekommen hat und nun vielleicht stirbt. Und du willst immer noch weitermachen? Das ... das hätte ich nicht von dir gedacht."

Mit einem Ruck schob er seinen Stuhl zurück und sprang auf.

„Philipp ... warte!“

Er war im Begriff, die Terrasse zu verlassen, und ich folgte ihm.

„Nun renn doch nicht weg. Ich habe es doch nur gut gemeint. Ich glaube, dass wir deiner Mutter damit helfen können.“

„Da täuschst du dich. Halt dich einfach da raus, Kristin.“

Ehe ich ihn daran hindern konnte, hatte er die Haustür aufgerissen und lief zu seinem Wagen. Ohne sich umzusehen, stieg er ein und brauste davon. Ich stand auf der Straße und sah ihm fassungslos nach.

Langsam kehrte ich ins Haus zurück und konnte immer noch nicht begreifen, was geschehen war. Der Morgen hatte doch so schön begonnen, wie konnte dann nur alles aus dem Ruder laufen?

Mechanisch begann ich damit, den Tisch abzudecken und alles zurück in die Küche zu tragen. Ich stellte die Lebensmittel in den Kühlschrank, wischte die Krümel vom Tisch und spülte das Geschirr. Mein Kopf war wie leergefegt. Ich konnte keinen klaren Gedanken fassen. Nur eine brennende Frage tauchte immer wieder in meinem Inneren auf. Würde ich Philipp nie wieder sehen?

Als ich mit allem fertig war, begann ich das Bad zu putzen. Ich konnte einfach nicht stillsitzen. Und ich wusste nicht, was ich tun sollte. Da klingelte mein Handy. Bestimmt war es Philipp. Er würde sagen, dass er das alles nicht so gemeint hatte. Ich könnte mich entschuldigen. Alles würde gut werden. Mit tränenblinden Augen nahm ich den Anruf an.

„Hallo Kristin. Endlich erreiche ich dich. Hattest du dein Handy gestern ausgestellt?"

Es war Inga. Ich versuchte, mich zusammenzureißen, wischte mir die Tränen vom Gesicht und bemühte mich, so normal wie nur möglich zu sprechen.

„Ach, hallo Inga. Ja, stimmt, ich hatte es versehentlich ausgestellt. Tut mir leid."

„Deine Stimme klingt komisch. Hast du etwa geweint?"

Inga war offensichtlich doch empathischer, als ich angenommen hatte, auch wenn ihre Stimme nach wie vor barsch klang. Ich schwieg. Das ganze Elend stieg mir in der Kehle hoch und wenn ich jetzt nur einen Ton herausbringen würde, konnte ich die Tränen womöglich gar nicht mehr zurückhalten.

„Kristin? Alles in Ordnung? Was hast du denn?"

So besorgt hatte ich Inga schon lange nicht mehr erlebt.

„Es ist wegen Jan, oder? Du hättest doch noch nicht alleine in den Urlaub fahren sollen. Ich hab's dir ja gleich gesagt."

Ich schüttelte stumm den Kopf.

„Kristin? Jetzt rede doch endlich mit mir. Komm schon, ich mache mir Sorgen."

Und dann konnte ich nicht länger an mir halten. Ich erzählte ihr alles – von der Flaschenpost, Evas Herzanfall und meinen Nachforschungen über Peter. Nur dass Philipp hier übernachtet hatte, ließ ich vorsichtshalber aus.

„Ach du liebe Zeit", reagierte Inga mit tonloser Stimme, nachdem ich geendet hatte. „Da hast du dich ja ganz schön in die Scheiße manövriert, liebe Schwägerin. Warum hast du mir das nicht gleich erzählt? Ich hätte dir sofort geraten, die Finger davon zu lassen. Die ganze Sache geht dich doch überhaupt nichts an. Dumm genug, dass du dieser Frau den Brief gegeben hast, aber jetzt sollte der Fall für dich erledigt sein. Tu, was dieser Sohn dir gesagt hat, und halt dich da raus."

Meine Hand quetschte das Handy an meinem Ohr zusammen und ich bereute, dass ich mich hatte hinreißen lassen, Inga die Wahrheit zu sagen.

„Kristin, bist du noch dran? Du sagst ja gar nichts mehr."

„Bin noch dran", murmelte ich leise. Ich fühlte mich völlig kraftlos und ausgelaugt.

„Hör zu", nahm Inga den Faden wieder auf und mein Leben in ihre Hand. „Am besten, du gehst heute wieder zu deinem Tauchkurs und vergisst den ganzen Kram. Das sind fremde Leute, du hast nichts mit ihnen zu tun.

In ein paar Tagen fliegst du wieder nach Hause und dein Leben geht weiter wie vorher. Alles ist gut. Hast du verstanden?"

„Mmh", brummte ich und wischte mit der freien Hand ein paar Flusen von der Ablage im Bad.

„Nun komm schon, ich verstehe überhaupt nicht, warum du die Sache so ernst nimmst. Vergiss es einfach. Ich muss jetzt auch Schluss machen, meine Pause ist zu Ende. Ich habe ja leider keinen Urlaub."

Erleichtert beendete ich das Gespräch und starrte in den Badezimmerspiegel. Was tue ich jetzt nur?, fragte ich mein Spiegelbild und erhielt keine Antwort. Eins war klar, ich wollte nicht länger putzen. Und wenn ich hierbliebe, würde ich unter Garantie verrückt werden. Ein paar Minuten später schlüpfte ich in meine Wanderklamotten, verließ die Wohnung und fuhr davon.

Ich nahm die gleiche Strecke wie gestern mit Philipp, doch diesmal fuhr ich an Valldemossa vorbei und hielt mich in Richtung Dejá. Unterwegs stellte ich den Wagen auf einem Parkplatz ab und ging dann zu Fuß weiter. Mein Ziel war die Ermita de la Trinitat, ein Kloster versteckt in den Bergen. Ich hatte in einem Reiseführer darüber gelesen und mir schon zu Hause vorgenommen, es mir anzusehen. Das kam mir nun allerdings vor, als sei es in einem anderen Leben gewesen.

Ich wanderte allein durch die Serra de Tramuntana, sog den Geruch nach sonnenwarmer Erde ein und genoss die Stille, die klare Luft und den Duft nach Rosmarin. Ein Raubvogel zog seine Kreise am Himmel und spähte auf mich hinab. Ich setzte einen Fuß vor den anderen und versuchte, nicht an Philipp zu denken. Versuchte, mich aufs Hier und Jetzt zu konzentrieren. Gar nicht so einfach. Aber immerhin gelang es mir hier in der Natur besser als in meinem Apartment oder am Strand mit unzähligen anderen Leuten.

Je näher ich dem Kloster kam, umso froher war ich, das Auto stehengelassen zu haben. Die Straße, die zur Eremitage der Heiligsten Dreifaltigkeit führte, war steil und wurde immer schmaler, bis sie endlich auf einen großen Parkplatz endete. Das Kloster selbst lag malerisch am Rande eines Waldes, der hauptsächlich aus Steineichen bestand. Ich besuchte die kleine Kapelle, bestaunte den hübschen Innenhof und gelangte zu einem steinernen Balkon, von dem aus man bis weit über die Küste hinausblicken konnte.

Ein lauer Wind wehte hier oben und während ich aufs Meer schaute, fiel die Unruhe langsam von mir ab. Dafür kam mir die Erkenntnis, dass ich mal wieder versucht hatte, Schicksal zu spielen. Und das alles umsonst gewesen war. Eva würde sterben. Philipp würde nichts mehr mit mir zu tun haben wollen. Und Peter bliebe für immer verschollen.

Von Ferne drang der Gesang von Mönchen zu mir hinüber. Ich schloss die Augen, genoss die Sonne auf der Haut und wünschte mir, dass die friedliche Stimmung dieses einsamen Ortes fern der Zivilisation für immer gegenwärtig bliebe.

„Schön, nicht wahr? Diesem Platz wohnt einfach ein besonderer Zauber inne."

Erschrocken öffnete ich die Augen und sah mich um. Die Stimme gehörte zu einer hageren, älteren Frau, die neben mir aufgetaucht war und ebenfalls die Aussicht bewunderte. Ich war so versunken gewesen, dass ich sie gar nicht kommen gehört hatte. Die Frau, offensichtlich eine Deutsche, war von Kopf bis Fuß in modernen Trekkingsachen gekleidet.

„Bitte verzeihen Sie, ich hatte Sie nicht stören wollen", entschuldigte sie sich.

„Kein Problem, Sie stören gar nicht", versicherte ich ihr und lächelte sie halbherzig an.

„Jedes Mal, wenn ich auf Mallorca bin, muss ich wenigstens einmal herkommen und meine Akkus wieder auftanken. Das gelingt mir nirgendwo so gut wie hier."

„Das glaube ich Ihnen gerne", nickte ich ihr zu und hoffte, dass sie schnell wieder verschwand.

„Haben Sie die Mönche eben gehört? Ihren Gesang?"

Die Frau hatte ihre Stimme zu einem Flüstern gesenkt, obwohl wir doch ganz alleine hier oben waren.

„Ja“, wisperte ich zurück. „Es war wunderschön. Ich habe eine Gänsehaut bekommen.“

„Sie gehören einem besonderen Orden an“, verriet sie mir. „Es sind Einsiedler. Sie folgen der strengen Lebensform der Wüstenväter. So wurden die ersten Eremiten des Christentums genannt. Sie sollen sich einst auf der Suche nach Einsamkeit in Askese und Gebet in die Wüste zurückgezogen haben. Die vier Mönche, die in diesem Kloster leben, sind die letzten Einsiedler Mallorcas und weltweit die einzigen Eremiten, die noch nach den strikten Regeln der Wüstenväter leben.“

Während sie sprach, kam ein Mann mit einem langen Bart und einer dunkelbraunen Kutte in Sicht. Die Frau stieß mir ihren Ellenbogen in die Rippen.

„Dort, sehen Sie nur, das ist einer von ihnen. Sie schweigen fast den ganzen Tag und beten bei allem, was sie tun. Sie müssen sich mal ihren Gemüsegarten ansehen. Ich denke immer, dass die Tomaten und die Zwiebeln, der Lauch, der Kohl und die vielen duftenden Kräuter nirgends so gut gedeihen wie hier.“ Sie lachte leise und deutete zum Himmel. „Vermutlich haben die Mönche doch einen besseren Draht zu dem da oben als unsereiner.“

Ich zuckte die Achseln. Mir war nicht danach, mich über christliche Fragen mit dieser Fremden zu unterhalten. Wenn ich einen guten Draht nach oben hätte, würde ich darum bitten, dass Eva schnell wieder gesund und Philipp mir verzeihen würde. Aber ehrlich gesagt, hatte ich inzwischen die Hoffnung auf beides komplett verloren. Ich hatte das Gefühl, alles falsch gemacht und nur Unglück beschert zu haben. Es war besser, auf Philipp und Inga zu hören und mich rauszuhalten.

Ich lenkte meinen Blick zurück auf die Weite des Meeres und schwieg. Die Frau stand noch immer neben mir und musterte mich nachdenklich.

„Was immer Sie betrübt, meine Liebe, denken Sie daran, es geht vorüber. Ich halte mich immer an den alten Nietzsche, wenn ich mich mies fühle: Die Hoffnung ist der Regenbogen über dem herabstürzenden Bach des Lebens."

Kapitel 11

San Francisco, April 1975

Sie hatten einen Tisch am Fenster gewählt. Violet hatte das Restaurant in Fisherman’s Wharf, dem berühmten Hafenviertel von San Francisco, ausgesucht.

„Wir müssen unbedingt die Krabbensuppe mit Muscheln in einer Sauerteigschüssel essen“, raunte sie Peter verschwörerisch zu und legte ihre Hand auf seine. Einen Moment länger, als nötig gewesen wäre. Dabei strahlte sie ihn so glücklich an, als hätte er ihr gerade einen Lottogewinn verkündet. Peter zuckte die Achseln und klappte die Speisekarte wieder zu.

„Wie du meinst, dann brauche ich ja gar nicht weiter zu gucken.“

Er sah aus dem Fenster und bewunderte die malerische Aussicht auf die Bucht, die Golden Gate Bridge und die Gefängnisinsel Alcatraz. Violet hatte so lange gequengelt, bis er schließlich zugestimmt hatte, einen seiner wenigen freien Abende mit ihr hier zu verbringen. Es war ein Fehler gewesen, das hatte er schon in dem Augenblick erkannt, als sie sich hier niedergelassen hatten.

„Nach dem Essen könnten wir uns noch die Seelöwen am Pier 39 ansehen“, schlug Violet vor und winkte dem Kellner. „Wollen wir eine Flasche Wein bestellen?“

Peter nickte ergeben und versuchte zu lächeln. Violet war ein bildhübsches Mädchen. So einige Männer im Restaurant hatten ihr bewundernde Blicke zugeworfen, als sie vorhin hereingekommen waren. Ihre Schönheit und ihr offenes Wesen waren auch die Gründe dafür gewesen, dass sich Peter auf einen Flirt mit ihr eingelassen hatte, als sie sich vor zwei Wochen in Los Angeles kennengelernt hatten. Sie war in die Vorstellung seines Zirkus‘ gekommen und hatte sich für die Elefanten interessiert, über die Peter ihr bereitwillig Auskunft gegeben hatte. Seitdem war sie jeden Tag wiedergekommen und war dem Zirkus sogar nach San Francisco nachgereist. Seine Kollegen rissen schon Witze darüber, dass sie ihn über kurz oder lang vors Standesamt schleifen würde. Inzwischen hatte Peter selbst den Eindruck, dass Violet genau dies im Sinn hatte.

„Nun mach doch nicht so ein Gesicht, Peter. Ich dachte, du bist froh, mal aus dem Zirkus rauszukommen und etwas anderes zu sehen!“

Violet zog ihre Stupsnase kraus und versuchte, empört zu wirken. Doch schon im nächsten Moment strahlte sie wieder und winkte ab.

„Wenn meine Freundinnen mich jetzt hier sitzen sehen könnten. So einen tollen Freund hat keine von ihnen. Ich finde es ja so phänomenal, wie du diese riesigen Elefanten dazu kriegst, alles zu machen, was du von ihnen willst.“

Der Kellner kam, nahm die Bestellung auf und enthob Peter damit einer Antwort. Er seufzte leise. Anfangs hatte Violet ihn mit ihrem Aussehen an Eva erinnert, was dazu geführt hatte, dass er sich mit ihr eingelassen hatte. Inzwischen war ihm jedoch klargeworden, dass Welten zwischen Violet und Eva lagen. Keine Frau schien Eva je das Wasser zu reichen. Nicht hier und nicht in Europa.

Seit über vier Jahren lebte er schon in den USA. Nachdem er beim Circo de los Animales rausgeflogen war, hatte er es mit der Hilfe seiner Freunde tatsächlich geschafft, nach Detroit zu kommen, wo sich der berühmte Dompteur William mit seinem Zirkus „Diamond Star“ im Winterquartier befand. Durch die Empfehlung seines Freundes Luigi kam Peter an eine Anstellung als Tierpfleger zur Probe. William, der sich wahrhaftig als brillanter Dompteur und großer Tierfreund erwies, erkannte sofort das Potential des jungen Deutschen und nahm ihn unter seine Fittiche. Inzwischen arbeitete Peter als sein Co-Dompteur, verdiente gutes Geld, war angesehen und beliebt im „Diamond Star“. Würde er sich nicht immer noch nach Eva sehnen und oft mit schlechtem Gewissen an die Elefantin Mala erinnern, wäre alles perfekt in seinem Leben.

„Peter? Was ist eigentlich eure nächste Station nach San Francisco?“

Violet hatte den Kopf zur Seite gelegt und sprach mit einer extrasanften Kleinmädchenstimme. Peter schwante nichts Gutes.

„Übermorgen geht's nach Sacramento." Er versuchte, möglichst unbekümmert zu klingen. Was er überhaupt nicht gebrauchen konnte, war eine Szene von Violet, weil er sich wieder auf die Reise machte.

Der Kellner brachte den Wein, entkorkte die Flasche und goss beiden ein. Peter hob sein Glas.

„Cheers, auf einen schönen Abend."

„Cheers, Darling. Den werden wir bestimmt haben."

Der Wein schmeckte hervorragend, die Atmosphäre im Restaurant war genial und dennoch wünschte sich Peter, er hätte Violets Drängen nicht nachgegeben. Er sah sie an und erkannte, dass sie sich für diesen Abend besonders herausgeputzt hatte. Sie trug ein knallbuntes Kleid im Folklorestil, Schuhe mit Plateausohlen und ihr langes, blondes Haar offen. Ihre blauen Augen wurden durch einen tiefschwarzen Lidstrich betont und auf ihren vollen Lippen glänzte hellrosa Lipgloss.

„Sacramento", wiederholte sie gedankenvoll. „Da war ich noch nie."

Er nickte unbehaglich. „Ich auch nicht."

Nachdem Violet ihm nach San Francisco nachgereist war, lebte sie mit ihm zusammen im Wohnwagen. Immerhin war er auch nur ein Mann, und eine junge Frau, die wie ein Fotomodell aussah, von der Bettkante zu schubsen, wäre idiotisch gewesen. Allerdings war

Peter davon ausgegangen, dass Violet bald wieder in ihre Heimatstadt Los Angeles abgedampft wäre – zurück zu ihren Eltern, ihren tausend Freundinnen und ihrem Bürojob. Jetzt sah es aus, als überlegte sie allen Ernstes, mit nach Sacramento zu kommen.

„Mein Urlaub ist leider bald zu Ende“, fuhr Violet fort. „Ich hatte überlegt, dass du mit mir nach L.A. kommen und meine Eltern kennenlernen könntest.“

„Deine Eltern?“ Peter sah sie erstaunt an. „Ich glaube, das ist keine gute Idee, Violet.“

Das Essen wurde serviert und Violet starrte missmutig in ihre Krabbensuppe.

„Warum nicht? Schließlich ist es doch ganz normal, dass sie meinen Freund kennenlernen wollen.“

Peter tauchte ein Stück Weißbrot in die Suppe und suchte nach den richtigen Worten.

„Naja, ich glaube nicht, dass sie besonders erfreut wären, wenn du ihnen einen Freund präsentierst, der sozusagen zum fahrenden Volk gehört. Bestimmt haben sie sich für ihre Tochter etwas anderes vorgestellt.“

„Aber Peter!“ Violet warf ihren Löffel auf den Tisch und ihm einen flammenden Blick zu. „Es ist mir vollkommen egal, was sie denken. Ich liebe dich. Und das ist alles, was zählt!“

Nun war wahrscheinlich jener Augenblick gekommen, in dem in jedem Liebesfilm auch der Mann seine Liebe beteuern und um die Hand seines Mädchens anhalten würde. Peter holte tief Luft.

„Violet, du bist das hübscheste Mädchen, das ich kenne.“

Sie lächelte unsicher.

„Aber du hast etwas Besseres verdient als mich.“ Erleichtert, dass ihm dieser Satz rechtzeitig eingefallen war, nahm Peter Violets Hand und streichelte sie.

„Sieh mal, wir hatten eine tolle Zeit miteinander, aber so wird es nicht immer sein. Ich bin ein armer Schlucker, der in einem Wohnwagen haust. Mit mir wirst du nie irgendwo schick in den Urlaub fahren und in einem schönen Haus wohnen. Deine Eltern werden nichts mehr mit dir zu tun haben wollen. Und deine Freundinnen werden auf dich herabsehen. Das alles will ich nicht.“

Dicke Tränen kullerten Violets Wangen hinab.

„Aber das ist mir alles nicht wichtig. Ich will nur dich. Du wirst schon sehen, wir werden glücklich zusammen. Liebe ist doch das Einzige, das zählt.“

Ihre Stimme zitterte und die ersten Leute begannen damit, zu ihnen herüberzusehen und zu tuscheln.

„Psst, mein Liebling“, versuchte Peter, sie zu beruhigen. Innerlich verfluchte er sich, mit ihr hierhergekommen zu sein. „Lass uns später darüber reden. Nun iss doch deine Suppe, bevor sie kalt wird. Und guck mal, wie die Golden Gate zu funkeln beginnt, jetzt wo es dunkel wird.“

Er kam sich vor, als spräche er zu seinen Elefanten, um sie zu beruhigen. Nur, dass er bei ihnen mit dem Herzen dabei war.

Nach dem Essen bummelten sie zusammen über die Pier 39, sahen den Straßenkünstlern zu und entdeckten die lautesten Einwohner der Gegend: ein grölendes Volk von Seelöwen, die das Schwimmdock in eine tierische und nicht gerade angenehm duftende Strandparty verwandelt hatten. Violet hatte sich ein wenig beruhigt. Sie hatte nicht mehr von ihren Eltern gesprochen und war auffallend still geworden. Als Peter sie fragte, ob sie noch irgendwo einen Absacker trinken wollten, hatte sie nur den Kopf geschüttelt. Später im Wohnwagen gab sie sich ihm voller Leidenschaft hin. Doch als Peter am nächsten Morgen erwachte, war sie verschwunden. Er sollte sie nie wieder sehen.

Die sechs Elefanten in der Manege trotteten im Kreis und konzentrierten sich auf den Mann, der in der Mitte stand. William oder auch „William, the Great" wie es manchmal auf den Plakaten prangte, benutzte äußerst selten einen Elefantenhaken für die Dressur. Er setzte auf positive Verstärkung, was bedeutete, dass er die Tiere ausdrücklich lobte, sobald sie eine Lektion verrichteten, die er von ihnen sehen wollte. Auf seinen Zuruf hin hoben die Elefanten ein Vorder- oder Hinterbein, gingen in die Knie oder legten sich hin.

Noch bis vor ein paar Jahren war er gezwungen gewesen, seine Tiere solch unwürdige Kunststücke wie Kopfstand oder das Balancieren auf dicken Drahtseilen beizubringen. Inzwischen gab es immer mehr Tierschutzorganisationen, die gegen solche Dressuren auf die Barrikaden gingen. William war dies nur recht. Er hatte sich frühzeitig mit seinem Zirkusdirektor besprochen und ihn beschworen, derlei „Attraktionen" aus dem Programm zu nehmen, bevor die Elefantenshow eines Tages völlig verboten würde. Der Direktor hatte sich überzeugen lassen und seitdem zeigte der Zirkus „Diamond Star" seine Dickhäuter in Dressuren, die William mit seinem Gewissen vereinbaren konnte.

„Ach Peter, da bist du ja", rief er, als er seinen Lieblingskollegen erblickte. „Schon aufgeregt wegen heute Abend?"

„Ich stehe ja nur in der Mitte, die Tiere werden schon wissen, was sie tun", versuchte es Peter mit einer lässigen Antwort.

William lachte. „Stimmt auch wieder. Solange dich die Kätzchen nicht auffressen, mache ich mir keine Sorgen."

In der heutigen Abendvorstellung, der letzten in San Francisco, sollte Peter allein die Nummer mit den Tigern und den Elefanten aufführen. Die Tiger waren im Zirkus aufgewachsen und akzeptierten William als ranghöheres Wesen. Sie vertrauten ihm völlig und zeigten auf sein Kommando hin Kunststücke, die aus ihrem spielerischen Verhalten abgeleitet waren. Inzwischen waren prächtige, große Raubkatzen aus den einstigen Kuschelkätzchen geworden und Peter hatte zwar keine Angst, jedoch gehörigen Respekt vor ihnen. Sie hatten monatelang an der Nummer gearbeitet, bei der die Tiger auf den Elefanten durch die Manege ritten und dabei auch noch von einem Sattel in den anderen sprangen. Zunächst war ein Tierpfleger von einem Elefanten auf den anderen gesprungen, später ein Hund und erst ganz zum Schluss ein Tiger. Bei William klappte die Vorführung aus dem Effeff, nun sollte Peter beweisen, dass die Tiere auch auf sein Kommando hörten, wenn William sich nicht in der Nähe aufhielt.

„Lass uns noch eine Probe machen“, schlug William nun vor. Sie rüsteten drei der indischen Elefanten mit Decken und Sätteln aus und ließen sich die Tiger bringen. Dann zog William sich zurück und Peter übernahm die Regie. Wie er es von seinem Lehrmeister in unzähligen Stunden gelernt hatte, gab er den Tieren die entsprechenden Kommandos, beachtete die eigene Körperhaltung und vergaß nie, die vierbeinigen Kollegen ausgiebig zu loben.

„Perfekt“, strahlte William am Ende der Probe und klopfte Peter auf die Schulter. „Wenn du es heute Abend genauso machst, kann nichts schiefgehen.“

Aus der ersten Reihe des Chapiteaus erklang Applaus. Rob, einer der Artisten und außerdem Peters bester Freund, hatte ihnen bei der Arbeit zugesehen und klatschte breit grinsend in die Hände.

„Pass auf, dass du nicht bald arbeitslos wirst, Willie. Dann heißt es hier demnächst: Peter, the Great."

William streichelte einem seiner Elefanten über den Rüssel und zuckte mit den Achseln. „Warum nicht? Hätte nichts gegen einen guten Nachfolger, schließlich will ich nicht noch mit 80 und Rollator hier in der Manege aufkreuzen."

„Ach komm, William, du bist doch noch blutjung. Übers Aufhören musst du dir noch keine Gedanken machen", sagte Peter, während er die Tiger zurück in ihr Gehege dirigierte.

„Blutjung." William rollte mit den Augen und schüttelte den Kopf. „Kommt ihr beide erstmal in mein Alter, dann können wir uns weiter unterhalten. Über die Knochen, die ständig wehtun, die Augen, die nachlassen, und über all die anderen Dinge will ich lieber gar nicht erst reden."

Rob war zu den beiden Männern getreten und zwinkerte Peter verschwörerisch zu.

„Hab' gehört, du hattest gestern ein sehr romantisches Date unten am Fisherman's Wharf. Gibt's da was, das ich wissen sollte?"

Peter hätte seinem Freund am liebsten einen Tritt in den Hintern verpasst. William sah ihn mit hochgezogenen Augenbrauen an und lächelte dann.

„Ich verzieh mich mal lieber. Kümmerst du dich um die Tiere, Peter?“

„Natürlich, William. Wir sehen uns später.“

Als der alte Elefantendompteur die Manege verlassen hatte, wartete Rob noch immer auf eine Erwiderung. Peter jedoch sah gar nicht ein, seinem Freund Rede und Antwort zu stehen. Er rief die Elefanten zu sich und machte sich daran, gemeinsam mit ihnen aus dem Zirkuszelt zu gehen.

„Mensch Peter, dir muss man aber auch jedes Wort aus der Nase ziehen. Was ist denn nun mit dieser Violet? Hat sie dich rumgekriegt? Wirst du sie heiraten?“

Peter stieß Rob die Peitsche, mit der er die Tiger in Schach gehalten hatte, spielerisch in den Magen.

„Heiraten? Ich weiß gar nicht, was dieses Wort bedeutet. Und überhaupt, wie du auf so eine absurde Idee kommst.“

„Na, so wie die sich gestern aufgetakelt hatte, da habe ich mir natürlich so meine Gedanken gemacht.“

„Ich wusste nicht, dass du denken kannst.“

Rob seufzte. „Du kannst manchmal ein richtiges Ekelpaket sein. Vielleicht sollte ich zu Violet gehen und sie trösten.“

„Sie ist abgereist.“

„Was?“

Robs Gesicht verwandelte sich in ein großes Fragezeichen.

Peter zuckte die Achseln. „Wahrscheinlich hattest du recht und sie wollte mich an die Kette legen. Aber das ist nun mal nichts für mich. Kommst du noch mit ins Elefantenzelt?“

Rob folgte ihm kopfschüttelnd. „Du bist ein Idiot, Peter. Violet ist jung und schön und sie ist eindeutig bis über beide Ohren in dich verknallt. Worauf willst du noch warten? Das noch was Besseres auftaucht? Wie alt bist du jetzt? 29“, beantwortete er sich selbst die Frage.

Peter befreite die Elefanten von ihren Sätteln und Decken und gab ihnen einige Möhren zum Fressen. Rob betrachtete ihn stirnrunzelnd. Vor ein paar Jahren hätte er sonst was drum gegeben, mit einem Mädchen wie Violet auszugehen, aber seitdem er mit seiner Judy verheiratet war, gab es für ihn nur noch die eine.

„Du solltest wirklich nicht alleine bleiben, Peter“, wandte er sich etwas versöhnlicher an seinen Freund. „Zu zweit ist das Leben doch viel schöner. Und ich wette, dass der alte Willie dich wirklich bald als seinen Nachfolger beim Chef vorschlagen wird. Dann hast du hier eine Bombenstellung und verdienst genug Geld, um eine Familie ernähren zu können.“

„Meinst du wirklich?“ Peter blickte versonnen zu den Elefanten hinüber, die zufrieden ihr Heu fraßen. Er hatte in diesem Zirkus mehr erreicht, als er je zu träumen gewagt hatte. William hatte ihm alles beigebracht, was er selbst über Elefanten wusste, und wenn die heutige Vorstellung zu einem Erfolg wurde, stand seiner Karriere als Williams Nachfolger vermutlich wirklich nichts mehr im Wege.

„Natürlich meine ich das“, sagte Rob mit Nachdruck. „Und jetzt nochmal zu Violet. Kann man da nicht noch etwas kitten? Du hast doch bestimmt ihre Telefonnummer?“

Peter schüttelte bedächtig den Kopf. „Vergiss es, Rob. Sie ist ein nettes Mädchen, aber sie fing schon an, mir auf den Geist zu gehen. Sie ist einfach nicht wie ...“

„Wie Eva?“, vervollständigte Rob seinen Satz. Er kannte Peters Lebensgeschichte und wusste daher auch über die unglückliche Liebe seines Freundes Bescheid.

Peter hob die Schultern und ließ sie wieder fallen. „Ja, das wollte ich wohl sagen.“

„Mein Gott, das ist alles schon so lange her. Diese Frau muss dich ja wirklich um den Verstand gebracht haben.“

Nachdenklich betrachtete Rob seinen Kumpel und kratzte sich am Kopf. „Ich hab‘ eine Idee“, sagte er. „Bevor du dein ganzes Leben diesem Mädchen hinterher heulst und keine andere mehr anschaust, solltest du zurück nach Deutschland fliegen und sie suchen. Wenn sie dich wirklich liebt, hat sie vielleicht auf dich gewartet, wenn nicht, kannst du mit der ganzen Geschichte abschließen, kommst zurück, wirst der große Elefanten-Dompteur vom Zirkus Diamond Star und heiratest eine fesche Blondine wie diese Violet.“

Beifall heischend wartete Rob auf eine Antwort, während Peter Spuren mit der Stiefelspitze in den Sägespänen zog. Schließlich blickte er auf.

„Weißt du was, Rob? Vielleicht ist deine Idee diesmal gar nicht so blöd.“

Kapitel 12

Frankfurt, Juni 1975

Es war ein lauer Sommerabend auf dem Lerchesberg in Frankfurt-Sachsenhausen. Peter hatte Evas Adresse aus dem Telefonbuch abgeschrieben. Sie stand tatsächlich allein unter ihrem Mädchennamen drin. Ein gutes Zeichen.

Damals auf Mallorca hatte ihm Eva manchmal von ihrem Zuhause erzählt. Ihre Worte hatten sich ihm eingebrannt. Für ihn, der ein Waisenkind ohne Familie, Hab und Gut war, hätte sich die schillernde Welt, die Eva ihm beschrieben hatte, genauso gut auf einem fremden Planeten befinden können.

Als Peter nun in einem neuen Anzug und Lederschuhen, die drückten, durch das vornehme Viertel lief, in dem Eva aufgewachsen war, wurde ihm klar, dass sie nicht übertrieben hatte. Hier waren die Häuser eindeutig größer und repräsentativer als anderswo. Porsches und die neuesten Modelle von Mercedes rollten durch die Straßen. Nirgendwo lag auch nur das kleinste bisschen Müll herum.

Vielleicht hätte er doch besser erst anrufen sollen.

Eigentlich war Rob an der ganzen Geschichte schuld. Nach seinem glänzenden Debüt als Dompteur mit der Tiger- und Elefantennummer, war William mit Freudentränen in den Augen auf ihn zugestürmt und hatte ihm seine baldige Nachfolge angeboten. Der Zirkusdirektor hatte ihm immer wieder auf die Schulter geklopft und sein Einverständnis signalisiert. Rob und Judy hatten eine Flasche Champagner spendiert und später hatten sie alle zusammen in Peters Wohnwagen gefeiert. Und dann war Peter damit herausgeplatzt, dass er erst noch einmal in sein Heimatland müsse, bevor er die Stelle als Williams Nachfolger antreten könne. Einmal nur müsse er in Deutschland eine bestimmte Sache klären, dann käme er zurück.

Auf einmal war es mucksmäuschenstill im Wohnwagen gewesen. Rob hatte betreten auf den Boden gestarrt. Er ahnte ja bereits, um was es ging. William hatte verwundert die Augenbrauen hochgezogen und seinen Schützling mit ernster Miene gemustert. Auch wenn es ihm schwergefallen war, hatte Peter seinem Blick standgehalten.

„Du kommst zurück?" Das war alles, was William gefragt hatte. Nicht, warum er plötzlich nach Deutschland wollte, wohin er fahren und wen er treffen wollte. William wollte einfach nur wissen, ob Peter zurückkam. Peter hatte ihm fest in die Augen gesehen. „Ich komme zurück. Es ist nur ein kurzer Urlaub."

„Gut." William hatte genickt und sich ein paar Minuten später verabschiedet.

Und nun war er da, in Evas Welt der reichen und vornehmen Leute. Und plötzlich fragte sich Peter, was er überhaupt hier zu suchen hatte. Es war eine völlig blöde Schnapsidee gewesen, hierher zu kommen. Wahrscheinlich würde sich Eva überhaupt nicht mehr an ihn erinnern. Und wenn doch, fragte eine leise und doch nicht zu überhörende Stimme in seinem Inneren.

Nun denn. Jetzt war er schonmal da, also konnte er auch klingeln. Die Adresse kannte er inzwischen auswendig. Peter straffte die Schultern, strich sich ein paar nicht vorhandene Flusen von seinem Jackett und marschierte auf die schneeweiße, dreistöckige Jugendstilvilla zu, in der Eva zu leben schien. Auf sein Klingeln hin öffnete eine schlanke, ältere Frau in einem dunklen Kleid mit einer weißen Schürze die Tür. Von hinten kam ein kleines Mädchen, vielleicht zwei oder drei Jahre alt, herangerast, schmiegte sich an die Hüfte der Frau und starrte ihn mit großen Augen an. Sie sah so niedlich aus, dass Peter kaum den Blick von ihr wenden konnte.

„Ja, bitte?“, sagte die Frau und musterte ihn von Kopf bis Fuß, als wolle sie abschätzen, was dieser neue Anzug wohl gekostet haben möge. Offenbar kam sie zu dem Schluss, dass es nicht allzu viel gewesen sein konnte, denn als sie ihm nun wieder in die Augen sah, erkannte er einen geringschätzigen Ausdruck in ihrer Miene.

„Ich möchte gerne zu Eva Heynschmid“, sagte Peter.

„Die gnädige Frau ist nicht zu Hause“, antwortete die Frau und schien die Tür schon wieder schließen zu wollen.

„Moment!“, rief Peter. „Ich bin einen weiten Weg gekommen, um sie zu sehen. Wir ...“ Er zögerte kurz. „Wir sind alte Freunde.“

Die Frau zog die Augenbrauen hoch und schwieg.

„Wann kommt sie denn zurück?“

Schweigen. Das kleine Mädchen kicherte und rannte ins Innere des Hauses. Schließlich schien die Frau ein Einsehen zu haben. Mit einem theatralischen Seufzer zuckte sie die Achseln und antwortete: „Das kann noch dauern. Die Herrschaften sind zum Essen ausgegangen. Ins Jackson's. Das ist ein Gourmet-Restaurant direkt am Main.“

Peter nickte, als würde er das Jackson's selbstverständlich kennen.

„Danke.“

Sie schloss die Tür, noch bevor er sich umgewandt hatte.

Die Herrschaften. Hatte die Frau damit Eva und ihre Eltern gemeint? Und wer war das kleine Mädchen gewesen?

Gedankenverloren ging Peter den Weg zurück, den er gekommen war. Die erwartungsvolle Vorfreude, die ihn befallen hatte, als er Frankfurt gelandet war, hatte sich längst verabschiedet. Aber noch gab er die Hoffnung nicht ganz auf. Vielleicht war Eva mit ihren Eltern zum Essen in diesem Jackson's. Und wenn sie ihn sah, würde sie ihn sofort wiedererkennen, ungläubig die Augen aufreißen und sich dann mit einem freudigen

Juchzen in seine Arme werfen. So könnte es sein. Davon hatte er all die Jahre geträumt. Und Peter war kein Mann, der kurz vor dem Ziel aufgab.

Am S-Bahnhof nahm er ein Taxi und ließ sich zum Jackson's bringen. Das Restaurant lag direkt am Main und bestach mit seinen bodentiefen Fenstern, durch die Gäste auf den Fluss sehen konnten. Rechts und links vom Eingang ragten Palmen in riesigen Kübeln auf. Ein junges Ehepaar steuerte auf das Entree zu und Peter erhaschte einen kurzen Blick auf das elegante Innere, als sich die Tür öffnete.

Ich warte besser hier draußen, entschied Peter und lehnte sich neben einen Palmenkübel, der ihn halb verbarg, ihm jedoch einen guten Blick auf den Eingang gewährte. Während er wartete, beobachtete er die Menschen, die vorübergingen, hörte seit langem einmal wieder die deutsche Sprache. Erinnerungen tauchten auf. Das Waisenhaus in der Nähe von München. Das entsetzliche Gefühl, keine Familie zu haben. Von niemanden geliebt zu werden. Echte Nähe hatte er zuerst bei den Menschen im Zirkus erfahren. Sie hatten ihm ein Zuhause gegeben, in dem er sich vom ersten Augenblick an wohl gefühlt hatte.

Wärme stieg in ihm auf, als er an den alten Charlie dachte, der ihn als Erster alles gelehrt hatte, was er über Elefanten wusste. Das meiste aber hatten ihm die Tiere selbst beigebracht. Nie würde er das wunderbare Gefühl vergessen, als ihm zum ersten Mal ein Elefant sanft mit seinem Rüssel über die Wange gefahren war. Ein magischer Moment. Es war Maisie gewesen, die gutmütige Elefanten-Dame aus Indien. Sie war weder eine besonders große, noch eine besonders wohlproportionierte Elefantenkuh gewesen, aber trotzdem fand Peter sie wunderschön. Sie besaß lange, anmutig geschwungene Stoßzähne, die sich vorne an der Spitze überkreuzten. Beim Gehen wiegte sie den Kopf im Rhythmus ihrer Schritte hin und her, sodass eine fließende Bewegung entstand. Maisie war die Gutmütigkeit in Person gewesen. Zuletzt hatte er sie auf Mallorca gesehen – an jenem unseligen Abend vor sieben Jahren.

Peter hatte sich so in seinen Erinnerungen an seinen ersten Zirkus verloren, dass er die Leute, die nun das Restaurant verließen, um ein Haar verpasst hätte. Ein großer, kräftiger Mann hielt die Tür für eine in einem hellblauen Kostüm gekleidete Blondine auf. Für einen Wimpernschlag stand die Welt still. Peter konnte den Blick nicht von der Frau wenden. Es war Eva. Eindeutig. Sie war noch viel schöner, als er sie in Erinnerung hatte. Offenbar hatten die Jahre ihr gutgetan. Jetzt blieb sie einen Moment stehen, bis der Mann wieder an ihrer Seite war und schmiegte sich dann in seinen Arm. Beide sahen sich an und lachten über irgendetwas, das sie gesagt hatte. Der Mann hob seine Hand und strich sanft über Evas kugelrunden Bauch. Es würde nicht mehr lange dauern, bis das Baby kam. Und nun wurde Peter auch klar, wer das kleine Mädchen aus der Villa gewesen war. Evas Tochter. Ihre Tochter, die bald ein Geschwisterchen bekommen würde.

Der Mann legte seinen Arm um Evas Schultern und zog sie mit sich fort. Peter trat einen Schritt vor und sah ihnen mit brennenden Augen nach. Erst jetzt stieß er die Luft aus, die er so lange angehalten hatte. Sein Herz klopfte wie wild. Dafür also war er den weiten Weg nach Deutschland gekommen. Er spürte Kälte in sich aufsteigen, fast so, als würde eine Hand aus Eis sein Herz umklammern.

Weit entfernt von ihm stieg das Paar nun in einen cremefarbenen Mercedes ein und brauste davon. Als Peter die Augen schloss, sah er Eva noch immer vor sich. Ihr langes blondes Haar, ihr Lächeln, das einem anderen galt. Er öffnete die Augen wieder und sie waren fort. Ohne nachzudenken, setzte Peter einen Fuß vor den anderen und lief am Main entlang, bog irgendwann ab und ging durch unbekannte Straßen, vorbei an betongrauen Hochhäusern und geschlossenen Geschäften. Zuerst gelang es ihm kaum, einen klaren Gedanken zu fassen. Zu groß war der Schmerz, der in seinem Inneren wütete. Schließlich verspürte er eine rasende Wut. Wie hatte Eva ihn nur so schnell vergessen können? Das kleine Mädchen war bestimmt schon zwei oder drei Jahre alt gewesen. Das bedeutete, dass Eva längst verheiratet gewesen war, als er noch jeden Cent gespart hatte, um irgendwann zu ihr zurückzukehren.

Der Himmel hatte sich bewölkt. Ehe er sich versah, geriet Peter in einen kurzen Gewitterschauer. Anstatt sich irgendwo unterzustellen, lief er einfach weiter, ließ sich nassregnen, zog die neue Anzugjacke aus und genoss die Abkühlung. Nach ein paar Minuten hörte der Regen auf. Dampfwolken stiegen vom Bürgersteig auf, der typische Geruch nach heißem Asphalt, nach Erde und nach Sommer lag plötzlich in der Luft. Peter strich sich die Wassertropfen aus dem Haar und atmete tief durch.

„Ich bin ein verdammter Idiot", knurrte er leise vor sich hin. „Aber vielleicht ist das alles besser so."

Natürlich hatte er im Laufe der Zeit hin und wieder darüber nachgedacht, dass Eva einen anderen haben könnte. Doch weil dieser Gedanke so unvorstellbar war, hatte er ihn jedes Mal schnell von sich geschoben. Nun musste er sich fragen, wie er nur so naiv hatte sein können. Immerhin war es inzwischen sieben Jahre her, dass er sie damals auf Mallorca über Nacht verlassen hatte. Ohne ihr irgendetwas zu erklären. Er hatte ihr nie geschrieben, sie niemals angerufen. Sie musste gedacht haben, dass er nichts mehr mit ihr zu tun haben wollte. Und wenn sie doch noch gewartet und gehofft hatte? – Dann hatten ihre Freundinnen sie bestimmt getröstet und sie darauf verwiesen, dass ein Urlaubsflirt immer schön und nie von langer Dauer sei. Warum zum Teufel sollte sie also auf ihn gewartet haben?

Bei seiner stundenlangen Wanderung war Peter nun am Bahnhofsviertel angelangt. Ganz in der Nähe lag das billige Hotel, in dem er ein Zimmer gemietet hatte. Aber jetzt schon ins Bett gehen? – Ihm war klar, dass er kein Auge zu tun könnte. Im Dunstkreis des Bahnhofs reihten sich zahlreiche Bars, Sexshops und Kneipen aneinander. Ein Bier könnte nicht schaden, dachte Peter und betrat eine Kneipe, die etwas weniger verrucht aussah als die anderen Etablissements. Er nahm an der Theke Platz und bestellte ein Pils.

„Ach, und vielleicht noch einen Whisky dazu", nickte er der drallen Wirtin zu, die ihn belustigt betrachtete.

„Bisschen nass geworden, was?"

Er zuckte die Achseln. „Und sauber dazu."

Sie lachte. „Whisky wird bei uns nicht oft bestellt. Wie wär's mit einem Jägermeister?"

„Klingt gut, dann nehme ich den."

Sie stellte das halb gezapfte Glas Bier ab und goss ihm ein Schnapsglas voll aus einer grünen Flasche ein. Er roch kurz daran und ließ sich das Gebräu dann schnell die Kehle hinunterrinnen. Es schmeckte zugleich bitter und karamellartig süß.

„Und?", fragte die Wirtin mit hochgezogenen Augenbrauen.

„Nicht schlecht. Ich nehme noch einen von dem Kräuterzeug."

Sie nickte mit einem zufriedenen Gesichtsausdruck und schenkte ihm das Glas voll. Nicht zum letzten Mal an diesem Abend. Peter verzichtete aufs Abendessen, der Appetit war ihm vergangen. Doch der Jägermeister und das Bier schmeckten ihm. Beides schien ihm ein wenig durch die Nacht zu helfen. Nach einer Weile verschwand nämlich das Bild von Eva im hellblauen Kostüm aus seiner Vorstellung. Dafür tauchte die Wirtin in zweifacher Ausfertigung – jeweils mit gerunzelter Stirn – vor ihm auf.

„Peter, du solltest nun langsam nach Hause gehen, solange du noch kannst!"

„Woher kennst du meinen Namen?"

Komisch, selbst einfache Sätze zu formulieren, fiel ihm auf einmal schwer.

Die Wirtin seufzte.

„Von dir natürlich. Du hast mir heute Abend deine komplette Lebensgeschichte erzählt und ich muss schon sagen, so eine irre Story habe ich schon lange nicht mehr gehört. Aber um deiner selbst willen, solltest du jetzt wirklich ins Bettchen gehen."

Peter rülpste und hielt sich erschrocken die Hand vor den Mund. Er trank sonst so gut wie nie Alkohol und so viel wie an diesem Abend hatte er garantiert noch nie geschluckt. Ihm war schwindelig und ein wenig schlecht. Die Wirtin hatte recht. Er sollte besser gehen.

„Zahlen bitte!“ Seine Stimme lallte.

Die Wirtin musste sich ein Lächeln verkneifen. Dieser Peter würde am nächsten Morgen einen gewaltigen Brummschädel beklagen, aber das war nicht ihr Problem. Sie hoffte nur, dass er in seine Unterkunft fand und nicht unterwegs noch ausgeraubt wurde.

„In welchem Hotel wohnst du?“, fragte sie ihn, während sie die Rechnung kassierte.

Immerhin schaffte er es, ihr den Namen zu nennen.

„Okay. Das ist hier gleich um die Ecke. Weißt du was? Ich bringe dich hin.“

Sie sagte ihrer Kollegin Bescheid, dass sie gleich zurück sei, legte sich Peters Arm über die Schulter und dirigierte ihn sanft, aber bestimmt aus der Kneipe.

Grelles Sonnenlicht fiel in sein Zimmer, als Peter am nächsten Morgen erwachte. Er blinzelte in die Helligkeit und kniff die Augen schnell wieder zusammen. Ein scharfer Schmerz war in seinen Kopf geschossen. Seine Zunge fühlte sich dick und pelzig an und er verspürte einen unbändigen Durst. Also nochmal. Er öffnete erst eins, dann das zweite Auge und setzte sich mühsam auf. Im ersten Moment wusste er nicht, wo er sich befand. Sein Schädel brummte wie ein vollbesetzter Bienenstock. Er blickte an sich hinunter und erkannte, dass er fast vollständig angezogen geschlafen hatte.

„Weiß der Teufel wie ich hierhergekommen bin“, murmelte er und hoffte, dass der Schwindel endlich nachließ. Nach und nach kam die Erinnerung. Eva, noch schöner als er sie im Gedächtnis gehabt hatte, schwanger und mit einem Mann an ihrer Seite. Er stöhnte. Jetzt wusste er wieder, was in der Nacht zuvor passiert war und warum es ihm so hundsmiserabel ging. Jägermeister. Einer von den vielen braunen Kräuterschnäpsen musste schlecht gewesen sein.

Als das Zimmer aufhörte, sich zu drehen, stand er auf und bewegte sich vorsichtig aufs Badezimmer zu – er war mehr als froh, dass sein Zimmer ein eigenes Bad besaß und er nicht auf den Gang hinausmusste. Beim Duschen funktionierte sein Gehirn schon besser. Er dachte an seine Elefanten in den USA. Erst vorgestern hatte er sie verlassen und vermisste sie jetzt schon. Hier in Deutschland war niemand, der auf ihn wartete, niemand, der sich für ihn interessierte. Für seinen Rückflug hatte er ein flexibles Ticket gebucht. Ich werde, so schnell es geht, hier verschwinden, beschloss Peter, während das heiße Wasser auf ihn niederprasselte. Er freute sich darauf, schon bald die Nachfolge von William anzutreten. Das war mehr, als er sich je erhofft hatte. Doch dann schoss ihm ein Gedanke durch den Kopf, der ihn nicht mehr losließ. Etwas gab es noch für ihn hier zu tun. Dann konnte er mit Europa abschließen und für immer nach Amerika gehen.

Kapitel 13

Frankfurt/München Juni 1975

Er hatte postlagernd an den Circo de los Animales geschrieben und darum gebeten, dass ihn Grete, Ciril oder Luigi so schnell wie möglich unter seiner Nummer im Frankfurter Hotel zurückrufen sollten. Jeden Tag zwischen elf und 14 Uhr wartete er dort am Telefon. Peter hatte keine Ahnung, wo der kleine spanische Zirkus gerade unterwegs war und hoffte, dass er sich nicht zu lange für den Anruf gedulden musste. Er langweilte sich furchtbar in Frankfurt. Mittlerweile hatte er die Innenstadt zur Genüge erkundet und fragte sich, wie die Leute es aushielten, den ganzen Tag in stickigen Büros in den Wolkenkratzern der Bankenmetropole zu verbringen. Er würde durchdrehen, wenn man ihn stundenlang an einen Schreibtisch verbannte, wo er tagein, tagaus mit Zahlen jonglieren sollte.

Je länger er in Deutschland blieb, umso mehr vermisste er den Zirkus, seine Freunde in den USA, die Tiere und da vor allem die Elefanten. Endlich, nachdem er fünf Tage gewartet hatte, klingelte eines Mittags das Telefon in seinem Zimmer.

Es war Grete. Sobald er ihre Stimme hörte, sah er sie wieder vor sich, wie sie schmal und durchtrainiert in ihrem Glitzertrikot in der Manege aufgetreten war. Wie sie zusammen in ihrem Wohnwagen zu Abend gegessen hatten. Wie sie sich stets um ihn gekümmert hatte.

„Peter! Det is ja nen Ding, das ick von dir nochmal höre! Jetzt sag schon: Wie geht es dir?"

„Gut. Ich bin gerade für einen kurzen Urlaub in Deutschland und wollte mich einfach mal melden, bevor ich wieder in die USA reise."

„Mensch, wie nett von dir, Peter. Dann hast du es also echt jeschafft? Du bist jetzt ein berühmter Mann bei dem Zirkus in Amerika?"

Ihre Stimme klang ganz ehrfurchtsvoll und in Peter stieg ein warmes Gefühl auf, als er sich daran erinnerte, wie seine Freunde damals Geld zusammengelegt hatten, um ihm zu helfen. Er hatte es ihnen zurückgezahlt, sobald es ihm möglich gewesen war, aber trotzdem – obwohl sie selbst nicht viel hatten, waren sie sofort bereit gewesen, ihm zu helfen.

„Naja, berühmt würde ich nicht sagen", beeilte er sich, Grete zu antworten. „Aber ich durfte bei dem bekannten Elefanten-Dompteur William in die Lehre gehen und nun hat er mir seine Nachfolge angeboten."

Ein lauter Juchzer erklang aus dem Telefonhörer.

„Wahnsinn! Det is ja toll! Aber ich hab's immer jewusst, dass aus dir mal was wird."

Grete freute sich mit jeder Faser ihres Herzens für ihn, das spürte Peter. Er hätte sich viel früher mal mit ihr in Verbindung setzen sollen. Ein wenig nagte das schlechte Gewissen an ihm.

„Denkst du noch manchmal daran, wie es war, als wir beide hier zusammengelebt haben? War doch eine schöne Zeit, oder?“

„Ja, das war es. Ich werd’s dir nie vergessen, dass du mich damals bei dir aufgenommen hast.“

„Ach papperlapp“, sagte Grete schnell und er grinste.

„Und wie geht es dir? Lebst du noch alleine?“, fragte Peter.

Einen Moment blieb es still in der Leitung. „Ne. Weeste, eines Tages klopfte mein Alter wieder an meine Wagentür. War nicht jutgegangen mit seiner kleenen Mieze. Und tja, was soll ick sagen, ick hab ihn wieder aufgenommen.“

„Oh Mann, Grete.“ Peter hatte nicht viel Gutes über ihren Ehemann gehört und er hatte ihr etwas Besseres gewünscht.

„Ick wees, ick wees. Aber was sollte ick machen. Du warst nich mehr hier und ick fühlte mich einsam. Sehr einsam.“

Peter seufzte. „Ach Grete, das sollte doch kein Vorwurf sein. Ich wünsche dir natürlich alles Gute. Was machen denn Luigi und Ciril? Geht’s ihnen gut?“

„Luigi ist seit einem Jahr weg. Er arbeitet jetzt bei einem Zirkus in Italien. Er wollte einfach wieder zurück in sein Heimatland. Aber ihm geht’s gut, soviel ick weiß. Und Ciril treibt nach wie vor hier seine Späße. Bei ihm gibt's nichts Neues."

„Das klingt gut." Peter nagte an seiner Unterlippe. Endlich konnte er auf den Punkt kommen. Seine Frage stellen, wegen der er überhaupt noch hier in Deutschland war und tagtäglich auf Gretes Anruf gewartet hatte. Sein Herz schlug schneller. Plötzlich wurde ihm bange zumute. Trotzdem. Es musste sein.

„Und Mala? Grete, was macht meine Mala?"

Grete antwortete nicht. Er konnte hören, dass sie die Luft anhielt und dann nach einer Weile schwer ausatmete. Die Zeit schien sich ins Endlose zu dehnen. Herrgott nochmal, warum sagte sie nichts?

Schließlich stieß Grete einen tiefen Seufzer aus.

„Mala ist nicht mehr da."

Erneutes Schweigen. Tausend Gedanken schossen Peter durch den Kopf. Seine Hände, die den Telefonhörer umklammerten, schwitzten. Seine Knie fühlten sich wie Wackelpudding an.

„Ich weeß gar nicht, wie ick es dir sagen soll. Es tut mir so leid. Als du damals fortgegangen bist, hat deine Elefantendame aufgehört zu fressen. Luigi, Ciril und ich sind abwechselnd zu ihr gegangen und haben ihr die tollsten Leckerbissen vorgehalten, aber sie hat sie alle verschmäht. In der Manege hat sie total die Mitarbeit verweigert. Der olle Colon hat getobt wie ein Wahnsinniger, aber es hat alles nichts genützt."

Natürlich nicht, dachte Peter und ballte die Hand zur Faust, während er den verhassten spanischen Dompteur im Geiste vor sich sah.

„Das alles ging tagelang so vor sich und wir haben schon gedacht, die verhungert. Das Einzige, was sie aufmuntern konnte, waren die Spaziergänge mit einem Tierpfleger. Dann hat sie überall herumgeguckt und ihren Rüssel gehoben und laut trompetet. Die sucht ihren Peter, hat Luigi damals immer gesagt.“

Tränen brannten in Peters Augen. Was hatte er Mala nur angetan? Dieser großartigen Elefantenkuh, die gewiss schon unzählige Leiden erduldet hatte, bevor sie in ihm endlich einen Freund gefunden hatte. Einen Freund, der sie am Ende auch verlassen hatte.

„Bist du noch da, Peter?“, fragte Grete leise.

Er räusperte sich. „Ja, ich bin noch da. Bitte sprich weiter.“

„Colon musste Mala schließlich aus der Show nehmen. Erstens gehorchte sie ihm nicht mehr und zweitens war sie völlig entkräftet. Unser Zirkusdirektor ist ausgerastet, du kennst den alten Yago ja noch. Colon und er haben sich angeschrien und ich glaube, Yago hat sich geärgert, dass er dich rausgeschmissen hatte und nicht diesen unsäglichen Colon. Aber nun war es ja zu spät.“

Sie hielt kurz inne und berichtete ihm dann, dass Yago die Elefantenkuh an einen anderen Zirkus verkauft habe. „Er hat sie billig weggegeben, war einfach nur froh, sie los zu sein, glaube ich."

„Oh Gott, arme Mala. Ich hätte sie nie im Stich lassen dürfen." Peter war auf seinem Stuhl zusammengesunken und fühlte sich, als sei sämtliche Lebensenergie aus ihm hinausgeströmt.

„Blödsinn! Du hattest doch gar keine andere Wahl. Jetzt mach dir bloß keine Vorwürfe. Wie hättest du denn ohne einen Pfennig Geld einen ausgewachsenen Elefanten durchbringen sollen?"

Grete klang ehrlich empört. Aber das konnte Peter auch nicht trösten.

„Hast du jemals wieder von ihr gehört?"

Sie seufzte. „Nein. Aber der Zirkusdirektor, der sie mitgenommen hat, machte einen netten Eindruck. Er kam sogar aus Deutschland. Vielleicht geht es ihr heute wieder richtig gut. Wer weiß?"

Peter fiel es schwer, das zu glauben. Eine dumpfe Leere breitete sich in ihm aus.

„Weißt du vielleicht noch wie der Zirkus hieß, der sie gekauft hat?"

Grete brauchte nicht lange überlegen.

„Den Namen werde ich nie vergessen, weil ich ihn so wunderschön fand. Er hieß Zirkus Sternenstaub."

Kapitel 14

München, Juni 1975

Back to the roots. Das war das Erste, das Peter durch den Kopf schoss, als er in München den Zug verließ und den Bahnhof betrat. Hier war er vor 15 Jahren mit nichts als einem Turnbeutel voll Anziehsachen und ein paar Mark in der Brieftasche in den Zug gestiegen, nachdem er aus dem Waisenhaus getürmt war. Der Zug hatte ihn zum Tegernsee gebracht und dort war er auf den Zirkus gestoßen, der ihn aufgenommen hatte. Das alles war Geschichte.

Um ihn herum vernahm er Fetzen bayerischen Dialekts, den er ewig nicht gehört hatte. Ein Mann im Trachtenanzug überholte ihn. Offenbar gab's hier immer noch Menschen, die etwas auf ihre Traditionen hielten. Peter jedoch verspürte nicht den geringsten Hauch eines Heimatgefühls, als er den Bahnhof durchquerte, ein Taxi rief und sich zum Zirkus Sternenstaub bringen ließ.

Nachdem Grete ihm den Namen des Zirkusses verraten hatte, der Mala vor fünf Jahren gekauft hatte, gab es für Peter kein Halten mehr. Er telefonierte so lange herum, bis er dessen Aufenthaltsort herausbekommen hatte. Er wusste zwar nicht, ob Mala noch dort war, aber er musste es einfach probieren.

Das Taxi hielt am Rand eines Veranstaltungsplatzes. Peter bezahlte den Fahrer und stand dann allein mit einem kleinen Koffer in der Hand vor einem Zirkus – wieder einmal. Gut zwei Dutzend Sattelzüge und Anhänger gruppierten sich rund um ein blau-weißes Chapiteau und einen geräumigen Stall. Eine Kasse mit blinkenden Lichtern, ein weiterer Zug und ein weißer Lattenzaun bildeten die Front.

Der Zirkus war viel kleiner als Peters Zirkus in den USA. Alles sah ein bisschen schäbig und unscheinbar aus. Doch die Zebras und die Shetlandponys, die draußen in ihren Paddocks dösten, machten einen gepflegten und gut genährten Eindruck. Peter lief an ihnen vorbei, er hatte hinter dem Chapiteau einen weiteren Paddock entdeckt, auf dem Elefanten untergebracht waren. Ob Mala ...

Seitdem Grete ihm von ihrem Schicksal erzählt hatte, konnte er an nichts anderes denken. Die Sorge um Mala hatte sogar die Gedanken an Eva verdrängt. Insgeheim fürchtete er, dass der zu spät käme und seine Elefanten-Freundin vielleicht schon tot sein könnte. Aber nein, das durfte nicht sein. Er verbot sich, diese Möglichkeit in Betracht zu ziehen und beschleunigte seine Schritte.

Dann hatte er das Areal der Elefanten erreicht. Vier Dickhäuter standen auf dem Paddock und warfen sich den staubigen Sand mit dem Rüssel auf den Rücken. Am beeindruckendsten wirkte die riesige Elefantenkuh in der Mitte. Es war Mala, da gab es gar keinen

Zweifel. Peter hielt vor der Umzäunung an, das Herz schlug ihm hart gegen die Rippen.

„Mala“, sagte er leise. Seine Stimme klang eingerostet. Doch sie war laut genug, dass die Elefanten ihn hörten und zu ihm hinübersahen. Ob sie ihn wiedererkennen würde? Es war fünf Jahre her, dass sie sich zuletzt gesehen hatten. Peter wusste, dass der Spruch ‚ein Gedächtnis wie ein Elefant‘ durchaus seine Berechtigung hatte, aber trotzdem ...

Peter und Mala blickten sich in die Augen und die Welt stand still. Nichts, das Peter je zuvor erfahren hatte, kam diesem Erlebnis gleich. Ihm schien, dass ein unsichtbares Band, eine Art überirdische Energie, Mala und ihn verband. Totenstill war es in diesem Moment, nur das Blut in seinen Ohren rauschte. Ein Hauch von Ewigkeit legte sich über den Mann und das Tier. Dann hob Mala ihren Rüssel, stieß ein ohrenbetäubend lautes Trompeten aus und rannte auf ihn zu.

Peter streckte seine Hände nach ihr aus, doch da liebkoste sie schon seine Wange mit dem Rüssel. Er schloss die Augen, genoss ihre Zärtlichkeiten und weinte.

„Mala, es tut mir so leid ...“

Sie hörte nicht auf, ihn zu betasten und beschnuppern. Nun gab sie Töne von sich, die sich wie ein zufriedenes Schnurren anhörten.

„Ich bin so froh, dass du lebst, dass es dir gutgeht ...“

Peter hatte das Gefühl, dass er noch nie so glücklich gewesen war wie in diesem Moment – und das, obwohl er sich wenige Tage zuvor so unglücklich wie nie zuvor gefühlt hatte. Wie konnte das sein? Egal, er gab sich ganz und gar dem Zauber dieses Augenblicks hin.

Die Willkommenszeremonie zwischen Mala und Peter war nicht unbemerkt vonstattengegangen. Der Tierpfleger der Elefanten hatte neben dem Stallzelt gestanden und schon eingreifen wollen, als die Elefantenkuh auf den unbekannten Mann zulief, doch Mala war viel schneller gewesen. Und als er dann sah, wie der Elefant den Fremden mit ihrem Rüssel liebkoste, war ihm der Atem gestockt. Er wusste nicht was, aber irgendetwas Besonderes war da gerade vor seinen Augen passiert. Ohne die beiden, die sich ganz offensichtlich kannten, zu stören, schlich er sich an ihnen vorbei und lief zum Wohnwagen seines Chefs. Drei Minuten später kehrte er mit ihm zurück.

„Das geht doch nicht ...!", hatte Zirkusdirektor Karl Wolter geschimpft, als sein Mitarbeiter ihm von dem Vorfall bei den Elefanten erzählt hatte. Mit der festen Absicht, den Mann sofort vom Gelände zu werfen, war er nach draußen gestürmt und im Stechschritt auf das Stallzelt zu marschiert. Doch nun hielt er inne.

Unerhört! Der Mann hatte doch tatsächlich die Dreistigkeit besessen, das Tor zum Paddock zu öffnen und ins Innere zu gehen. Dort stand er jetzt und ... Karl

Wolter traute seinen Augen nicht. Mala, die schwierige Mala, deren Temperament so oft mit ihr durchging, hatte den Kopf gesenkt und die Augen geschlossen. Der Fremde stand direkt vor ihr und beide hatten ihre jeweilige Stirn aneinandergelegt und verharrten so in regungsloser Stille. Wolter spürte, dass er am ganzen Körper eine Gänsehaut bekam.

„Unglaublich, oder?“, flüsterte der Tierpfleger neben ihm. „Die zwei müssen sich gut kennen, sonst wäre so etwas nicht möglich.“

Der Zirkusdirektor nickte. „Wir werden gleich herausfinden, was dahintersteckt.“

Das stumme Zwiegespräch zwischen dem Mann und dem Elefanten währte schon einige Minuten. Karl Wolters hatte sich nicht getraut, dazwischen zu gehen. Er hatte den Eindruck, dass es nicht recht war, die beiden zu stören. Genauso wenig, wie man einen Gläubigen im Gebet unterbrechen sollte. Schließlich aber richtete sich der Fremde auf und streichelte Malas Rüssel. Immer noch ließen sich die beiden keine Sekunde lang aus den Augen.

Wolters räusperte sich. „Entschuldigung! Ich möchte nicht unhöflich erscheinen, aber tatsächlich ist es Besuchern verboten, das Gehege der Elefanten zu betreten.“

Langsam wandte Peter sich um. „Schon gut. Mala und ich“, er zögerte kurz. „Wir sind alte Freunde.“

Wolters nickte. „Hab‘ ich mir schon gedacht. Kommen Sie doch her, dann können wir uns ein wenig unterhalten.“

Der Mann schien unentschlossen. Doch schließlich vergrub er seine Hände in den Taschen seiner Jeans und schlenderte auf ihn zu – Mala im Schlepptau. Die anderen Elefanten hatten längst damit aufgehört, sich Sand auf den Rücken zu werfen und beobachteten genau, was vor sich ging. Der Zirkusdirektor streckte Peter seine Hand entgegen.

„Ich bin Karl Wolters, der Zirkusdirektor. Und Sie sind?“

Peter schüttelte ihm die Hand und ließ seinen Blick über den Chef des Wanderzirkusses schweifen. Er hatte inzwischen schon viele Zirkusmenschen kennengelernt und meist hatte sich sein erstes Gefühl über sie später bewahrheitet. So war es bei dem jähzornigen Colon gewesen und auch bei William mit seinem begnadeten Talent, sich in Tiere hineinzuversetzen. Dieser Deutsche machte einen sympathischen Eindruck. Sein Blick war offen und freundlich.

„Ich heiße Peter. Peter Salbach, aber den Nachnamen können Sie weglassen.“

Wolters lächelte. „Okay, dann bin ich der Karl. Und jetzt musst du mir erzählen, woher du unsere Mala kennst.“

Peter schlug die Einladung des Zirkusdirektors aus, ihm in seinen Wohnwagen zu folgen. Er wollte lieber bei Mala bleiben – solange es ging. Schließlich konnte er sie doch nicht gleich wieder verlassen, nachdem sie sich nach so langer Zeit endlich wiedergefunden hatte. Also blieben die beiden Männer bei den Elefanten und Peter erzählte Karl alles, was in den letzten fünf Jahren passiert war. Dabei stand Mala neben ihm und hörte zu, als verstünde sie jedes einzelne Wort.

Als Peter seine Ausführungen beendete, pfiff Karl leise durch die Zähne.

„Mein lieber Schwan, was für 'ne Geschichte!"

Peter zuckte die Achseln. „Ich hab' mir nie verziehen, dass ich Mala damals im Stich gelassen habe. Aber was war mir anderes übriggeblieben?"

Karl klopfte ihm auf die Schulter. „Mach dir keine Vorwürfe, mein Junge. Ich hätte es genauso gemacht. Meine Güte, William the great! Natürlich habe ich auch von ihm gehört. Er ist genial, für mich der beste Elefanten-Dompteur der Welt. Und du musst ihm ebenbürtig sein, wenn du sein Nachfolger werden sollst. Chapeau!"

Peter schwieg. Seitdem er Mala wiedergefunden hatte, mochte er gar nicht daran denken, sie bald wieder zu verlassen. Aber in den USA warteten sie schon auf ihn. Mehr als ein paar wenige Tage würde er nicht mit ihr verbringen können.

„Ich muss mich bei dir bedanken, dass du Mala meinem ehemaligen Zirkus in Spanien abgekauft hast. Ich glaube, sie wäre dort vor die Hunde gegangen. Aber heute sieht sie gut aus. Ihr geht wirklich toll mit euren Tieren um, Karl."

Der Zirkusdirektor zuckte die Achseln.

„Das ist doch selbstverständlich. Ehrlich gesagt, habe ich Mala damals für einen Appel und nen Ei bekommen. Dieser Yago wollte sie einfach nur loswerden und tatsächlich sah Mala aus, als wenn sie es nicht mehr lange machen würde. Bei uns war es dann die erste Zeit auch schwierig. Sie wollte einfach nicht fressen. Jetzt weiß ich endlich wieso ... Sie hat um dich getrauert!"

Bei Karls Worten zuckte Peter zusammen. Das schlechte Gewissen würde ihn wahrscheinlich sein ganzes Leben lang begleiten.

„Sag mal Karl, darf ich ein paar Tage hierbleiben, bis ich wieder zurück in die USA reise? Ich kann mich auch gerne nützlich machen, die Tiere füttern, misten, fegen, was du willst. Und darf ich mir heute Abend die Elefantendressur ansehen?"

Karl sah ihn verblüfft an und schwieg. Peter sah förmlich, wie es hinter seiner Stirn arbeitete. Endlich setzte der Zirkusdirektor zu einer Antwort an.

„Natürlich kannst du gerne bleiben, Peter. Solange du willst! Nur die Elefantendressur kann ich dir leider nicht zeigen. Unser Dompteur Alberto ist schon seit eineinhalb Wochen im Krankenhaus. Als ich ihn vor drei Tagen besucht habe, gab's leider keine guten Nachrichten. Er hat Magenkrebs im Endstadium. Alberto kommt nicht zurück."

Kapitel 15

Palma de Mallorca, 21. September 2018

Es war schon später Nachmittag, als ich die Bergwelt des Tramuntanagebirges verließ. Philipp hatte sich die ganze Zeit nicht gemeldet. Wenn ich an Eva dachte, hatte ich das Gefühl, dass sich dunkle Wolken über meinem Kopf zusammenbrauten. Ich traute mich nicht, Philipp anzurufen, ich hielt es aber auch nicht aus, nicht über Evas Zustand Bescheid zu wissen. Also lenkte ich meinen Mietwagen ein weiteres Mal in Richtung des Krankenhauses von Palma.

Den Weg zur Intensivstation kannte ich mittlerweile. Jeder Schritt, der mich Eva näherbrachte, verstärkte das ungute Gefühl, das mich schon den ganzen Tag begleitete. Ob ich Philipp am Bett seiner Mutter treffen würde? Ich fragte mich, ob sein Ärger auf mich wohl noch wachsen würde, wenn er mich hier antraf. Aber in diesem Moment war mir das schon fast egal, eine innere Stimme befahl mir, nach Eva zu sehen und ich gehorchte ihr.

Ich klingelte an der Tür zur Intensivstation und schaute in ein bekanntes Gesicht. Genau jene Schwester öffnete mir die Tür, die mich auch bei meinem ersten Besuch hineingelassen hatte.

„Ah, Sie sind doch die Freundin von Señora Eva, richtig?“

Ich nickte und sah sie angstvoll an.

„Wie geht es ihr? Sie ist doch nicht ...“ Ich wagte nicht, es auszusprechen.

Die Schwester schüttelte schnell den Kopf und drückte beruhigend meine Hand.

„Sie lebt. Aber sie ist nicht ansprechbar und es geht ihr wirklich ziemlich schlecht.“

Ich ließ die Schultern sinken und blickte zu Boden. Ich hatte so gehofft, dass es ihr besser ging. Andererseits hatte ich schon die ganze Zeit befürchtet, dass es nicht so war.

„Wenn Sie möchten, können Sie kurz nach ihr sehen. Aber wirklich nur kurz.“

„Danke. Das ist wirklich nett von Ihnen.“

Ich folgte ihr den schmalen Flur entlang zu Evas Zimmer. Die Tür stand offen, sodass die Pfleger und Ärzte stets einen Blick auf sie werfen konnten. Wie schon bei meinem ersten Besuch, lag Eva komplett verkabelt in ihrem Bett. Ihr Körper war an verschiedene Monitore angeschlossen, die ihre Vitalwerte anzeigten. Ihr Leib war hier, nur wenige Schritte entfernt. Und ihr Geist? War er zurückgereist in jene Zeit als die junge Eva ein romantisches Date mit einem Elefanten-Flüsterer hatte?

Ich starrte gedankenverloren in Evas aschfahles Gesicht und zuckte zusammen, als die Schwester mich sanft am Arm berührte.

„Kommen Sie“, flüsterte sie, „wir können uns im Flur weiter unterhalten.“

„Sie sieht aus wie tot“, sagte ich fassungslos, als wir weit genug von Eva entfernt stehenblieben.

Die Schwester zuckte die Achseln und sah mich mitfühlend an. „Um ehrlich zu sein: Es kann auch jede Minute mit ihr vorbei sein. Genauso gut kann sie sich aber auch wieder erholen. Wir können nicht sagen, in welche Richtung das Pendel ausschlagen wird. Ein wenig liegt es auch an ihr selbst, ob sie gehen will oder ob sie um ihr Leben kämpft.“

Ich blickte auf. „Wenn es etwas gäbe, das ihr Hoffnung gibt, könnte das also helfen? Zum Beispiel ein Mensch, der verloren geglaubt war und der plötzlich doch wieder auftaucht?“

Die Schwester lächelte. „Davon bin ich überzeugt. Hoffnung und Zuversicht sind Lebenselixiere. Das stellen wir hier immer wieder fest. Wer sich aufgibt, ist verloren. Aber wer etwas hat, für das es sich zu leben lohnt, wird darum kämpfen. Diese Menschen haben die besten Chancen.“

„Danke!“ Ich drückte ihre Hände. Ein winziges Fünkchen Zuversicht glomm in meinem Herzen auf.

„Meine Liebe, keine Situation ist hoffnungslos, solange wir sie nicht so sehen. Aber falls es so einen Menschen gibt, der Señora Eva ins Leben zurückholen kann, sollte er möglichst schnell hier aufkreuzen. Wie sagt man so schön? Es ist bereits fünf vor zwölf!“

Ich bedankte mich bei der Schwester, verabschiedete mich und machte mich auf den Weg nach draußen. In der Eingangshalle kam mir Philipp entgegen, neben ihm ging eine schlanke, elegant gekleidete Frau, die mir irgendwie bekannt vorkam. Beide waren so ins Gespräch vertieft, dass sie nicht mitbekamen, dass ich mich blitzschnell hinter einem Kübel mit einer hohen Grünpflanze verbarg.

„Ich weiß nicht, was in sie gefahren ist ...“, sagte Philipp in ernstem Ton, als die beiden an mir vorübergingen.

Redete er etwa von mir? Jetzt fiel mir auch wieder ein, wo ich die Frau schon einmal gesehen hatte. Auf einem Foto in Evas Haus. Das musste Philipps Schwester sein, die sich offensichtlich endlich bequemt hatte, nach Mallorca zu fliegen. Ich atmete erleichtert auf. Ein Glück, dass er mich nicht entdeckt hatte. Garantiert war er immer noch stinksauer auf mich und ich hatte wenig Lust, meine Gegenwart hier zu erklären. Die beiden verschwanden um die Ecke und ich setzte meinen Weg aus dem Krankenhaus fort.

Inzwischen war ich fest davon überzeugt, dass es doch gar nicht so dumm von mir gewesen war, mich auf die Suche nach Peter zu machen. Auch wenn Philipp und Inga es für eine Schwachsinnsidee hielten, die Krankenschwester zumindest dachte wie ich. Also konnte es gar nicht so verkehrt sein. Die Frage war nur, wie ich ihn finden sollte. Die Spur, die Johanna in den

USA aufgetan hatte, hatte mir leider nicht weitergeholfen. Dieser Peter konnte sich immer noch überall auf der Welt befinden. Oder tot sein. Eigentlich war ich nicht einen einzigen Schritt weitergekommen.

Ich setzte mich in meinen Mietwagen und wollte den Motor starten, als mein Handy klingelte und eine lange, unbekannte Nummer anzeigte.

„Kristin Regener."

„Hi Kristin. Hier ist Rob. Haben Sie Peter schon gefunden?"

Ich seufzte leise. Wenn man an den Teufel dachte ...

„Nein, Rob, leider nicht. Scheint gar nicht so einfach zu sein."

„Natürlich nicht! Aber mir ist da noch etwas eingefallen ..."

Ich spürte, dass mein Herz schneller schlug.

„Es gab da einen Elefanten, von dem Peter ständig gesprochen hat. Er oder besser gesagt sie, denn es war eine Elefantenkuh namens Mala, ist ihm damals nicht aus dem Kopf gegangen. Er hatte ein schlechtes Gewissen, weil er sie im Stich gelassen hatte. Jedenfalls hat ihm dieser Elefant fast genauso am Herzen gelegen wie dieses Mädchen. Eva."

Rob stieß ein trockenes Husten aus, bevor er weitersprach.

„Naja, ich habe mich jedenfalls gefragt, ob Peter nicht vielleicht wegen dieses Elefanten nicht zu uns zurückgekehrt ist."

Ich stutzte. Konnte das wirklich sein? Hatte der Typ eine glänzende Karriere in den Wind geschossen – einem Elefanten zuliebe? Ich konnte mir das eigentlich nicht vorstellen.

„Ich weiß nicht, Rob“, antwortete ich ihm. „Ist das nicht vielleicht etwas weit hergeholt?“

Er lachte. „Haben Sie denn etwas Besseres, Mädchen?“

Ich schloss kurz die Augen und schüttelte den Kopf.

„Nein, das habe ich leider nicht.“

„Na, sehen Sie? Ich sage Ihnen, finden Sie Mala. Dann finden Sie auch Peter!“

Kapitel 16

München, Juni 1975

„Alle Passagiere, die den Flug nach New York gebucht haben, werden gebeten, zum Flugsteig B 68 zu kommen. Das Boarding beginnt in Kürze."

Peter saß am Gate, hatte sein Gepäck eingecheckt und hörte die ständig wechselnden Ansagen des Frankfurter Flughafens wie durch einen Nebel. War es die klimatisierte Luft des Airports, die vielen Menschen, die Hektik, der nervende Geräuschpegel oder einfach nur der Umstand zur falschen Zeit am falschen Ort zu sein? – Peter vergrub sein Gesicht in den Händen und schloss die Augen, um dem ununterbrochenen Summen um ihn herum zu entfliehen. Vergebens. Seitdem er in München in den Zug nach Frankfurt gestiegen war, plagten ihn Magenschmerzen. Inzwischen hämmerte der Schmerz auch in seinem Kopf und er versuchte, den Drang sich übergeben zu müssen, zu widerstehen.

Was war bloß los mit ihm?

Eigentlich sollte er sich freuen, seine Freunde Rob und William bald wiederzusehen. Nicht mehr lange und er würde Williams Nachfolge antreten. Der Traum seines Lebens würde sich erfüllen. Jetzt reiß dich gefälligst zusammen, befahl er sich selbst. Doch es nützte nichts. Seine Gedanken kehrten immer wieder zu

Mala zurück. Wie sie ihn angesehen hatte, als er kurz vor seiner Abreise zu ihr gegangen war. Er hatte sich extra nicht verabschiedet, aber sie hatte es trotzdem gewusst. Er hatte es an ihrem Blick erkannt. Sollte mal einer sagen, Elefanten hätten keine Intuition. Mala hatte die Lage eindeutig durchschaut, sie hatte kapiert, dass Peter sie ein weiteres Mal im Stich lassen würde.

Das Schlimme daran war, dass sie keinesfalls wütend trompetet oder versucht hatte, ihn festzuhalten. Sie hatte ihm einfach lange in die Augen geschaut und dabei ganz ruhig dagestanden. Der weise Ausdruck unter ihren langen Wimpern hatte sich langsam in eine dumpfe Traurigkeit verwandelt. Peter hatte sich wie erstarrt nicht von der Stelle rühren können. Ein kalter Stoß war durch seinen Körper gefahren. Nach einer ganzen Weile hatte sich Mala abgewandt und war zu den anderen Elefanten getrottet. Sie hatte sich nicht mehr zu ihm umgedreht.

Im Zug nach Frankfurt hatte Peter zum tausendsten Mal darüber nachgedacht, was er tun sollte. Wolters hatte ihm angeboten, die Nachfolge seines erkrankten Elefantendompteurs anzutreten. Peter könne die Stelle sofort haben und er würde ihn so gut bezahlen, wie es ihm nur möglich sei, hatte der Zirkusdirektor gesagt. Trotzdem lagen Welten zwischen dem Honorar, das er bald in den USA verdienen würde und dem, das Wolters zahlen konnte. Ganz abgesehen von dem

Renommee und den Möglichkeiten, die er in Amerika hatte. „Außerdem habe ich es William versprochen und es gibt schließlich auch Verträge“, hatte Peter versucht zu erklären. „Du musst das verstehen, ich kann wirklich nicht hierbleiben“, hatte er Wolters Angebot schließlich abgelehnt.

Der Zirkusdirektor hatte ihn lange angesehen und irgendwann genickt. „Schon klar, ich hab's mir ja fast gedacht, aber ich wollte es zumindest probieren. Ich dachte, du würdest vielleicht wegen Mala bei uns bleiben. Aber mit dem Zirkus in Amerika können wir natürlich nicht mithalten.“

Karl Wolters hatte traurig gelächelt und Peter viel Glück gewünscht. Und nun saß er hier auf diesem riesigen Flughafen und fühlte sich alles andere als glücklich. Hätte er doch bei Mala bleiben sollen? Er wünschte, er könnte mit jemanden darüber reden. Einen wirklich guten Freund um Rat fragen. Was soll ich tun? Was ist richtig? Er könnte versuchen, Rob zu erreichen. Aber er wusste schon, was sein Freund sagen würde. Komm nach Hause. Deine Eva hat einen anderen und deinem Elefanten geht es gut. Also, worauf wartet du?

„Wir beginnen nun mit dem Boarding. Zuerst dürfen die Passagiere der Business Class einsteigen.“ Die Stimme der Flughafenmitarbeiterin klang völlig unbeteiligt.

Peter sah auf. Männer in teuren Anzügen und mit Aktentaschen in der Hand schlenderten in Richtung

Flugzeug. Nur noch wenige Minuten, dann könnte auch er in die Maschine einsteigen, die ihn über den Atlantik bringen würde. Ob er jemals wieder nach Europa zurückkehrte? – Unwahrscheinlich.

Die Magenschmerzen gingen nicht weg. Natürlich hatte er keine Tabletten dabei, denn sonst hatte er nie irgendwelche Probleme mit dem Magen. Um ihn herum erhoben sich die Reisenden von den Bänken, kramten ihre Boardingpässe hervor und schauten immer wieder auf die blinkende Anzeige über ihnen. Gleich ging es los.

Auch Peter erhob sich. Ob er nochmal schnell zur Toilette gehen sollte? Ihm war unendlich schlecht. Und er bekam das Bild Malas nicht aus seinem Kopf. Dieser Blick, mit dem sie ihn angesehen hatte.

„Ist Ihnen nicht gut?"

Eine Frau berührte seinen Arm und sah ihm besorgt ins Gesicht. „Sie sehen kalkweiß aus. So, als ob sie jeden Moment umfallen würden."

„Lass doch. Der hat bestimmt Flugangst", raunte ihr Mann ihr unwirsch zu und zog sie weiter. Sie zuckte entschuldigend mit den Achseln und folgte ihrem Mann. Peter nickte ihr zu und holte tief Luft. Erneut erklang eine Durchsage aus den Lautsprechern. Die Passagiere der Economy-Klasse durften nun einsteigen. Ihm war schwindelig.

Und plötzlich kam ihm ein Satz in den Sinn. Eva hatte ihn einmal gesagt. Sie waren auf Mallorca am

Strand entlang gegangen und er hatte ihr von seinem Leben erzählt. Auch davon, dass er sich als Junge dazu entschlossen hatte, alles hinter sich zu lassen, um in Freiheit zu leben. Denn obwohl er das Waisenhaus hasste, hatte es ihm doch eine gewisse Sicherheit, Kleidung, ein Bett und warme Mahlzeiten geboten. Aber das alles war ihm irgendwann völlig egal gewesen. Er hatte gewusst, dass er da raus musste.

„Das Herz kennt den Weg“, hatte sie da gesagt. Was sie denn damit meine, hatte er sie gefragt, beeindruckt davon, wie klug dieses junge Mädchen war.

„Naja, sicher gibt es eine Menge Leute, die deine Entscheidung verurteilen würden. Sie für schwachsinnig halten. Aber sie stecken ja auch nicht in deinen Schuhen.“ Sie hatte ein wenig schüchtern gelächelt. „Weißt du, Philosophie war immer mein Lieblingsfach in der Schule. Unser Lehrer hat da mal gesagt, dass wir bei den großen Entscheidungen im Leben gar nicht so sehr auf andere Leute hören sollten. Stattdessen sollten wir einfach unser Bewusstsein öffnen und unserer eigenen Weisheit lauschen. Denn unser Herz kennt den Weg.“

Warum fiel ihm dieser Satz ausgerechnet jetzt wieder ein?

Jemand rempelte ihn von hinten an. „Stehen sie hier an oder einfach nur im Weg?“

Peter stand da und die Geräusche um ihn herum verebbten. Auf einmal wusste er genau, was zu tun war.

Er nahm seine Tasche und rannte zum Ausgang. Die Magenschmerzen waren verschwunden.

„Peter! Was machst du denn hier? Hast du deinen Flug verpasst?“

Karl Wolters saß in seinem Wohnwagen und kümmerte sich um die Buchführung. Als Peter anklopfte und eintrat, ließ er den Kugelschreiber fallen und riss die Augen auf.

„Ich hab‘ gehört, hier ist eine Stelle als Elefanten-Dompteur frei. Ist die noch zu haben?“

Peter grinste und Karl Wolters schloss in Zeitlupentempo seinen Mund, sprang dann auf und riss Peter in seine Arme.

„Du verrückter Hund! Das gibt’s doch gar nicht! Ich dachte, du bist längst über den Wolken und ich seh‘ dich nie wieder.“

Wolters drückte ihn so fest an sich, dass Peter schon fast keine Luft mehr bekam.

„Hey! Ist ja gut. Ich hab‘ ein bisschen dafür gebraucht, aber dann hat’s doch noch rechtzeitig klick gemacht. Ich glaube, mein Platz ist hier.“

Wolters hielt ihn noch immer fest, nun aber eine Armeslänge entfernt und starrte ihn glücklich an. Sein Gesicht war vor Aufregung rot geworden. Peter schluckte. Mit einer solchen Begrüßung hatte er nicht gerechnet.

„Ich glaub's nicht ...", schüttelte Wolters den Kopf, wischte sich über die Augen und hörte nicht auf zu strahlen.

„Los, darauf trinken wir jetzt einen. Magst du Jägermeister?"

Peter musste sofort an seinen mordsmäßigen Kater in Frankfurt denken, nachdem er seinen Liebeskummer in der Nacht zuvor mit Jägermeister bekämpft hatte. Aber was soll's, diesmal würde er nur einen trinken und dabei Karl von seiner Idee erzählen, die ihm im Zug nach München gekommen war.

Karl hatte seine Papiere zur Seite gefegt, zwei Schnapsgläser und die Flasche auf den Tisch geknallt und das Bündnis mit seinem neuen Elefanten-Dompteur mit Handschlag besiegelt. Anschließend hatten sich die beiden Männer hingesetzt und Peter hatte Karl von seiner Vision einer neuartigen Elefantennummer vorgeschwärmt.

„Vergiss diese unwürdigen Vorstellungen von Elefanten, die Kopfstand machen, auf Bällen balancieren oder über ein dickes Drahtseil gehen. Ich glaube nicht, dass solche Kunststücke noch sehr lange im Zirkus erlaubt sein werden. Bei meinem Zirkus in den USA hatten wir schon öfters Ärger mit Tierschützern, die die Vorstellung gestört haben und uns als Tierquäler bezeichnet haben."

Karl hatte die Stirn in Falten gezogen. „Aber hier finden die Leute das toll. Viele kommen doch hauptsächlich wegen der Elefanten in den Zirkus. Willst du die Tiere jetzt einfach nur durch die Manege trotten lassen? Das reißt doch keinen vom Hocker!“

Peter nickte. „Das stimmt. Natürlich sollen die Elefanten noch etwas davon zeigen, was sie draufhaben. Aber wir müssen das ganze Konzept ändern. Wir müssen eine Geschichte erzählen. Die Geschichte der Elefanten. Und dabei sehen die Menschen diese wunderbaren Tiere direkt vor sich und können sich vorstellen, wie ihr Leben in Freiheit aussieht, welche Gefahren dort lauern und wie die Tiere damit fertig werden.“

Peters Augen glänzten. Während der Zugfahrt waren ihm immer mehr Ideen in den Kopf geschossen. Er konnte schon alles vor sich sehen und es kaum abwarten, seinen Plan in die Tat umzusetzen. Musik, Lichteffekte, die Elefanten im Mittelpunkt – er zweifelte nicht eine Sekunde daran, dass seine Idee ein Erfolg werden würde.

Wolters blieb skeptisch. Doch der Zirkusdirektor war andererseits so froh, dass Peter zurückgekehrt war und als Dompteur beim Zirkus Sternenstaub anfangen würde, dass er sich breitschlagen ließ, dem Projekt zumindest eine Chance zu geben. Er einigte sich mit Peter darauf, dass dieser zunächst die Show seines Vorgängers fortsetzte, bis das Programm stand. Sollten die Besucher dann wirklich begeistert davon sein, dürfte Peter seine neue Show dauerhaft etablieren.

Rundum zufrieden mit der Entwicklung der Dinge verließ Peter kurze Zeit später Wolters Wohnwagen und marschierte zu seinen Elefanten.

Natürlich hatte gleich sein erster Weg, als er zum Zirkus zurückgekehrt war, zu Mala geführt. Sie hatte etwas irritiert gewirkt, als er ins Stallzelt getreten war. Anstatt wie sonst auf ihn zuzulaufen, war sie bei den anderen Elefanten stehengeblieben und hatte ihn unschlüssig angesehen. Peter konnte es ihr nicht verdenken. Er war zu ihr gegangen und hatte sich an sie gelehnt.

„Es tut mir leid, Mala, dass ich dich schon wieder enttäuscht habe. Das war das letzte Mal, dass ich dich verlassen habe. Ich versprech's dir."

Langsam hatte die Elefantenkuh ihren Rüssel gehoben und war Peter übers Gesicht gefahren. Da wusste er, dass alles gut war. Dass er die richtige Entscheidung getroffen hatte.

Kapitel 17

Nürnberg, Oktober 1975

Das Chapiteau war bis auf den letzten Platz besetzt. Wolters rannte den ganzen Tag herum wie ein aufgescheuchtes Huhn.

„Hoffentlich geht das gut“, hatte er mindestens schon dreimal zu Peter gesagt, seitdem sie sich am frühen Morgen zum ersten Mal über den Weg gelaufen waren.

„Wird schon“, hatte Peter versucht, die Bedenken des Zirkusdirektors zu zerstreuen. Dabei war er ebenso aufgeregt und nervös, wenn nicht sogar noch mehr. Er wusste, dass Karl kein Pardon kannte, wenn die Show heute ein Reinfall war. Dann musste Peter seinen Traum begraben und zurückkehren zur alten Elefantenshow. Unzählige Stunden Arbeit wären umsonst gewesen.

Als Peter durch einen Vorhang ins Zirkuszelt spähte, auf zappelnde Kinder, genervte Mütter und in viele aufgeregte Gesichter sah, war er sich auf einmal selbst nicht mehr sicher, ob die Leute das sehen wollten, das er ihnen heute präsentieren würde. Was, wenn sie aufstanden und lautstark protestierten? Gar ihr Geld zurückhaben wollten?

Seufzend ließ er den Vorhang sinken und kehrte ins Elefantenzelt zurück. Seine vierbeinigen Kollegen standen schon abmarschbereit bereit. Zum ersten Mal waren sie jedoch nicht mit glitzerndem Kopfschmuck, Sätteln oder Decken ausgerüstet. Sie warteten auf ihn – so wie die Natur sie geschaffen hatte.

„Und das reicht“, dachte Peter, als er sich Mala näherte und ihren Kopf streichelte. „Heute müssen wir sie überzeugen, meine Schöne. Aber du bekommst das schon hin.“

Mala stieß ein leises Glucksen aus, ganz so, als wolle sie ihn beruhigen.

Wird schon. Entspann dich. Alles wird gut.

Peter holte tief Luft. Der heutige Abend würde einiges entscheiden. Es hatte viel länger gedauert, als er vermutet hatte, das neue Programm zu planen, einzuüben und zu perfektionieren. Und das hatte nicht an den Elefanten gelegen. Sie hatten von Anfang an Spaß an ihren Aufgaben gefunden. Vor allem Mala hatte an Peters Konzept mitgearbeitet, als könne sie in seinen Kopf sehen und seine Gedanken lesen. Als schwierig hatte sich dagegen die Zusammenarbeit mit den Licht- und Tontechnikern herausgestellt. Peter war bei ihnen inzwischen als nerviger Perfektionist verschrien, der erst zufrieden war, wenn alles hundertprozentig so lief, wie er es sich vorgestellt hatte. Während der heißen Phase der Proben hatten die Techniker einen großen Bogen um Peter gemacht, wenn sie ihm zufällig auf dem Zirkusgelände begegneten. Heute musste alles auf den Punkt funktionieren, es kam auf den Gesamteindruck an. Wenn er nicht stimmte, wenn die Zuschauer nicht in den Bann gezogen wurden, dann würde die Vorstellung in einem Fiasko enden.

„Peter, noch drei Minuten!“

Ein Tierpfleger hatte seinen Kopf ins Elefantenzelt gesteckt, um Bescheid zu sagen. Im Chapiteau brandete Applaus auf. Die Clownsnummer war vorbei, jetzt würde Karl die neue Elefantenshow ankündigen. Peter straffte die Schultern und nickte Mala zu.

„Auf geht’s. Lass uns den Leuten zeigen, was für wunderbare Wesen ihr seid.“

Im Chapiteau herrschte gespannte Aufregung. Die Besucher starrten gebannt auf die Manege und trauten sich höchstens, zu flüstern. „Hast du gehört? Eine neue Elefantenshow. Mal schaun, was das sein soll ...“

Das Licht war heruntergedimmt und ließ die Manege in einem orangefarbenen Schimmer erstrahlen. Sonnenaufgang in der afrikanischen Savanne. Aus den Lautsprechern erklang das Zirpen von Grillen. Und schließlich Peters Stimme.

„Ein neuer Tag erwacht. Zu Füßen des Kilimandscharo, Kenias berühmten Berg, grasen Zebras und Gnus in der Steppe. Löwen liegen auf der Lauer. Und Elefanten durchstreifen die Ebene – die größten lebenden Landtiere der Welt.“

Mit ihrem fließenden, leichten Gang erschien Mala in der Manege, gefolgt von den anderen Elefanten. Ein Raunen ging durchs Zirkuszelt. Langsam wurde das

Licht heller, sodass man die Elefanten besser erkennen konnte. Sie liefen nun hintereinander durch die Manege, blieben aber auch immer mal wieder stehen und wandten ihre Köpfe dem Publikum zu. Währenddessen erzählte Peter Malas Geschichte stellvertretend für die vieler anderer Elefanten. Zwar kannte er Malas persönliche Vergangenheit gar nicht genau, aber er hatte in den letzten Wochen und Monaten so viel über das Schicksal afrikanischer Elefanten gelesen, dass er sich aus diesem Material eine Story zusammengeschrieben hatte, die wahrscheinlich hundertfach auch so passiert war.

Sie handelte von einer stolzen Elefantenkuh, die mit ihrer Herde durch die Savanne zog und über etliche Kilometer hinweg die besten Weidegründe und Wasserlöcher fand. Sie beschützte die jüngsten Familienmitglieder vor den Angriffen von Löwen, die immer mal wieder vorkamen. Und sie kommunizierte mit ihrer Familie über große Distanzen. Ihre Geheimsprache erfolgte in solch tiefen Tönen, dass sie für das menschliche Ohr nicht hörbar war. Wenn ein Mitglied der Familie starb, wurde tagelang um diesen Elefanten getrauert.

Sphärische Klänge und ein wechselndes Lichterspiel begleiteten Peters Ausführungen über das Leben der Elefanten im afrikanischen Busch. Dann plötzlich hallte der Schuss eines Gewehres durch die Manege und die Besucher zuckten zusammen. Einer der Zirkus-

Elefanten brach zusammen und blieb regungslos am Boden liegen. Vereinzelt hörte man erschrockene Aufrufe.

„Keine Angst, unserem Elefanten hier ist nichts passiert. Emmi hat ihren Auftritt lange geübt und wird gleich wieder aufstehen“, beruhigte Peter das Publikum und erzählte dann weiter. Von der Elefantenkuh in Afrika, die von Wilderern erschossen wurde. Ihr Baby – Mala – wurde auf dem Schwarzmarkt verkauft, gelang über Umwege nach Europa und schließlich zu einem Zirkus, wo sie nicht immer mit Samthandschuhen angefasst wurde, um die schwierigen Kunststücke zu lernen. Ein körniger Schwarzweiß-Film wurde auf einen weißen Vorhang projiziert und zeigte Elefanten, die Kopfstand machten, die auf einem Seil balancierten und andere Dinge vollführten, die Elefanten in der Steppe nicht taten.

Vor diesem Punkt in seinem Programm hatte Peter die meiste Angst gehabt. Wie würde das Publikum reagieren? Bisher hatte es genau diese Dinge sehen wollen und begeistert Applaus gespendet. Würden sie unter Buhrufen das Zelt verlassen, weil sie sich getäuscht fühlten? Weil sie selbst mit einem schlechten Gewissen konfrontiert wurden, dass sie nicht bestellt hatten?

Peter warf einen schnellen Blick auf die Ränge, doch er konnte nicht viel sehen. Die Besucherplätze lagen im Dunklen, die Manege wurde hell angestrahlt. Immerhin hatte noch niemand ‚Aufhören‘ gerufen. Während der Film lief, zeigten die Elefanten in der Manege ebenfalls einige Kunststücke aus ihrem alten Programm. Dann stoppte der Film, die Musik wechselte zu einem fröhlichen Rhythmus und die Elefanten stellten sich nebeneinander auf, hoben ihre Rüssel und wirkten plötzlich, als lächelten sie. Peter ging zu Mala und kraulte sie am Kopf. Die anderen Elefanten warfen sich Sägespäne über die Rücken. Ein Tierpfleger kam mit Wassereimern in die Manege gerannt und Emmy sog das Wasser mit ihrem Rüssel aus dem Eimer, um es sich anschließend auf den Leib zu spritzen.

Die Zuschauer lachten, Kinder jauchzten. Und Peters Stimme erklang weiter aus dem Lautsprecher. „Elefanten gehören zu den faszinierendsten Tieren unseres Planeten. Sie sind intelligent, mitfühlend, sie sorgen sich um ihre Familien und sie können so viele Dinge, von denen wir Menschen höchstens wünschen, dass wir sie können. Wir müssen damit aufhören, Elefanten aus Profitgier zu töten, sie zu quälen und sie unwürdige Dinge tun zu lassen. Lasst uns diese wunderschönen und freundlichen Tiere lieber feiern und alles dafür tun, dass sie sich wohlfühlen. Und übrigens: Falls Sie Mala, Emmy, Ruby und Siri gerne persönlich kennenlernen möchten, sind Sie nach der Vorstellung herzlich eingeladen, einmal am Elefantenzelt vorbeizuschauen. Wir freuen uns auf Sie!“

Einen Moment lang blieb es totenstill und Peter stockte der Atem. Schweiß lief seinen Rücken hinunter und er schloss die Augen. Plötzlich schien jegliche Energie aus seinem Körper zu strömen. Vorbei, er hatte seine Chance bekommen und war gescheitert. Karl hatte recht behalten, die Leute waren enttäuscht, für eine solche Vorstellung waren sie nicht in den Zirkus gekommen. Mit hängendem Kopf wollte er schon die Manege verlassen. Doch dann ertönte das erste zögerliche Klatschen von zwei Händen. Mehr Menschen schlossen sich an. Und schließlich toste der Applaus durch das Zirkuszelt und Peter schaute auf. Viele Besucher waren aufgestanden und klatschten, was das Zeug hielt. Er konnte es kaum fassen. Es hatte ihnen doch gefallen! Tränen liefen seine Wangen hinab.

Erst Minuten später verebbte der Beifall und die Stimme vom Band setzte wieder ein. „Ganz zu Ende ist unsere Geschichte noch nicht. Wir bitten um Ruhe, denn in Afrikas Savannen ist nun die Nacht eingebrochen."

Das Licht wurde gedimmt und nur ein einzelner Scheinwerfer beleuchtete jetzt noch die Manege. Es sah aus, als schiene ein fahler Mond auf die grauen Riesen. Aus den Lautsprechern drangen wieder wie zu Anfang der Vorstellung das Zirpen der Grillen und in der Ferne der Schrei einer Hyäne. Eine nach der anderen legten sich die vier Elefanten auf den Boden, als wenn sie schlafen wollten. Nun erlosch das Licht ganz und man hörte nur noch die Geräusche Afrikas, bis Peters Stimme wieder einsetzte.

„Malas Mutter ist tot und Mala selbst wird ihre Heimat wohl nie wieder sehen. Aber sie hat Freunde in ihrer neuen Heimat gefunden. Emmy, Ruby und Siri sind ihre neue Familie. Peter ist ihr bester zweibeiniger Freund. Zuhause in Afrika jedoch lebt die Erinnerung an Mala weiter. Denn ihre ältere Schwester, die nun die Herde der Elefanten anführt, hat sie nicht vergessen."

Als das Licht langsam wieder hochfuhr, war die Manege wie von Zauberhand leer. So leise, dass niemand sie gehört hatte, waren die Elefanten aufgestanden und nach draußen verschwunden.

Peter stand hinter dem großen Vorhang und blickte ins Chapiteau. Nachdem das Licht wieder in die Manege strahlte, waren die Leute aufgestanden und applaudierten erneut. Standing ovations – das hatte es bisher noch nie bei einer Elefantennummer gegeben. Wie aus dem Nichts tauchte Karl neben Peter auf und strahlte übers ganze Gesicht.

„Du verrückter Kerl du. Irgendwann in der Mitte des Programms wollte ich dir schon die Hammelbeine langziehen. Aber gut, dass ich's nicht getan habe. Hast du das gesehen? – Die Leute sind ausgeflippt. Die sind total begeistert. Ich versteh's zwar immer noch nicht richtig, aber irgendwie hast du wohl den Nerv der Zeit getroffen."

Vor lauter Begeisterung drückte er Peter einen Schmatzer auf die Wange, bevor der die Flucht ergreifen konnte.

„Karl, jetzt hör aber auf!“

„Nach der Vorstellung in meinem Wohnwagen. Ich geb‘ einen aus.“

„Überredet. Aber ohne küssen.“ Peter verdrehte kopfschüttelnd die Augen und beeilte sich, seinen Elefanten zu folgen. Karls Jägermeister hatte er sich diesmal definitiv verdient.

Kapitel 18

Port de Sóller, 21. September 2018

„Hallo Johanna? Hast du kurz Zeit?“

Zurück in meinem Apartment hatte ich es nicht ausgehalten, mit niemandem reden zu können, deshalb hatte ich meine Tochter in Boston angerufen.

„Mama, für dich doch immer. Was gibt’s Neues in deinem Mallorca-Krimi beziehungsweise vom Elefanten-Mann? Und noch wichtiger: Wie steht’s um dich und diesen Philipp?“

Die letzte Frage hätte sie sich besser sparen können. Sobald ich an Philipp dachte, krampfte sich mein Magen zusammen. Ich wäre so gerne an seiner Seite geblieben, hätte ihn getröstet und gemeinsam mit ihm nach dem Elefanten-Mann gefahndet. Ein bisschen konnte ich ihn ja verstehen. Bestimmt fühlte er sich moralisch verpflichtet, zu seinem Vater zu halten. Obwohl der längst tot war. Und vielleicht gab er der Jugendliebe seiner Mutter sogar ein wenig die Schuld an ihrem Herzinfarkt, auch wenn das, realistisch betrachtet, natürlich Schwachsinn war. Aber als Frau konnte ich mich einfach besser in Eva hineinversetzen. An ihrer Stelle würde ich auch wissen wollen, was aus Peter geworden war. Und vor allem: Warum er sie damals verlassen hatte.

„Ach, Johanna, die Dinge hier sind irgendwie aus dem Ruder gelaufen."

Ich brachte sie kurz auf den neuesten Stand, ließ die Tatsache, dass Philipp hier übernachtet hatte, aber erstmal weg. Johanna war zwar meine engste Verbündete, alles musste sie allerdings nicht wissen.

„Und nun hat mich dieser Rob wieder angerufen und etwas von einer Elefantenkuh namens Mala gefaselt, über die ich diesen Peter vielleicht finden könnte."

„Na dann los", antwortete Johanna. „Ich finde es gut, dass du nicht gleich aufgibst. Es wird zwar bestimmt nicht einfach, aber unmöglich ist es auch nicht."

„Aber wie mache ich das denn?"

Ich hatte zwar schon nach Kochrezepten und Reisezielen gegoogelt, aber einen Elefanten zu finden, war ja nochmal eine andere Nummer.

„Du fängst erstmal mit Suchmaschinen an", riet Johanna. „Aber Rob zum Beispiel habe ich in einem Zirkusforum gefunden. Dort solltest du es auch unbedingt versuchen. Wenn du gar nicht weiterkommst, rufst du mich an."

„Okay. Ich schätze, ich werde dich anrufen."

Johanna lachte. „Du schaffst das schon. Ich drück' die Daumen."

Als ich das Gespräch beendete, bemerkte ich, dass der Akku meines Handys fast leer war. Automatisch wollte ich ihn aufladen, doch dann zögerte ich. Garantiert würde Inga später anrufen und kontrollieren, ob ich ihren Anweisungen gefolgt war. Ich stieß die Luft aus und schüttelte den Kopf. Nicht schon wieder. Ich hatte mich entschlossen, meiner Intuition zu folgen, und würde mich nicht länger von ihr zurechtweisen lassen. Am besten, ich würde das Handy ausschalten, sodass sie mich nicht erreichen konnte. Einen winzigen Moment schwebte mein Finger über dem Off-Schalter.

Aber dann kann Philipp dich auch nicht erreichen.

Der Satz war in mir aufgetaucht und schwirrte wie ein böses Omen durch den Raum.

Philipp. Ich bekam ihn einfach nicht aus meinem Kopf und schon gar nicht aus meinem Herzen. Die Erinnerung an den gestrigen Abend tauchte ungebeten auf. Das unbeschreibliche Gefühl, als er mich hochhob und so behutsam aufs Bett ablegte, als sei mein Körper das Kostbarste, das er je in den Armen gehalten hatte. Die Zärtlichkeit, mit der seine Finger über meine Haut strichen. Und vor allem der Blick aus seinen silbergrauen Augen, der tief in meine Seele zu dringen schien.

Glaubst du an Liebe auf den ersten Blick?

„Ja", flüsterte ich heiser, als ich mich an seine Frage in Valldemossa erinnerte.

Ich schloss die Augen. Jede Faser meines Körpers sehnte sich nach Philipp. Fast konnte ich seine Lippen auf meinen spüren, seinen Kuss, der unsere Gefühle füreinander ohne jedes Wenn und Aber offenbart hatte.

Nur widerwillig kehrte ich in die Wirklichkeit zurück. Fakt war, dass Philipp sich den ganzen Tag nicht gemeldet hatte. Dass er mit seiner Schwester vermutlich schlecht über mich geredet hatte. Er würde seine Enttäuschung über mich nicht einfach abhaken, ganz im Gegenteil, er würde mich abhaken.

Ich drückte auf den Off-Schalter. Wenn er mich sehen wollte, konnte er ja herkommen. Schließlich wusste er, wo ich zu finden war.

Es dämmerte schon, als ich mich mit einem Käsebrötchen und einem Glas Wein auf die Terrasse setzte und nebenbei meinen Laptop einschaltete. Ursprünglich hatte ich das Ding gar nicht mitnehmen wollen. Nun war ich froh, dass ich ihn doch eingepackt hatte. Und dass es freies WLAN in meinem Apartment gab.

Ich öffnete die Seite von Google und tippte „Zirkus Elefant Mala“ ins Suchfeld ein. Und fand keinen Hinweis auf einen Peter Salbach. Anschließend probierte ich es bei anderen Suchmaschinen, wechselte die Suchwörter und las mich durch viele Seiten über Elefanten im Zirkus. Viele kritische Seiten. Von Minute zu Minute begann ich mich unwohler zu fühlen. Immer wieder tauchten Berichte einer großen Tierschutzorganisation im Internet auf, die die Haltung von Elefanten in Zirkussen und Zoos aufs Schärfste anprangerten. Hatten sie recht? War Peter Salbach in

Wahrheit ein Tierquäler? Ich wollte das nicht glauben, es passte nicht mit meiner Vorstellung zusammen, die ich mir inzwischen von diesem Mann gemacht hatte. Und noch etwas ließ mich an den harschen Berichten zweifeln. Meine Freundin Tanja, eine begeisterte Reiterin, die alles, wirklich alles für ihr Pferd tat, lief regelmäßig Amok, wenn die Rede auf diese angebliche Tierschutzorganisation kam. „Das sind Verbrecher“, hatte sie mir versichert. „Die sammeln Spenden über Spenden und lassen die Hunde und Katzen in ihren eigenen Heimen einschläfern. Am liebsten würden sie das Halten von Haustieren und natürlich auch die Haltung und das Reiten von Pferden ganz verbieten. Von Zoos und Zirkussen will ich gar nicht sprechen.“ Ich erinnerte mich nur zu gut an Tanjas Ausbrüche und nahm mir vor, die Beiträge dieser Organisation links liegen zu lassen.

Nach zwei Stunden Internetrecherche war ich keinen Schritt weitergekommen. Ein kühler Wind war aufgezogen und ich fröstelte. Seufzend sammelte ich meine Sachen zusammen und setzte mich in mein kleines Wohnzimmer. Obwohl ich schon ziemlich müde war, wollte ich noch ein wenig weitermachen. Ich blickte auf das Foto, das Eva mir von Peter gegeben hatte, und dass ich neben den Laptop gelegt hatte.

„Ich kriege dich schon“, sagte ich mit leicht grimmigem Unterton und versenkte mich wieder ins World Wide Web. Diesmal nahm ich mir die

Zirkusforen vor, so wie Johanna mir geraten hatte. Es gab Tausende von Einträgen. Mir kam es vor, dass der Lieblingsname von Elefanten in Zirkussen ausgerechnet Mala war. Beim ersten Mal, als ich auf einen Elefanten dieses Namens stieß, hatte mein Herz vor Aufregung noch schneller geschlagen. Inzwischen dachte ich nur ‚Aha, schon wieder eine Mala. Na, schauen wir mal ...‘

Kurz vor Mitternacht – mittlerweile hatte ich den Wein ausgetrunken und die Augen fielen mir vor lauter Müdigkeit immer wieder zu – stieß ich endlich auf eine heiße Spur.

‚Elefantin Mala verlässt nach schwerem Unfall den Zirkus Sternenstaub‘ lautete die Überschrift eines kurzen Artikels, den ein Zirkus-Insider vor einigen Jahren in einem Forum geschrieben hatte. Als auch noch der Name des Dompteurs genannt wurde, war ich schlagartig wieder hellwach. Malas langjähriger Dompteur Peter hatte den Zirkus ebenfalls verlassen – zusammen mit seinem verletzten Elefanten.

Kapitel 19

Lüneburg, Mai 2012

Der betörende Duft von Flieder lag in der Luft, als die Racklos den Zirkus Sternenstaub in Lüneburg aufbauten. Peter mochte diese Jahreszeit am liebsten, wenn die Büsche und Bäume in einem unglaublichen Hellgrün leuchteten, wenn es abends lange hell blieb und die Natur einen ersten Vorgeschmack auf den Sommer lieferte. Er saß in einem Campingstuhl vor seinem Wohnwagen, sah einem Schmetterling hinterher, der durch die samtwarme Luft tanzte, und nippte an seinem Kaffee.

„Hey, Peter, alles klar?"

Erik, der Sohn von Karl Wolters, fuhr mit einem Fahrrad vorbei und hob grüßend die Hand. Peter winkte lässig zurück. Er gehörte inzwischen zu den Oldies im Zirkus. Karl hatte sich längst mit seiner Frau zur Ruhe gesetzt und wohnte jetzt in einem kleinen Haus in Bayern. Er hatte seinem Sohn den Chefsessel überlassen und kam nur noch manchmal zu einem Besuch beim Zirkus vorbei. Erik machte seine Sache ganz gut, fand Peter. Er besaß das ruhige Temperament seines Vaters und war mit dessen Grundsätzen aufgewachsen. Einer davon lautete: Behandle andere so, wie du von ihnen behandelt werden willst. Und das galt im Zirkus Sternenstaub ganz besonders auch für die Tiere.

„Wie geht's den Elefanten?", fragte Erik im Vorbeiradeln. Jedes Mal, wenn sie in einer anderen Stadt auftraten, war Erik anfangs noch nervös. Dann klapperte er all seine Mitarbeiter ab und nervte sie mit Fragen, ob alles okay sei und ob es den Tieren gutging.

„Bestens. Mach dir keine Sorgen."

Peter schüttelte lächelnd den Kopf und Erik fuhr weiter.

Seit 37 Jahren bin ich nun schon mit diesem Zirkus unterwegs, sinnierte Peter. Wahnsinn. Er war jetzt 66 Jahre alt, da waren die meisten schon in Rente.

„Das ist nichts für dich", hatte sein Freund Karl festgestellt. „Du bist ein zäher Hund und würdest verrückt werden, wenn du irgendwo in einer kleinen Wohnung hocken müsstest. Ohne deine Elefanten."

Da hatte er vermutlich sogar recht. Peter nahm noch einen Schluck Kaffee und genoss die friedliche Stimmung des Frühlingsmorgens. Ein Leben ohne Mala konnte er sich sowieso nicht mehr vorstellen. Wir beide gegen den Rest der Welt, dachte Peter. Nie hatte er seine Entscheidung, bei Mala zu bleiben, bereut. Oder in Frage gestellt. Seitdem er vor vielen Jahren am Frankfurter Flughafen umgekehrt war, hatte er so viele positive Dinge in seinem Leben erfahren, dass er nun zufrieden auf viele gute Jahre zurückblicken konnte. Nur eins war ihm damals schwergefallen: William, the

Great eine Absage zu erteilen. Er hatte lange mit sich gerungen, wie er es am besten anstellen sollte. Anrufen? Einen Brief schreiben? Aber was sollte er ihm schreiben? Hey, William, es tut mir leid. Ich habe einen Elefanten wiedergetroffen, den ich sehr mag und nicht mehr verlassen will? Undenkbar!

William hätte es nicht verstanden, obwohl dieser Mann ein begnadeter Tiertrainer war. Er hätte ihm sicherlich geantwortet, dass es in den USA auch nette Elefanten gäbe und dass er eine solche Chance nie wieder bekäme. Schließlich hatte sich Peter dazu entschieden, ein Telegramm zu senden.

Lieber William, es tut mir sehr, aber ich kann nicht in die USA zurückkehren. Ich werde dir ewig dankbar sein, dass du mir dein Vertrauen geschenkt und mich ausgebildet hast. Es tut mir leid. Bitte verzeih mir. Peter.

Das war alles. William hatte nie zurückgeschrieben und auch von Rob hatte Peter nie wieder etwas gehört.

Die große Karriere in den USA war Peter schnell relativ egal geworden. Zu Anfang war er wie besessen davon gewesen, das neue Elefantenprogramm einzustudieren. Als es sich dann zu einem Erfolg entwickelt hatte, war Peter so glücklich wie nie zuvor. Er feilte noch an einigen Kleinigkeiten, passte die Show in den kommenden Jahren immer mal wieder ein wenig an, doch im Grunde blieb das Konzept bestehen. „Wir sind Trendsetter!“, hatte Karl damals gejubelt, als Zeitungen begannen, über das neue Programm zu schreiben, und Tierschützer wohlwollende Worte fanden.

Inzwischen konnten die vier Elefanten ihre Show längst wie im Schlaf abspulen. Peter hatte sogar den Eindruck, dass ihnen das Programm mittlerweile schon etwas langweilig geworden war. Deswegen ging er, so oft es möglich war, mit seinen Dickhäutern spazieren. Es war wichtig, sie in Bewegung zu halten, ihnen neue Umweltreize zu liefern.

Sobald sie ihr Heu gefressen hatten, würde er mit ihnen losgehen, beschloss Peter. Obwohl der Tag nicht schöner hätte sein können, war seine Laune getrübt. Er blickte zum Himmel hinauf. Azurblau mit weißen Schäfchenwolken. Wenn er ein solches Blau sah, musste er manchmal an die strahlenden Augen von Eva denken. Noch so eine Sache, die ewig her war. Seufzend stellte er den leeren Kaffeebecher auf seinem Campingtisch ab und stand auf.

Irgendetwas lag in der Luft. Er konnte es nicht greifen, aber es kam ihm vor, als braute sich ein Unglück über ihm zusammen. Etwas, vor dem er nicht davonlaufen konnte.

„Bullshit“, murmelte er verdrossen. Das Wort war ein Relikt aus seiner USA-Zeit und irgendwie mochte er es. Doch heute half es auch nicht dabei, dass er sich besser fühlte.

Die Abendvorstellung begann. Ausgerechnet eine Stunde vor dem Einlass war ein Gewitter über Lüneburg hinweggezogen. Zu Blitz und Donner hatten sich minutenlanger Starkregen und sogar Hagel gesellt. Die Tiere in den Zelten waren unruhig geworden und Erik hatte schon befürchtet, die Vorstellung absagen zu müssen. Doch dann hatte das Gewitter genauso plötzlich aufgehört, wie es begonnen hatte. Die Sonne war wieder zwischen den Wolken hervorgekommen und die Regentropfen auf dem Zirkuszelt funkelten wie kleine Diamanten. Die Lüneburger waren über die großen Pfützen vor dem Chapiteau gehüpft und dann im Zelt verschwunden.

„Mist. Es ist erst der erste Abend hier und wir sind nur zur Hälfte ausgebucht.“

Erik zog ein langes Gesicht und Peter klopfte ihm väterlich auf den Rücken.

„Mach dir nichts draus, das liegt nur am Wetter. Morgen kommen bestimmt mehr Leute.“

Erik antwortete nicht. Sie wussten es beide besser. In den letzten Jahren waren die Besucherzahlen kontinuierlich zurückgegangen. Zirkus war plötzlich out. Kinder daddelten lieber auf ihren Handys herum und spielten irgendwelche beknackten Computerspiele als einen echten Löwen im Zirkus zu sehen. Die Manege zu riechen. Das Feeling zu spüren.

Peter konnte das nicht begreifen. „Idioten", knurrte er manchmal wenig feinfühlend, wenn er eine Familie beobachtete, die im Zelt auf die Vorstellung wartete. Niemand blickte nach links oder rechts oder unterhielt sich. Stattdessen tippte jeder für sich wie irre in ein Handy. Vielleicht ist meine Zeit auch einfach vorbei, sagte er sich dann und kehrte zu den Elefanten zurück. Gut, dass sie sich nicht verändert hatten.

Peter vernahm mäßigen Applaus aus dem halbleeren Zirkuszelt und machte sich bereit. Als Nächstes war er mit den Elefanten an der Reihe. Er klopfte Mala, die vorne stand, einmal kurz an den Rüssel und machte sich dann auf den Weg in die Manege. Obwohl es nicht besonders warm war, schwitzte er plötzlich. Das ungute Gefühl vom Vormittag hatte ihn den ganzen Tag über begleitet wie eine dunkle Vorahnung. Er war froh, wenn die Vorstellung vorbei sein würde. Heute war irgendwie kein guter Tag.

Das Intro des Sonnenaufganges in der Savanne war vorüber und die Elefanten betraten die Manege. Peter ließ seinen geübten Blick über die Tiere gleiten und blieb bei Mala hängen. Täuschte er sich oder sah sie heute Abend anders aus als sonst? Sie wirkte müde, schien nicht bei der Sache zu sein. Er pfiff leise durch die Zähne und Mala sah ihn an. Unwillkürlich schien sie sich aufzurichten, legte mehr Elan in ihren immer noch fließenden Gang.

Mala, mein Schatz, dachte Peter. Du wirst langsam alt und dennoch tust du alles dafür, deine Sache hier perfekt zu machen. Vielleicht wurde es doch Zeit dafür, sie in Rente zu schicken. Aber jetzt war keine Gelegenheit, um darüber nachzudenken. Peter musste sich auf die Show konzentrieren. Für den Moment vergaß er seine trüben Gedanken und begleitete die Zuschauer auf ihrer Reise zu den Elefanten Afrikas.

Wie immer endete das Programm mit dem Sonnenuntergang und der Nacht in der Steppe. Während es stockdunkel in der Manege war, erhoben sich die Elefanten leise aus den Sägespänen und verließen zusammen mit Peter die Manege. Auch im Vorraum der Manege war es dunkel. Mala ging vorweg und dann passierte alles auf einmal.

Etwas schepperte, ein schwerer Vorhang fiel zu Boden, Mala schrie auf und stürzte zu Boden. Die anderen Elefanten gerieten in Panik und stürmten aus dem Zelt, aus Versehen bekam Mala dabei einen gewaltigen Tritt von Siri verpasst und trompetete vor Schmerz ein zweites Mal. In der Manege lief Musik, Erik kündigte die nächste Nummer an, niemand ahnte, was sich hinter den Kulissen abspielte.

„Andreas, schnell, kümmere dich um die Elefanten! Ich bleibe bei Mala“, schrie Peter einem der Tierpfleger zu, der sich schnurstracks auf den Weg machte, Ruby,

Emmy und Siri wieder einzusammeln. Mit klopfendem Herzen beugte sich Peter zu Mala hinab. Wieso stand sie nicht gleich wieder auf?

„Mala, was ist los? Ist ja gut, ich bin ja bei dir."

Beruhigend streichelte er ihren Kopf. Sein Herz krampfte sich zusammen, als er den Schmerz in ihrem Blick erkannte.

Er sah hinter sich. Ein paar Racklos drückten sich an der Zeltwand herum und beobachteten betreten, was vor sich ging. Da kam Erik aus der Manege.

„Peter! Was ist denn passiert?"

„Schnell! Hol den Tierarzt. Irgendwas ist mit Mala. Sie steht nicht mehr auf."

Erik zog sofort sein Handy aus der Tasche und lief nach draußen, um den Veterinär anzurufen. Endlich kam mal jemand auf die Idee, das Licht einzuschalten. Und nun konnte Peter sehen, was passiert war. Irgendein Trottel hatte ein dickes Kabel quer vor dem Ausgang der Manege liegenlassen. Mala musste im Dunkeln darüber gestolpert sein. Das war zumindest der Grund, warum sie hingefallen war. Aber warum zum Teufel kam sie nicht mehr auf die Beine?

Der Tierarzt sah mehr als besorgt aus, als er die noch immer am Boden liegende Mala untersuchte. Peter war nicht von ihrer Seite gewichen und fühlte sich hundsmiserabel. In all den Jahren, die er Mala nun kannte, war sie nicht einmal krank gewesen. Und nun das. Er hatte es ja schon den ganzen Tag geahnt, dass etwas Schlimmes passieren würde. Aber dass es nun ausgerechnet seine Mala betreffen musste, machte ihn wahnsinnig.

„Was hat sie denn? Können Sie ihr helfen?"

Seine Stimme klang belegt, als er mit dem Tierarzt sprach. Der antwortete mit einer Gegenfrage.

„Wie alt ist diese Elefantenkuh?"

„Sie ist 52."

Der Tierarzt nickte und fuhr damit fort, Mala mit seinem Stethoskop abzuhorchen. Schließlich griff er zu seinem Arztkoffer, holte eine Spritze hervor und füllte sie mit einer durchsichtigen Flüssigkeit.

„Was ist das?"

Peter hätte den Tierarzt am liebsten geschüttelt. Jetzt mach schon, hilf ihr. Rede mit mir.

„Ein Stärkungsmittel für den Kreislauf", antwortete der Veterinär endlich. „Wir müssen sie unbedingt auf die Beine bekommen, sonst sieht es schlecht aus. Wenn Elefanten zu lange liegen, kommen sie oft überhaupt nicht mehr hoch. Die inneren Organe leiden. Und am Ende kann man sie nur noch einschläfern."

„Das kommt überhaupt nicht in Frage." Peter funkelte den Tierarzt an, als würde er ihm am liebsten den Hals umdrehen.

„Mala kann doch gar nichts dafür, dass sie gestürzt ist. Sie ist über ein Kabel gestolpert. Natürlich wird sie wieder gesund."

Der Tierarzt warf ihm einen langen Blick zu, der vieles zu sagen schien. Wieso lag hier überhaupt ein Kabel herum? Was macht dich so sicher, dass sie wieder gesund wird? Schließlich verabreichte er Mala das Kreislaufmittel und sah auf die Uhr.

„Es müsste eigentlich schnell wirken und dann müssen wir versuchen, sie aufzuscheuchen, bevor sie es hier zu gemütlich findet."

Peter nickte grimmig. „Kein Problem. Geben Sie ihr nur kurz Zeit. Mala wird gleich aufstehen."

Und genauso war es. Innerhalb von Minuten kehrte der Glanz in Malas Augen zurück. Sie hob ihren Kopf und gab ein angestrengtes Grunzen von sich.

„Vorsicht. Sie versucht aufzustehen", warnte Peter die umstehenden Zirkusleute und den Tierarzt.

„Du schaffst das, mein Mädchen." Er rieb Malas Kopf und blickte ihr fest in die Augen. „Du schaffst das."

Sie hielt seinem Blick stand, gab nochmal ein lautes Grunzen von sich und dann stand sie plötzlich. Ein kollektives Seufzen machte die Runde, die Racklos applaudierten und der Tierarzt lächelte, wenn auch überrascht.

„Sehen Sie!", sagte Peter stolz und rieb Mala unablässig über den Rüssel. Er fühlte sich grenzenlos erleichtert und gleichzeitig um zehn Jahre gealtert.

„Wir gehen vorsichtig mit ihr ins Elefantenzelt, damit ich sie weiter untersuchen kann", ordnete der

Tierarzt an und so zogen Mala, Peter und der Veterinär Schritt für Schritt hinüber ins Stallzelt. Die anderen Elefanten prusteten laut, als Mala zu ihnen stieß. Ganz so, wie eine Familie eine Mutter begrüßen würde, die von einer langen Reise zurück nach Hause kommt.

„Sie hat Glück gehabt", stellte der Tierarzt wenig später fest, nachdem er Mala gründlich untersucht hatte. „Der Sturz hat eine Zerrung des rechten Beines hervorgerufen und außerdem hat sie noch einen riesigen Bluterguss – wahrscheinlich von einem Tritt eines der anderen Elefanten."

Peter atmete auf. Das alles hörte sich danach an, dass es Mala bald wieder gutgehen würde.

„Sie braucht auf jeden Fall einige Wochen Ruhe, bis ihre Verletzungen ganz ausgeheilt sind." Der Tierarzt sah Peter über den Rand seiner Nickelbrille hinweg an.

„Sind Sie der Dompteur?"

Peter nickte. Inzwischen fand er den Doktor nicht mehr ganz so unsympathisch. Immerhin hatte er seiner Mala wieder auf die Beine geholfen. Also verzieh er ihm gnädig den Satz mit dem Einschläfern.

„Ihre Mala ist nicht mehr die Jüngste. Ich weiß nicht, wie lange sie es noch aushält, in der Manege zu arbeiten. Vielleicht sollten Sie mal darüber nachdenken, sie in den Ruhestand zu schicken."

Peter ließ die Schultern sinken. Genau dieser Gedanke war ihm ja schon selbst zu Beginn der heutigen Show gekommen. Aber er hatte doch nicht geahnt, dass es so schnell vorbei sein sollte.

„Wann meinen sie sollte das sein?“, fragte er leise.

Der Tierarzt zuckte die Achseln. „Das merken Sie schon selbst. Ich könnte mir vorstellen, dass diese kluge Elefantenkuh eine ziemlich gute Schauspielerin ist. Und ich habe beobachtet, wie sie Sie anhimmelt. Deswegen könnte ich mir vorstellen, dass sich dieser Elefant in der Manege jedes Mal zusammenreißt, um alles richtig zu machen. Um Ihnen zu gefallen. Doch das geht nicht endlos so weiter. Eines Tages wird sie vielleicht tot im Chapiteau zusammenbrechen.“

Peter zuckte zusammen. Die Worte des Tierarztes hatten ihn im Innersten getroffen. Und so sehr er auch versuchte, die Wahrheit zu verdrängen und die Augen vor den Konsequenzen zu schließen, so genau wusste er doch, dass dieser Mann recht hatte. Genau das würde Mala tun. Sie würde ihre Schmerzen und ihre Müdigkeit ignorieren, um ihn glücklich zu machen.

„Danke“, sagte er schließlich schlicht. „Danke, dass Sie mir die Augen geöffnet haben.“

In den nächsten Tagen kümmerte sich Peter von früh bis spät um Mala. Er besorgte ihr die leckersten Sachen zum Fressen, duschte und schrubbte ihren Körper von Kopf bis Fuß, schmierte ihre Zerrung mit der Salbe vom Doktor ein und kühlte den Bluterguss. Erik schaute immer mal wieder im Elefantenzelt vorbei und war die Aufregung in Person.

„Oh Gott, oh Gott, hoffentlich wird Mala wieder ganz die Alte. Wir brauchen sie doch hier. Sag mir bloß Bescheid, wenn wir neue Salbe brauchen. Ich besorg‘ sie sofort.“

Solange Mala ausfiel, führten sie die Elefantenshow ohne sie durch. Erik war von Anfang an damit einverstanden gewesen, Mala so lange Zeit zu lassen, wie sie brauchte, bevor sie wieder mitmachen konnte. Peter war schweigsam geworden. Er beobachtete Mala stundenlang, hielt Zwiesprache mit ihr und hing seinen Gedanken nach. Eines Tages klopfte er an die Wohnwagentür von Andreas, einem der jüngeren Tierpfleger.

„Du hast doch dieses Dingsda in deinem Computer, dieses Internet, richtig?“

Andreas Augen weiteten sich.

„Mensch, jetzt sag nicht, dass du einen Schnellkurs für Computer haben willst. Du hast dich doch sonst immer geweigert, dich damit zu beschäftigen.“

Peter lächelte schief. „Will ich nicht. Ich komm jetzt rein und du wirst etwas für mich herausfinden. Ich suche so etwas wie ein Altersheim für Elefanten. Und zwar das beste, das es gibt.“

Kapitel 20

Brügge, 20. September 2018

„Hey, Mann, wie sehe ich aus?“

Jules hatte sich vor Peter in Pose geworfen und sah ihn Beifall heischend an. Der junge Belgier mit den wilden, dunklen Locken und einem Ziegenbärtchen hatte sich neue Chinos und einen stylischen Hoodie zugelegt.

„Cool, oder? Gib’s zu, ich sehe fantastisch aus!“

Peter rollte mit den Augen. An mangelndem Selbstbewusstsein litt sein Kollege in dieser noblen Seniorenresidenz für Elefanten jedenfalls nicht.

„Schon wieder ein Date, Jules? Wer ist es diesmal – Emily, Sophie, Juliette oder Marie?“

Jules zog einen Flunsch.

„Du kennst sie nicht. Ihr Name ist Natalie und ich habe sie gestern erst kennengelernt. Sie ist der Knaller, sage ich dir. Bin gespannt, wie weit ich bei ihr gehen kann.“

Jules hampelte von einem Bein auf das andere und sah auf seine Armbanduhr.

„Bisschen Zeit habe ich noch. Was wirst du heute noch machen?“

Jules konnte nicht anders, er musste ständig reden. Peter hatte sich in den vergangenen sechs Jahren, die er hier in der Nähe von Brügge lebte, daran gewöhnt. Am

Anfang war ihm die ständige Quasselei des Jungen total auf die Nerven gegangen, inzwischen schaltete er einfach ab, wenn Jules es mal wieder übertrieb. Weil Peter nicht schnell genug antwortete, gab sich Jules selbst die Antwort.

„Lass mich raten. Dinner mit Elefanten, anschließend noch ein kleiner Cocktail an der Bar mit einer stylischen Elefantenkuh namens Mala und dann ab ins Bett!“

Peter seufzte. „Warum fragst du, wenn du es sowieso schon weißt?“

Jules warf wieder einen schnellen Blick auf die Uhr, schien aber immer noch Zeit zu haben. Nun unterzog er seinen älteren Kollegen einer strengen Musterung. Peter trug eine ausgeblichene Levis-Jeans, T-Shirt und darüber ein kariertes Flanellhemd – wie immer.

„Weißt du, eigentlich bist du doch eine coole Socke, Peter. Aber du könntest mehr aus dir machen. Vertrau mir. Wir könnten mal zusammen shoppen gehen und ich suche die Klamotten für dich aus. Ich sag's dir, Alter, danach werden dir die Weiber in Scharen hinterherrennen.“

„Musst du nicht weg, Jules? Lass sie nicht warten, sonst geht sie am Ende noch mit einem anderen los.“

Jules seufzte übertrieben.

„Dir ist nicht zu helfen. Mach's gut und grüß Mala von mir.“

„Viel Spaß. Und denk dran, morgen früh um sieben bist du wieder hier."

Jules salutierte. „Ja, Boss. Bin ich doch immer."

Pfeifend wandte sich Jules zum Ausgang und Peter machte sich auf den Weg zu seinem Elefanten-Date.

Mala stand zusammen mit den anderen Elefanten-Oldies in einem Paddock und ließ sich die herbstliche Abendsonne auf den Rücken scheinen. Ihre Augen waren halb geschlossen und im Gegensatz zu den anderen Elefanten verschmähte sie ihr Heu.

Ach, Mala, dachte Peter, du bist alt geworden. Er hatte den Eindruck, dass der Alterungsprozess bei ihr noch schneller fortgeschritten war, seitdem sie den Zirkus verlassen hatten und hierhergekommen waren. Manchmal sah sie so müde aus, dass er das Gefühl hatte, sie sei des Lebens überdrüssig geworden. Vielleicht träumte sie ja auch nur von ihrer Kindheit. Von den weiten Savannen Afrikas, von ihrer Mutter, ihren Geschwistern, die in Freiheit gelebt hatten.

Lass mich noch nicht allein, bat er sie in Gedanken und legte den Kopf auf die Einzäunung des Paddocks. Er hatte den größten Teil seines Lebens mit diesem Elefanten verbracht und er konnte sich nicht vorstellen, wie es ohne sie sein würde. Doch der Tag würde kommen, das stand fest.

Von weitem hörte er, wie Jules sein Motorrad startete und mit grölendem Motor davonfuhr. Dann war es wieder still. Peter mochte diese Stimmungen am frühen

Morgen und am Abend, bevor die Sonne unterging. Er hatte Feierabend und könnte sich ein Sandwich und vielleicht ein Bier in seinem kleinen Bungalow, der gleich neben dem Elefantengehege lag, gönnen.

Als sein Kollege Andreas vor sechs Jahren dieses Elefantenrefugium im Internet entdeckt hatte, hatte Peter gleich gewusst, dass es das Richtige für ihn und Mala war. Erik hatte zwar alle Register gezogen, um ihn davon abzuhalten, den Zirkus zu verlassen, aber schließlich hatte er seinen besten Dompteur und die alte Mala ziehen lassen. Mit dem Refugium in Belgien hatte Peter den Deal abgeschlossen, dass sie Mala aufnahmen und er dafür ohne Bezahlung bei ihnen arbeiten würde. Dazu hatten sie ihm den Bungalow zur Verfügung gestellt.

Die Vereinbarung erwies sich als Win-win-Situation für alle, auch wenn Peter sich erstmal daran gewöhnen musste, sesshaft zu sein. Seitdem er aus dem Waisenhaus geflohen war, hatte er niemals mehr als ein paar Wochen am gleichen Platz verbracht.

Zuerst war ihm in Brügge fast die Decke auf den Kopf gefallen. Aber dann hatte er sich doch eingewöhnt und zu tun gab's schließlich genug. Zusammen mit Jules kümmerte er sich um acht Elefanten. Mala war inzwischen die Älteste der Truppe.

Mist, sie frisst immer noch nicht, dachte Peter und ging zu Mala hinüber.

„Hey, meine Liebe, was ist los mit dir?"

Er rieb ihr zärtlich über den Rüssel und Mala kollerte leise. Ihr übliches Begrüßungsritual.

„Komm mal mit, ich habe vielleicht noch etwas Besseres für dich. Aber du darfst es den anderen nicht verraten.“

Langsam bewegten sich Peter und Mala in Richtung Stall, wo Peter sie mit Orangen und Bananen fütterte, ihr Lieblingsessen. Diesmal hatte Peter jedoch das Gefühl, dass sie die Früchte nur ihm zuliebe fraß. Das Herz wurde ihm schwer.

Als er später in seiner Küche saß und auf das Sandwich auf seinem Teller blickte, hatte auch er keinen Hunger mehr. Er schob sein Abendessen zur Seite und trank einen Schluck Bier. Schon einmal hatte er sich ähnlich schlecht gefühlt, das war an jenem Tag gewesen, als Mala den Unfall hatte. Er hoffte, dass heute nicht schon wieder etwas Schlimmes passieren würde. Bevor er ins Bett ging, schaute er noch einmal bei den Elefanten vorbei. Die acht standen dösend im Stall, alles in Ordnung.

Trotzdem schlief Peter in dieser Nacht kaum. Immer wieder wachte er auf und starrte auf die leuchtende Digitalanzeige seines Weckers. Seltsam, zum ersten Mal seit langer Zeit musste er mal wieder an Eva denken. Er hatte schon vor Jahren seinen Frieden damit geschlossen, dass sie nicht auf ihn gewartet hatte. Das Leben im Zirkus wäre vermutlich sowieso nichts für sie gewesen. Ob sie wohl glücklich geworden war mit diesem Typen, der sie damals in Frankfurt im Arm gehalten hatte? Ob sie noch mit ihm zusammen war?

Peter hatte im Laufe der Jahre einige Affären gehabt. Es gab immer genügend hübsche Artistinnen beim Zirkus und er war schließlich auch nur ein Mann. Das Gefühl, das er einst für Eva empfunden hatte, war jedoch nie wiedergekehrt. Er hatte darauf gewartet, hatte gehofft, dass es ihn nochmal erwischen würde. Wäre die Richtige gekommen, hätte er sie sofort geheiratet. Aber das Schicksal hatte es anders gewollt. Manche Nächte waren schlimm gewesen. Da hatte er sich so verdammt einsam gefühlt, dass er sich schlaflos im Bett gewälzt und das Leben verflucht hatte. Tausendmal hatte er sich gefragt, was wohl passiert wäre, wenn er dieses unselige Versprechen auf Mallorca nicht gegeben hätte. Aber das alles war nun Vergangenheit. Er hoffte nur, dass Mala noch ein wenig durchhalten würde. Dass sie ihn nicht so schnell verlassen würde.

Am nächsten Morgen erwachte Peter eine Stunde vor seiner üblichen Zeit. Das ungute Gefühl, das ihn am Abend befallen hatte, war immer noch da. Stärker jetzt. Schnell zog er sich an, verschob den Morgenkaffee auf später und verließ den Bungalow. Im Elefantenhaus standen die Tiere im Kreis und kehrten ihm ihre Hinterteile zu. Wo war Mala? Er konnte sie nicht sehen.

Panik ergriff ihn. Er hatte das Gefühl, dass sein Herz von einer eisernen Zange zusammengequetscht wurde.

„Mala!“

Als die anderen Elefanten seine Stimme hörten, wichen sie zurück und gaben den Blick auf ihre Mitte frei. Dort lag Mala am Boden. Er rannte zu ihr, fiel auf die Knie. Sie versuchte, den Kopf zu heben, und sah ihn an. Lange Wimpern über bernsteinfarbenen Augen. Es war wie bei ihrer ersten Begegnung vor vielen, vielen Jahren in Spanien. Sie blickten sich gegenseitig in die Seele.

Es ist vorbei, verhieß Malas Blick. Lass mich gehen.

„Nein“, flüsterte Peter. Tränen hatten sich in seinen Augen gesammelt. „Bleib bei mir.“

So schnell er konnte, rannte er zurück ins Haus. Er hatte sich immer geweigert, sich ein Handy zuzulegen, aber im Haus war die Nummer des Tierarztes im Telefon eingespeichert. Gottseidank, er erreichte ihn sofort. Der Doktor des Elefantenheims war inzwischen schon ein guter Bekannter von Peter geworden. „Bin in 15 Minuten da“, versprach er. Peter raste zurück in den Stall, trieb die anderen Elefanten in den Paddock. Jules würde bald kommen und konnte ihnen Heu geben. Er musste bei Mala bleiben. Musste ihr sagen, dass sie unbedingt aufstehen musste. Sie durfte doch nicht einfach aufgeben. Der Tierarzt würde ihr eine Spritze geben, wie damals in Lüneburg und alles würde wieder gut.

Der Veterinär kam. Er horchte Mala ab und wiegte den Kopf. „Ihr Herzschlag ist sehr unregelmäßig. Viel zu schwach, um ehrlich zu sein. Das ist überhaupt nicht gut. Ich gebe ihr eine Kreislaufspritze und dann müssen wir versuchen, sie hochzubekommen.“

Peter nickte. Die Situation kam ihm vor wie ein Déjà-vu. Doch warum, verdammt, flutete ein dumpfes Gefühl von Hoffnungslosigkeit seinen ganzen Körper?

Der Tierarzt verabreichte Mala die Spritze und Peter kauerte ganz nah bei ihr am Boden. Er rieb ihren Hals und redete ihr ununterbrochen gut zu.

„Komm schon, mein Engel, steh auf. Ich brauche dich. Du kannst mich hier nicht einfach alleine lassen.“

Der Tierarzt sah ihn mitleidig an und legte eine Hand auf seine Schulter.

„Ich weiß, dass Mala dein Lieblingselefant ist. Wie alt ist sie jetzt nochmal?“

„Sie ist 58“, antwortete Peter automatisch. Er fragte sich, warum Tierärzte ständig nach dem Alter fragten.

„Das ist ein hohes Alter für einen Elefanten. Sicher, es gibt einige, die werden auch über 60 ...“, sinnierte der Tierarzt.

„Das wird Mala auch schaffen.“

Der Doktor schwieg. Schließlich holte er tief Luft und sah auf die Uhr.

„Okay, die Spritze wirkt jetzt schon eine Weile. Komm, wir versuchen, sie auf die Beine zu bringen.“

Gemeinsam trieben sie den Elefanten an, ruckelten an Malas Körper, feuerten sie an aufzustehen. Plötzlich tauchte auch Jules im Stall auf.

„Was ist hier denn los?“

„Los, Jules, hilf mit“, forderte Peter ihn auf. „Wir müssen Mala vom Boden hochbekommen.“

Nun versuchten sie zu dritt, den Elefanten zum Aufstehen zu bewegen. Und auch Mala schien mitzumachen. Sie gab ein lautes Ächzen von sich und bemühte sich, sich hochzudrücken. Vergebens.

„Ihr fehlt die Kraft“, schüttelte der Veterinär betrübt den Kopf.

„Mala! Nun streng dich an, du schaffst es!“, bettelte Peter und ruckelte weiter an ihrem Körper.

Jules sah unglücklich zwischen Mala und Peter hin und her. Der Tierarzt fasste Peter an die Schulter und sah auf ihn hinab.

„Komm mal bitte mit raus. Wir müssen reden.“

Unwillig schüttelte Peter seine Hand ab und wollte protestieren. Aber schließlich folgte er ihm doch ins Freie.

„Was ist? Willst du jetzt schon aufgeben? Es muss doch noch eine andere Möglichkeit geben, sie hochzubekommen. Mit einem kleinen Kran vielleicht ...“

Der Doktor schüttelte den Kopf.

„Peter, Mala ist alt. Ihr Herz schafft es nicht mehr, den Körper richtig zu durchbluten. Ich glaube, sie würde alles für dich tun, aber sie kann einfach nicht mehr. Du musst sie gehen lassen ..."

Peter war alle Farbe aus dem Gesicht gewichen.

Nein!, wollte er schreien. Das geht nicht! Niemand darf sie mir wegnehmen!

Doch kein Laut kam über seine Lippen. Tief im Inneren wusste er, dass der Tierarzt recht hatte. Trotzdem sträubte sich alles in ihm, Mala aufzugeben. Er drehte sich um und starrte zum Paddock hinüber, auf dem die anderen Elefanten standen. Jules verteilte dort gerade das Heu und erzählte den Tieren irgendeinen Quatsch übers Wetter. Alles war wie immer. Nur, dass Mala nicht mehr zwischen ihnen war und das Regiment als Leitkuh führte. Sie lag nebenan und starb einen langsamen Tod, wenn er keinen Entschluss fasste. Peter ballte die Fäuste und wandte sich dann wieder an den Tierarzt.

„In Ordnung. Ich hab's kapiert. Aber ich brauche noch ein bisschen, verstehst du? Ich muss mit Mala alleine sein."

Der Tierarzt nickte.

„Okay, lass dir Zeit, Peter. Sie hat momentan keine Schmerzen. Ich fahr' wieder in die Praxis. Wenn du so weit bist, rufst du mich an und ich komme. Einverstanden?"

Peter gab keine Antwort. Er sah wieder wie versteinert zu den Elefanten hinüber und schien mit seinen Gedanken weit weg zu sein.

„Bis später dann."

Der Tierarzt drückte Peters Arm und lief Richtung Ausgang. Erst als er fort war, drehte Peter sich um und kehrte zu Mala zurück. Ein letztes Mal.

Er hatte sich zu ihr auf den Boden gesetzt, eine Banane in kleine Stücke zerbrochen und versuchte, sie zu füttern. Doch diesmal verschmähte Mala sogar ihre Lieblingsspeise. Dafür suchte ihr Rüssel seine Hand und als er sie gefunden hatte, schien sie zufrieden zu sein. Der Mann und der Elefant sahen sich in die Augen und all die großen und kleinen Erlebnisse, die sie in den vergangenen Jahrzehnten gemeinsam gehabt hatten, flossen in diesen einen Moment zusammen. Die Welt um sie herum trat zurück. Funken reiner Energie flogen zwischen ihnen hin und her. Peter hatte längst aufgehört zu denken. Staunend nahm er die Botschaften wahr, die Mala ihm sandte. Wie auch immer sie das vollbrachte, er hatte sich ihr noch nie zuvor so nahe gefühlt. Wellen bedingungsloser Liebe durchfluteten seinen Körper. So schön und so traurig zugleich hatte er sich diesen Abschied nicht vorgestellt.

Doch irgendwann war es vorbei. Mala schloss erschöpft die Augen, zog ihren Rüssel zurück. Sämtliche Energie schien sie zu verlassen. Und dennoch lebte sie noch. Peter atmete tief durch. Er wusste nun, was zu tun war. Mala sollte sich nicht stunden- oder tagelang quälen. Sie hatte ein würdiges und schmerzloses Ende verdient. Noch einmal strich er ihr zärtlich über den Kopf, dann ging er hinaus und rief den Tierarzt zurück.

Kapitel 21

Port de Sóller, 22. September 2018, 10.30 Uhr

Philipp Heynschmidt suchte die Straße, an der Kristins Appartement lag, mit den Augen ab und fluchte. Ihr kleiner Mietwagen war nirgendwo zu sehen. Nun war er doch zu spät gekommen. Ich bin ein solcher Idiot, schalt er sich selbst. Garantiert war die tollste Frau, die er in seinem Leben kennengelernt hatte, gestern Hals über Kopf abgereist, weil er sich völlig bescheuert ihr gegenüber verhalten hatte. Als er seiner Schwester Miriam die ganze Geschichte erzählt hatte, hatte sie ihn verständnislos angesehen.

„Sag mal, geht's noch, Philipp? Wieso hast du ihr verboten, diesen Peter zu finden? Sie hat es doch nur gut gemeint und vielleicht hat sie ja recht und Mama erholt sich wieder, wenn sie ihre alte Jugendliebe nochmal sehen kann?"

Miriam war richtig wütend geworden und hatte schnaubend den Kopf geschüttelt.

„Außerdem ist Mama seit Jahren Witwe. Ich jedenfalls würde ihr wünschen, wenn sie noch mal einen Partner für ihren Lebensabend findet."

Im selben Moment kam sich Philipp selbst wie ein Volltrottel vor. Wieso hatte er sich nur so blöd verhalten? Um sich für seinen Vater einzusetzen? Der lebte nicht mehr. Und natürlich wünschte er seiner

Mutter auch alles Glück der Erde. Vor allem, dass sie wieder gesund wurde. Und das stand immer noch in den Sternen.

„Los, ruf sie an", hatte Miriam ihn aufgefordert, nachdem sie sich kurz an seiner schuldbewussten Miene geweidet hatte.

„Der Herr Professor, Abschluss mit Summa cum laude, aber keine Ahnung von den wichtigen Dingen im Leben ...", hatte sie leise gemurmelt, während er sein Handy aus der Tasche gezogen hatte.

Er warf ihr einen beleidigten Blick zu. „Das habe ich gehört."

Miriam winkte ab. „Los Brüderchen, gib dir Mühe, dass sie dir wieder verzeiht."

Doch Kristin hatte nicht abgenommen. Jedes Mal, wenn er ihre Nummer anrief, sprang sofort die Mailbox an, auf die er schon mehrfach gesprochen hatte.

Das Ganze hatte sich im Krankenhaus abgespielt und da Miriam und er auf einen Arzt warteten, mit dem sie sprechen konnten, hatte er darauf verzichtet, direkt zu Kristin zu fahren. Als sie endlich gemeinsam das Krankenhaus verließen, war es schon spät in der Nacht. Evas Zustand hatte sich zumindest nicht verschlechtert und so wollten Miriam und er wenigstens noch ein paar Stunden schlafen.

Am Morgen waren sie gleich wieder ins Krankenhaus gefahren. Diesmal hatte der Arzt sie mit einem Lächeln im Gesicht begrüßt.

„Gute Nachrichten! Ihrer Mutter geht es etwas besser. Sie ist aufgewacht und hat nach Ihnen gefragt. Und nach einer Señora Kristin. Sie können jetzt kurz zu ihr, wenn Sie mögen.“

Miriam und er waren sich um den Hals gefallen, sie hatten gleichzeitig lachen und weinen müssen. Eva blickte ihnen mit wachen Augen entgegen, sah aber immer noch ziemlich mitgenommen aus. Als sie das Zimmer betraten, zwinkerte sie ihnen zu.

„Keine Sorge, ihr zwei. Ich habe noch nicht vor abzutreten. Es gibt noch einiges für mich zu erledigen.“

„Erstmal wirst du bitte gesund“, hatte Philipp gesagt und ihre Hand genommen. Miriam hatte sich ebenfalls zu ihr gesetzt und Eva hatte den Kopf geschüttelt.

„Miriam, Liebes, ich freue mich, dass du hier bist, aber solltest du nicht bei deiner Familie sein?“

Seine Schwester hatte gelacht. „Aber da bin ich doch, Mama.“

Später hatte er Miriam zurück zum Haus gebracht und war gleich weitergefahren zu Kristin. Ihr Handy war auch am Morgen noch ausgeschaltet gewesen.

Mit einem flauen Gefühl im Magen hetzte er die Stufen zum Eingang ihres Apartments hoch und stoppte abrupt. Vor der Tür stand eine fremde Frau. Neben ihr lag eine kleine Reisetasche auf dem Boden. Eine braune Steppjacke hatte sie sich über den Arm gelegt. Sie blickte zu ihm auf und sah ihn genauso verwirrt an, wie er sich fühlte.

„Entschuldigung“, sagte Philipp. „Ich wollte zu Kristin Regener. Ist sie zu Hause?“

Einen Moment musterte sie ihn kühl. Hinter ihrer in Falten gelegten Stirn schien es zu arbeiten. War das etwa schon Kristins Nachmieterin? Vielleicht verstand sie gar kein Deutsch. Vorsichtshalber wiederholte Philipp seine Frage auf Englisch.

„Keine Ahnung“, zuckte sie schließlich die Achseln. „Meine Schwägerin ist seit gestern nicht mehr an ihr Handy gegangen. Und bei unserem letzten Gespräch hat sie geweint. Ich mache mir Sorgen ...“

Die Frau strich ihr strähniges Haar zurück. Sie sah tatsächlich ziemlich fertig aus.

„Wissen Sie, ihr Mann ist vor einer Weile gestorben. Er war mein Bruder. Das hier ist Kristins erster Urlaub alleine. Und seitdem sie hier ist, wirkt sie irgendwie komisch.“

Philipp spürte, wie die Angst in ihm hochkroch.

„Also, jedenfalls hatte ich plötzlich Schiss, dass sie sich was antun könnte. Deswegen bin ich heute ganz früh nach Palma geflogen. Zum Glück hatte ich ihre Adresse. Aber ich glaube, ich bin zu spät gekommen. Sie ist gar nicht da.“

Philipp schluckte. Konnte das wirklich wahr sein? Auf ihn hatte Kristin einen gesunden, stabilen Eindruck gemacht. Er hatte sie als Frau eingeschätzt, die zwar einen schweren Schicksalsschlag erlitten hatte, ihn jedoch inzwischen ganz gut verkraftet hatte. Er dachte an den Moment, als er sie geküsst hatte. Wie glücklich ihre Augen da gestrahlt hatten. Und dann hatte er alles wieder kaputt gemacht.

„Wer sind Sie eigentlich?“

Die Frau mit den herabhängenden Mundwinkeln sah ihn fragend an.

„Ich bin Philipp Heynschmidt. Ich kenne Kristin, weil sie dafür gesorgt hat, dass meine Mutter schnell ins Krankenhaus gekommen ist, als sie eine Herzattacke hatte.“

Bei seinen Worten hatte sich eine steile Falte auf ihrer Stirn gebildet.

„Ach, Sie sind das“, sagte sie in einem vernichtenden Ton. „Ich hatte Kristin gleich gesagt, dass sie sich aus der ganzen Geschichte raushalten soll. Aber meine Schwägerin hat ja ihren eigenen Kopf. Und außerdem ist sie einfach schrecklich sensibel.“ Sie rollte mit den Augen. „Wahrscheinlich hat sie sich meine Worte auch wieder zu sehr zu Herzen genommen, ich weiß es nicht.“

„Vielleicht sollten wir nochmal klingeln“, schlug Philipp vor.

„Hab‘ ich schon zehnmal gemacht“, zuckte die Frau ihre Schultern, drückte dann aber trotzdem auf den Knopf und klingelte Sturm. Beide starrten missmutig auf die geschlossene Tür.

„Meinen Sie, sie könnte da drin sein und sich was angetan haben?“, fragte die Frau, die sich als Kristins Schwägerin vorgestellt hatte, mit belegter Stimme.

„Nein“, flüsterte Philipp. Sein ganzer Körper stand jetzt unter Strom. Warum war er nicht schon gestern Abend hierhergekommen? Irgendwie schien er alles immer nur verkehrt zu machen, seitdem er hierher nach Mallorca gekommen war.

„Mir reicht’s! Ich schlage jetzt die Terrassentür ein.“ Er ballte seine Hände zu Fäusten und wollte die Treppe wieder herunterlaufen, als sich hinter ihm die Tür des Nachbarapartments öffnete. Ein älterer Herr schaute heraus und schüttelte verwundert den Kopf.

„Was denn, sind Sie schon die Nachmieter von Frau Regener? Sie ist doch heute morgen erst abgereist. Und sie hatte mir versichert, dass sie bald wiederkommt.“

Er blickte von einem zum anderen und kratzte sich am Hinterkopf.

„Haben Sie überhaupt einen Schlüssel?“

Philipp verzichtete auf eine Antwort. Blitzschnell drehte er sich zu dem Mann um.

„Wissen Sie, wohin sie gefahren ist?“

Der Nachbar lächelte.

„Na klar. Belgien, hat sie gesagt.“

Kapitel 22

Brügge, 22. September 2018, 12.10 Uhr

Jules wartete schon am Elefantenpaddock auf ihn. Das Lächeln war aus seinem Gesicht verschwunden.

„Du meinst es also tatsächlich ernst, was? Willst mich hier einfach mit diesen Riesenviechern alleine lassen und verpisst dich in die große, weite Welt. Yo Mann, das ist doch nicht zu fassen.“

Seine Stimme zitterte ein wenig, sein Ton war anklagend.

Peter lächelte verhalten. Er blieb vor Jules stehen und ließ seine Reisetasche, in die er all seine Habseligkeiten gepackt hatte, auf den Boden sinken.

„Hey, Jules, du schaffst das schon. Schließlich habe ich dir in den letzten sechs Jahren alles beigebracht, was ich über Elefanten weiß. Keiner könnte den Job besser machen als du.“

Jules Miene verfinsterte sich. „Muss das denn sein, Peter? Ich weiß, das mit Malas Tod war ein Schock für dich, aber du wirst dich davon erholen. Wir haben noch mehr Elefanten hier. Wir alle hier wären froh, wenn du bleiben würdest.“

Bittend schaute er Peter ins Gesicht, doch der schüttelte den Kopf.

„Mein Entschluss steht fest. Die Reise geht weiter.“

Jules raufte sich die Haare.

„Aber wo willst du denn hin? Du hast doch keine Familie, hast du mir immer gesagt."

Peter zuckte die Achseln und zwinkerte ihm zu.

„Vielleicht nehme ich mir jetzt eine von deinen abgelegten Freundinnen. Oder ich fliege nach Las Vegas und verprasse meine letzten Dollars im Spielcasino. Andererseits könnte ich natürlich auch ein paar alte Freunde aus dem Zirkus besuchen. Ich weiß es selbst noch nicht."

Jules starrte ihn ungläubig an.

„Peter, du bist echt eine ober-coole Socke. Wenn das meine Kumpels machen würden, okay, aber du bist siebzig oder so. Ich fass' es einfach nicht."

Ein wenig zuckte Peter zusammen, als er das Wort siebzig vernahm. War er wirklich schon so alt? Die Jahre waren ihm wie Sand durch die Finger geronnen. Manchmal kam es ihm wie gestern vor, dass er mitten in der Nacht aus einem Fenster des Waisenhauses geklettert war und sich auf seine Abenteuerreise durch die Welt begeben hatte. Begann nun der letzte Abschnitt? Und wohin würde ihn das Schicksal diesmal verschlagen? Er hatte überhaupt keine Pläne gemacht. Nachdem Mala gestorben war, hatte er das Elefantenrefugium verlassen und war stundenlang ziellos durch die Gegend gelaufen. Er war erst zurückgekehrt, als es schon stockdunkel war. Sein Bungalow war ihm auf einmal fremd und verwaist vorgekommen. Er hatte sich dort nicht mehr zu Hause gefühlt. Später hatte er die Leitung des Refugiums angerufen und ihr mitgeteilt, dass er nicht länger bleiben würde. Schließlich hatte er seine wenigen Sachen in die Reisetasche gepackt und war zum letzten Mal in sein Bett geklettert. Mala war nicht mehr hier. Warum also sollte er noch länger bleiben?

„Peter? Hast du überhaupt zugehört?“

Wie durch einen Nebel kehrte Peter zurück in die Gegenwart. Er hatte kurz zu den Elefanten hinübergeschaut und es war ihm vorgekommen, als sei Mala noch unter ihnen und hätte ihm mit ihrem Rüssel kurz zugewinkt. Er hielt den Atem an. Aber da war das Bild schon wieder verschwunden. Die Fantasie musste ihm einen Streich gespielt haben.

„Sorry. Hab wohl kurz geträumt. Was hast du gerade gesagt?“

„Ob ich dich irgendwo hinfahren soll. Du kannst doch nicht zu Fuß durch die Gegend laufen. Oder trampen. Ich sag dir gleich, du bist nicht sexy genug, damit dich irgendeiner mitnehmen würde.“

„Sag das nicht. Ich bin schon getrampt, da warst du noch gar nicht auf der Welt.“

„Ich mein’s ernst. Ich bring dich mit dem Motorrad, wohin du willst.“

„Nee, mein Lieber. Du bleibst schön hier und kümmerst dich um die Elefanten. Und nun lass mich endlich gehen. Jede Reise beginnt mit dem ersten Schritt. Und zum Bahnhof schaffe ich es locker zu Fuß.

So ein steinalter unsportlicher Knochen wie du denkst, bin ich nämlich nicht."

Jules ließ die Schultern sinken.

„Okay, aber du hast nicht mal ein Handy. Wie kann ich dich denn erreichen?"

„Gar nicht, mein Freund. Aber ich werde mich mal melden, ich habe ja deine Nummer. Versprochen."

Die beiden schüttelten sich die Hand, dann nahm Peter seine Tasche und ging hinaus auf die Straße. Er sah sich nicht mehr um.

Kapitel 23

Brügge, 22. September, 13 Uhr

Das Taxi hielt vor einem langgestreckten, weiß gestrichenen Gebäude, vor dem die riesigen Hortensienbüsche bereits verblüht waren.

„Hier ist es, Madam."

Der Taxifahrer drehte sich zu mir um und musterte mich.

„Wollen Sie einen Elefanten besuchen?"

„So ähnlich."

Nervös nestelte ich mein Portemonnaie aus der Tasche und gab ihm Geld. Seitdem ich am Morgen in aller Herrgottsfrühe zum Flughafen in Palma gefahren war, hatte ich mich unzählige Male gefragt, ob ich noch alle Tassen im Schrank hatte. Obwohl es mitten in der Nacht war, als ich den Hinweis auf Peter und die verletzte Mala gefunden hatte, schrieb ich dem Verfasser des kurzen Artikels eine Rückmeldung und fragte nach dem Aufenthaltsort von Mala. Ich fiel fast vom Stuhl, als Sekunden später eine Antwort aufploppte. Es schienen doch mehr Menschen nachts vor dem Computer zu sitzen, als man gemeinhin annehmen konnte. Der Mann – offenbar ein Kenner der deutschen Zirkusszene – schrieb mir, dass er mir da leider nicht weiterhelfen konnte, aber bestimmt wüsste der Direktor vom Zirkus Sternenstaub darüber

Bescheid. Ich machte es dringend und so konnte ich ihm nach einer Weile sogar die Handynummer des Direktors entlocken. Es war fast ein Uhr nachts, als ich diesen Direktor – einen gewissen Erik – aus dem Bett klingelte. Ich erkannte mich selbst nicht wieder ...

Erik Wolters war zunächst stinksauer über meinen Anruf. Doch nachdem ich ihm die ganze Geschichte erzählt hatte, dachte er offenbar anders darüber und gab mir die Adresse eines belgischen Refugiums für alte Elefanten. Dort würde ich Peter und Mala finden. Als Nächstes buchte ich im Internet einen Flug von Palma nach Brüssel für den Vormittag und kroch dann endlich ins Bett. Viel Schlaf bekam ich in den wenigen Stunden nicht und wenn ich nicht so furchtbar aufgeregt gewesen wäre, würden mir jetzt wahrscheinlich vor lauter Müdigkeit die Augen zufallen.

Gleich war es so weit. Ich konnte es kaum glauben, dass ich dem verschollenen Zirkusmann in wenigen Minuten Auge in Auge gegenüberstehen würde. Dummerweise hatte ich mir nichts zurechtgelegt, was ich sagen könnte.

Hallo Peter! Erinnern Sie sich an Eva?

Oder: Guten Tag, Herr Salbach. Mein Name ist Kristin Regener und ich muss Sie heute noch nach Mallorca entführen. Es geht um Leben und Tod.

Mein Herz schlug schneller und ich ging weiter. Keine Ahnung, was ich sagen sollte. Die richtigen Worte würden mir gleich hoffentlich einfallen.

Es gab keine Klingel. Also öffnete ich die Tür, die zum Glück nicht verschlossen war. Vor mir lag eine verlassene Stallgasse. Die Septembersonne fiel durch mehrere Fenster ins Innere und bildete Lichtflecken auf dem Boden. Es roch himmlisch. Das muss das Wiesenheu für die Elefanten sein, vermutete ich. Bis jetzt hatte ich noch keinen Dickhäuter gesehen. Ob sie an diesem schönen Herbsttag draußen waren?

Am Ende der Stallgasse entdeckte ich einen Mann, der mir den Rücken zuwandte und den Boden fegte. Konnte das Peter sein?

Obwohl meine Absätze auf dem gepflasterten Boden klapperten, schien mich der Mann nicht wahrzunehmen. Er hampelte beim Fegen hektisch hin und her. Dann erkannte ich, dass er In-Ear-Kopfhörer trug und wahrscheinlich gerade in einen Hip-Hop-Rausch verfallen war. Als ich fast direkt hinter ihm angekommen war, räusperte ich mich laut und der Mann fuhr vor Schreck zusammen. Er dreht sich um, starrte mich mit riesigen, haselnussbraunen Augen an und atmete schließlich auf. Das war auf jeden Fall nicht Peter. Der Typ trug lange dunkle Locken und ein Ziegenbärtchen und war höchstens 30 Jahre alt.

„Mamma Mia, haben Sie mich erschreckt!"

Er zog sich die Kopfhörer aus den Ohren und musterte mich von Kopf bis Fuß.

„Wollten sie zu mir?"

Ich lächelte ihn an. „Bitte entschuldigen Sie, dass ich einfach so reingekommen bin. Ich suche einen Mann namens Peter Salbach. Ist er hier?“

Der Belgier starrte mich an wie das achte Weltwunder und öffnete den Mund, ohne das etwas herauskam.

„Jetzt sagen Sie bloß, Sie sind seine Freundin. Dieser Halunke. Ich glaub’s einfach nicht. Aber ganz im Ernst, meine Schöne, Sie sind doch viel zu jung für ihn. Wer hätte das gedacht!“

Der Mann war offenbar verwirrt.

„Ich bin nicht seine Freundin. Ich möchte ihn nur einfach treffen.“

„Ich heiße Jules.“ Er lehnte den Besen gegen die Wand und reichte mir seine Hand. Setzte ein breites Lächeln auf, das offenbar charmant wirken sollte.

„Kristin“, stellte ich mich vor.

„Wollten Sie Peter abholen?“

Wieso hatte ich plötzlich den Eindruck, er würde denken, dass ich Peter bei Parship gedatet hatte? Ich schüttelte den Kopf.

„Nein, wie schon gesagt, ich muss ihn unbedingt sprechen. So schnell wie möglich.“

„Da kommen Sie leider zu spät. Er hat das Elefanten-Refugium verlassen.“ Dann fügte er noch ein „Für immer“ hinzu.

„Wie bitte?“

Die Knie wurden mir weich. Die Wände der Stallgasse schienen plötzlich auf mich zuzukommen. Was hatte dieser Jules gesagt? Das konnte doch alles nicht wahr sein. Sein Gesicht hatte einen besorgten Ausdruck angenommen.

„Ist Ihnen nicht gut? Kommen Sie, setzen Sie sich einen Moment hin. Ich kann Ihnen ein Glas Wasser holen, wenn Sie mögen."

„Nein! Schon gut." Ich hob abwehrend die Hand. Der Schwindel verging, das Gefühl, auf ganzer Linie versagt zu haben, blieb.

„Hören Sie, ich bin extra heute Morgen von Mallorca aus hierher geflogen, um ihn zu sprechen. Es geht wirklich um Leben und Tod. Könnten Sie ihn vielleicht für mich anrufen?"

Ein Ausdruck des Bedauerns trat in seine Augen.

„Leider kann ich das nicht, Lady. Peter hat kein Handy."

Das durfte doch alles nicht wahr sein. Ich hätte am liebsten geheult, aber in Gegenwart dieses Mannes musste ich mich zusammenreißen. Auf einmal schien diesem Jules etwas einzufallen. Er blickte auf seine Armbanduhr und dann wieder auf mich.

„Haben Sie schonmal auf einem Motorrad gesessen?"

Ich sah verblüfft auf, doch im nächsten Moment hatte er mich schon an der Hand genommen und zerrte mich hinter sich her.

„Vielleicht erwischen wir ihn noch. Er wollte zu Fuß zum Bahnhof. Aber wenn er schon in einen Zug gestiegen ist, sind wir zu spät. Ich habe keine Ahnung, wohin er will.“

Wir rannten die Stallgasse hinunter. Am Ende gab es eine kleine Garderobe, an der zwei Helme hingen. Jules setzte sich einen auf, drückte mir den zweiten in die Hand und stürmte dann weiter nach draußen. Hinter einer Hecke aus Koniferen parkte ein Motorrad, das bestimmt schon bessere Tage gesehen hatte. Hauptsache, es fuhr.

Jules schwang sich auf den Sattel, startete den Motor und wies mich an, hinter ihm aufzusteigen. Kaum saß ich ebenfalls im Sattel und hatte die Arme von hinten um ihn geschlungen, raste er los. Ich schmiegte mich an ihn und schloss kurz die Augen.

Bitte, lass ihn uns noch erwischen ...

Kapitel 24

Brügge, 22. September, 13.30 Uhr

„Jules, Sie müssen mit auf den Bahnsteig kommen. Ich kenne Peter doch gar nicht!“

Ich war völlig außer Atem, weil wir, nachdem wir das Motorrad abgestellt hatten, rannten, als sei der Teufel hinter uns her. Bedauernd stellte ich fest, dass ich schonmal fitter gewesen war. Zu Jans Zeiten ...

„Kein Problem“, japste Jules zurück. Zumindest schien seine Kondition auch nicht viel besser als meine zu sein. Er warf einen Blick auf die Anzeigetafel im Bahnhof und zog mich weiter.

„Wir probieren Gleis 2. Da fährt in einer Minute der Zug nach Brüssel ab. Vielleicht will er den nehmen und dann weiter zum Flughafen.“

Wir spurteten die Treppe hoch und gelangten auf einen Bahnsteig, der voll mit Menschen war. Ein Intercity stand auf den Gleisen, die Türen noch geöffnet, doch viele Reisende waren bereits eingestiegen. Der Zug konnte jeden Moment abfahren. Panik erfasste mich. Es konnte doch nicht sein, dass ich schon wieder zu spät kam.

„Jules!“, rief ich. „Können Sie ihn sehen?“

Er sprintete wie ein Wiesel zwischen all den Menschen das Gleis entlang und zog mich hinter sich her. Plötzlich begann er wie ein Irrer zu schreien.

„Peter! Stopp! Bleib sofort stehen!“

Ein grauhaariger Mann in Jeans und Lederjacke wollte gerade in den Zug einsteigen und verharrte, als er Jules Geschrei vernahm. Er wandte sich leicht um und verdrehte die Augen, als er Jules erkannte.

„Steig verdammt noch mal NICHT ein!“

Jules brüllte wie ein Löwe.

Noch sechs oder sieben Meter, dann hätten wir ihn erreicht. Eine Trillerpfeife erscholl. Der Zug war abfahrbereit.

„Zurücktreten!“, rief ein Schaffner.

„Bitte bleiben Sie hier!“ Das war meine eigene Stimme. Und ich war erstaunt, wie laut ich schreien konnte. Peter stutzte. Für einen Wimpernschlag trafen sich unsere Blicke. Dann trat er zurück auf den Bahnsteig, die Türen des Zuges schlossen sich und er fuhr ab.

Schweratmend kamen Jules und ich vor Peter zum Stehen.

Er blickte von einem zum anderen und zog die Augenbrauen hoch.

„So, jetzt bin ich aber gespannt. Ich hoffe, du hast eine gute Erklärung für diese Aktion, Jules.“

Der Belgier atmete immer noch wie ein Blasebalg und zuckte nun grinsend die Achseln.

„Sorry, ich bin da raus. Für Erklärungen ist diese charmante Dame zuständig. Sie ist extra aus Mallorca hergekommen, um dich zu sprechen.“

Jetzt richtete Peter seine volle Aufmerksamkeit auf mich. Ich spürte, dass mir unter seinem prüfenden Blick die Röte ins Gesicht schoss. Zum Glück musste ich wenigstens nicht mehr nach Luft schnappen. Ich sammelte mich und nahm die Schulterblätter zurück. Plötzlich wusste ich genau, wie ich es angehen musste.

„Ich heiße Kristin", sagte ich und streckte ihm meine Hand entgegen. Er nahm sie mit unbewegter Miene und wartete ab.

„Vor ein paar Tagen habe ich in Port de Sóller getaucht und eine Flaschenpost gefunden, die Sie vor 50 Jahren ins Meer geworfen haben."

Peters Augen weiteten sich. Jules blickte verdutzt von mir zu Peter und wieder zurück.

„Ich habe sie der Adressatin überbracht, die daraufhin einen Herzinfarkt erlitten hat und nun im Krankenhaus um ihr Leben ringt. Sie hat mir das Versprechen abgenommen, Sie zu finden. Ihr Name ist Eva."

Kapitel 25

10.000 Meter über dem Mittelmeer, 22. September 2018, 19.20 Uhr

Manchmal sind die Götter mit einem. Ich hatte Peter mit meiner Geschichte so überrumpelt, dass er schließlich eingewilligt hatte mitzukommen. Jules hatte einen Bekannten angerufen, der sich bereit erklärt hatte, uns für ein paar Euros zum Flughafen zu bringen. Am späten Nachmittag ging eine Maschine nach Palma, die halb leer war, sodass wie problemlos last minute zwei Plätze buchen konnten. Ich konnte mein Glück kaum fassen.

Doch als wir endlich in der Maschine nach Mallorca saßen, fiel die Anspannung von mir ab. Eine bleierne Müdigkeit nahm Besitz von mir. Kurz nach dem Start verlor ich den Kampf gegen den Schlaf und nickte an Peters Schulter gelehnt ein. Ich erwachte erst eine gute halbe Stunde vor der Landung.

Peter hatte sich in der Zwischenzeit offenbar einen Whisky bestellt, ohne dass ich es mitbekommen hatte. Als ich die Augen öffnete, starrte er gedankenverloren in sein Glas. Ich konnte mir vorstellen, dass ihm gerade so Einiges durch den Kopf ging. Seufzend wuschelte ich mir durch die Haare und lächelte ihn an. Seitdem wir gemeinsam zum Flughafen gefahren waren, waren wir per Du.

„Ich hoffe, ich habe dir nicht die Ohren vollgeschnarcht."

„Kein bisschen", grinste er jungenhaft zurück. In diesem Moment konnte ich gut verstehen, warum sich Eva vor vielen Jahren in ihn verliebt hatte. Er besaß die Aura eines ‚lonely riders', eines lässigen Abenteurers, der vor nichts Angst hatte. Und der eine Frau beschützen und ihr das Gefühl geben konnte, nur für sie da zu sein. Sein nächster Satz katapultierte mich in die Wirklichkeit zurück. „Ich glaube, du brauchtest den Schlaf. Du hast zuletzt ziemlich fertig ausgesehen."

Oh, danke auch, dachte ich. Dieser Urlaub hatte ja nicht gerade dazu beigetragen, sich zu erholen. Als ob er meine Gedanken erraten hatte, lehnte sich Peter zu mir hinüber und musterte mich nachdenklich. Während wir in Brüssel auf den Flug gewartet hatten, musste ich ihm die ganze Geschichte mit Eva noch einmal ausführlich erzählen. Im Gegenzug hatte ich ihn über sein Leben im Zirkus ausgefragt und warum er Eva nie wieder gesprochen hatte. Dabei hatte ich auch erfahren, dass Mala erst gestern gestorben war. Kein Wunder, dass ich von Anfang an das Gefühl gehabt hatte, dass eine dunkle Wolke voll Traurigkeit über ihm schwebte.

„Eins musst du mir noch verraten, Kristin". Peter legte eine kurze Pause ein. „Wieso hast du so viel Zeit, Energie und Leidenschaft in diese Suche nach mir investiert? Du kanntest Eva doch gar nicht, bevor du diese Flaschenpost gefunden hattest."

Ich schloss die Augen. Da war sie, die Frage, die ich mir selbst schon gestellt und dann immer wieder von mir geschoben hatte. Peter hatte recht. Ich hätte das nicht machen müssen. Eva war eine Fremde für mich. Ich hatte nur wenige Minuten mit ihr verbracht, bevor sie den Herzanfall bekommen hatte. Es war nicht nur Evas Geschichte, die mich heute hierhergeführt hatte. Es hatte auch mit mir selbst zu tun. Langsam öffnete ich die Augen. Peter hielt mir sein Glas vor die Nase.

„Erst einen Schluck Whisky?"

Ich nickte und nahm einen Zug von der wie Gold schimmernden Flüssigkeit. Sie rann kühl durch meine Kehle und hinterließ ein feuriges Brennen im Magen. Ich gab Peter das Glas zurück und sah ihn an.

„Zuerst war es dein Brief und Evas Reaktion darauf. Ich habe noch nie einen so schönen Liebesbrief gelesen wie den aus der Flaschenpost. Du hättest sehen sollen, wie Eva darauf reagiert hat. Da waren Überraschung, Entsetzen, Traurigkeit, Hoffnung und Liebe. Alles auf einmal. Als sie von dir erzählte, funkelten ihre Augen wie die eines jungen Mädchens. Plötzlich konnte ich sie so sehen, wie sie mit 18 ausgesehen haben musste."

„Wunderschön hat sie ausgesehen", unterbrach Peter mich mit leiser Stimme. „Niemals wieder habe ich eine Frau wie sie getroffen."

Ich schluckte. Sollte ich überhaupt weiterreden? Vielleicht würde Peter sich ja mit dieser Erklärung begnügen? Aber er sah mich jetzt wieder an und erwartete offenbar, dass ich fortfuhr. Als ob er ahnte, dass da noch mehr war.

„Ich war verheiratet“, nahm ich den Faden wieder auf. „Und ich war anfangs sehr verliebt in meinen Mann. Ich habe alles für ihn aufgegeben – mein Studium, den Beruf, den ich ausüben wolle, meine Träume und Wünsche. Dafür habe ich dann angefangen, sein Leben zu leben – immer in der Hoffnung, dass unsere Liebe mich für alles entschädigen würde.“

„Aber so war es nicht, stimmt’s?“ Peter ließ den letzten Schluck Whisky in seinem Glas kreisen und sprach mit leiser Stimme.

„Nein, so war es nicht“, wisperte ich. „Ich tat alles, um Jan, meinem Mann, zu gefallen. Um ihm meine Liebe zu beweisen. Ich wollte, dass er mir auch zeigte, dass ich die eine, the one and only, für ihn war. Aber das funktionierte nicht. Ich hätte mir ein Bein ausreißen können, aber er hätte das vermutlich nicht mal bemerkt. Er war immer viel zu beschäftigt damit, sein nächstes Sportevent in Angriff zu nehmen. Sich selbst zu beweisen, wie gut er war. Meine Bewunderung nahm er wie selbstverständlich hin. Und anstatt auch mal anzuerkennen, wenn ich etwas geleistet hatte, hielt er mir andere Frauen, die sportlicher als ich waren, als Vorbild vor.“

Bittere Galle stieg in meiner Speiseröhre auf. Ich hätte den Whisky doch besser weglassen sollen.

„Also hast du dich eines Tages von ihm getrennt“, mutmaßte Peter.

Ich schüttelte den Kopf. „Nein“, sagte ich leise. „Er kam beim Bergsteigen ums Leben.“

Wir beide schwiegen einen Moment, dann zuckte ich die Achseln. „Meine Lovestory hatte kein Happy End, so sehr ich mir das auch immer gewünscht habe. Als ich jedoch von deiner und Evas Geschichte erfuhr und als Eva dann auch diesen schweren Herzanfall hatte, da sah ich plötzlich die Möglichkeit, doch noch zwei Menschen zu ihrem Happy End zu verhelfen. Ich weiß auch nicht wieso, aber ich hatte auf einmal das Gefühl, ich müsste das tun. So als ob es keine Alternative gäbe. Ich habe es für Eva getan, für dich. Aber vor allem auch irgendwie für mich selbst.“

Ich verbarg mein Gesicht hinter meinen Händen und wünschte, ich hätte Peter dies alles nicht erzählt. Wie bescheuert musste das klingen, ihm und Eva zu einem Happy End zu verhelfen.

„Du kannst die Hände wieder runternehmen.“ Peters Stimme klang ruhig und gelassen. Fast so, als müsste er einem aufgeregten Elefanten gut zureden.

„Du hast ein großes Herz, Kristin. Dein Mann hätte stolz auf dich sein sollen. Ich wäre es gewesen.“

Er hielt einen Moment inne, trank dann mit einem Schluck sein Glas aus und stellte es auf dem Klapptisch ab. „Aber ich bin mir trotzdem nicht sicher, ob es richtig war herzukommen.“

Ich wollte das nicht hören. Am liebsten hätte ich mir die Ohren zugehalten. Es sollte jetzt endlich mal etwas nach Plan laufen. Nach meinem Plan. Eine Durchsage erklang.

„Wir beginnen nun unseren Landeanflug auf Palma de Mallorca. Bitte klappen Sie ihre Tische hoch, stellen Sie ihre Sitze in eine aufrechte Position und schnallen Sie sich an."

Eine Flugbegleiterin hastete durch den Gang und schnappte sich Peters Glas. Die Nase des Flugzeugs neigte sich leicht nach unten. Ich schloss die Augen und dachte an das, was vor uns lag.

Würde Eva noch leben, wenn wir ins Krankenhaus kamen? Wie würde sie reagieren, wenn sie Peter wiedersah?

Und vor allem: Würde uns Philipp überhaupt zu ihr lassen? Ich hatte Peter gegenüber zwar erwähnt, dass sich Evas Sohn ebenfalls auf Mallorca aufhielt, aber vorsichtshalber hatte ich ihm nicht erzählt, dass Philipp mir strikt verboten hatte, ihn aufzuspüren. Ich hatte eine Heidenangst davor, dass es im Krankenhaus zu einem Eklat zwischen Philipp und mir kommen könnte. Doch davon durfte Peter auf keinen Fall etwas erfahren.

Kapitel 26

Palma de Mallorca, 22. September 2018, 20.50 Uhr

„Ich weiß, es ist eigentlich schon viel zu spät, aber wir müssen dringend noch einmal zu Señora Eva."

Zum Glück war es wieder die Krankenschwester, die mich kannte, die uns die Tür zur Intensivstation öffnete. Sie sah müde aus und wirkte ziemlich erstaunt, als ich meine Bitte vortrug.

„Tut mir leid, Señora Eva ist nicht mehr da."

Ein eisiger Schreck durchfuhr mich. War Eva inzwischen gestorben? Hatte ich Peter ganz umsonst nach Mallorca entführt? Er stand wie erstarrt neben mir und sagte nichts.

Auf einmal lächelte die Schwester.

„Es geht ihr viel besser. Sie ist auf die normale Station verlegt worden. Ich dachte, Sie wüssten das schon."

Mir fiel ein Stein vom Herzen. Ich drehte mich zu Peter um und schlang meine Arme um seinen Hals.

„Gottseidank! Ich dachte schon ..."

Er strich mir behutsam über den Rücken und ich fühlte, dass auch sein Herz schneller schlug.

„Sie ist eben doch eine Kämpferin", sagte er leise, bevor ich mich wieder von ihm löste.

„Danke! Für alles!“, strahlte ich die Schwester an, die uns schweigend beobachtet hatte.

„Ist das derjenige, der für die Extraportion Lebensmut bei Señora Eva sorgen soll?“ Dabei deutete sie mit dem Kopf auf Peter, der sich in diesem Moment etwas unwohl zu fühlen schien.

„Das ist er“, bestätigte ich mit Stolz in der Stimme. Immerhin war es mir in Anbetracht der Umstände doch ziemlich schnell gelungen, ihn ausfindig zu machen.

Die Schwester blinzelte mir zu.

„Gut gemacht. Dann wünsche ich noch einen schönen Abend. Eva liegt jetzt auf der Inneren, erster Stock, Zimmer 103.“

Wir bedankten uns noch einmal, bevor wir den Rückweg antraten und uns auf die Suche nach Evas neuem Aufenthaltsort begaben.

Je näher wir Evas Zimmer kamen, umso langsamer bewegte Peter sich. Ich musste schon mehrfach innehalten, sonst wäre er total zurückgefallen.

„Was ist los?“, fragte ich ihn schließlich.

Er blieb stehen.

„Ich sollte doch besser gehen.“

Ich fasste es nicht. Nach all meinen Mühen wollte der Kerl jetzt in letzter Minute kneifen. Bleib ruhig, Kristin.

„Und warum?“

Er zuckte die Achseln.

„Offensichtlich geht es ihr besser. Ihre Familie wird da sein. Ich kann mir vorstellen, dass die nicht gerade erfreut sein wird, wenn ich dort auftauche. Und außerdem könnte es ja auch sein, dass es Eva zu sehr aufregt, wenn sie mich sieht. Vielleicht war es doch keine gute Idee herzukommen."

Er klang resigniert. In seinem Blick erkannte ich, dass er die Aktion inzwischen als Riesenfehler ansah. Doch das war sie nicht. Und ich würde den Teufel tun, ihn jetzt gehen zu lassen.

„Bitte. Tu's mir zuliebe. Ich weiß einfach, dass es das Richtige ist."

Flehentlich sah ich ihn an und griff wieder nach seiner Hand. Er zögerte. Im Neonlicht des Krankenhausflurs wirke sein kantiges Gesicht eingefallen und erschöpft. Kein Zweifel: Malas Tod, die letzten Stunden, das alles war nicht spurlos an ihm vorübergegangen. Schließlich sah er mir in die Augen und kapitulierte.

„Okay. Auf deine Verantwortung."

Wir gingen weiter. Ich öffnete die Tür zur Station und blickte in zwei bekannte Augenpaare. Philipp sprang als Erster von seinem Stuhl auf, stürmte auf mich zu und riss mich in seine Arme.

„Kristin. Gottseidank. Ich bin ja so froh, dich zu sehen."

Er drückte mich an sich, als wollte er mich nie wieder loslassen und ein dicker Knoten in meiner Brust löste sich auf. Es fühlte sich so gut an, von Philipp umarmt zu werden. Doch ich wusste ja, dass dieser Zustand nicht lange anhalten würde. Sobald klar war, wen ich hier angeschleppt hatte, würde sich das Blatt wenden.

Ich sah über seine Schulter und traute meinen Augen nicht. Aber offenbar hatte ich Sekunden vorher schon richtig gesehen.

„Inga?! Was machst du denn hier?"

Inzwischen hatte meine Schwägerin sich ebenfalls hochgerappelt und kam breit grinsend auf mich zu.

„Man kann dich einfach nicht allein lassen. Noch nicht mal im Urlaub. Und jetzt bin ich mal mit Drücken an der Reihe."

Sie schob Philipp zur Seite und nahm mich fest in den Arm. Zum ersten Mal, seitdem wir uns kannten.

Ich hatte tausend Fragen auf einmal, vor allem, wieso Inga hier vor mir stand. Die Tür von Evas Zimmer öffnete sich und ein Arzt kam heraus. Er musterte die kleine Ansammlung von Menschen vor sich und runzelte die Stirn.

„Der Patientin geht es besser. Aber soviel Besuch auf einmal wäre vielleicht etwas verfrüht. Ich wünsche Ihnen eine gute Nacht."

Er nickte uns noch einmal zu und verschwand aus dem Flur. Einen Moment lang sagte niemand etwas, dann erklang ein Räuspern neben mir. Ich blickte zur Seite und erkannte, dass Peter sich wohl gerade am liebsten auf den Mond beamen würde. Mein Einsatz war gefragt.

„Darf ich vorstellen? Das ist Peter Salbach. Ein alter Freund von Eva, der extra hierhergekommen ist, um Eva nach langer Zeit wiederzusehen."

Ich warf Philipp einen finsteren Blick zu und fuhr fort. „Sie wird sich garantiert sehr freuen, ihn zu sehen. Und deshalb sollte er nun auch gleich zu ihr ins Zimmer gehen. Alleine."

Als ich geendet hatte, war es totenstill im Flur. Peter und Philipp musterten sich schweigend und die Spannung zwischen den beiden Männern war beinahe mit den Händen greifbar. Ich betete innerlich, dass Philipp nicht ausrasten würde. Gab es noch irgendetwas, dass ich sagen könnte, um die Situation zu entschärfen?

Doch da lächelte Philipp bereits, trat einen Schritt auf Peter zu und gab ihm die Hand.

„Sie sind also der berühmte Elefanten-Flüsterer. Meine Mutter hat mir erst heute von Ihnen erzählt. Ich kann Ihnen gar nicht genug danken, dass Sie hierhergekommen sind. Und Kristin auch nicht."

Als Nächstes blickte er mich an. „Du hast so viel auf dich genommen, um meiner Mutter zu helfen. Und ich war ein solcher Trottel. Ich hoffe, du kannst mir verzeihen."

Eine warme Leichtigkeit flutete mein Inneres. Ich hatte mir völlig umsonst die ganze Zeit Sorgen gemacht. Philipp war mir nicht mehr böse und so, wie er mich gerade angesehen hatte, schien er dieselben Gefühle für mich zu empfinden wie ich für ihn. Mir fehlten auf einmal die Worte und ich konnte nicht anders, als Philipp die ganze Zeit anzusehen und zu strahlen. Aus den Augenwinkeln heraus sah ich, dass Peter uns mit hochgezogenen Augenbrauen beobachtete und vergeblich versuchte, ein Schmunzeln zu unterdrücken. Ich hatte ihm keinen Ton über Philipp und mich erzählt, aber offensichtlich zählte er gerade eins und eins zusammen.

„Ja, dann sollte der gute Mann nun mal endlich zu ihr reingehen, bevor es immer später und später wird und Eva längst eingeschlafen ist."

Ingas energische Stimme riss uns alle zurück in die Gegenwart.

„Da hat sie recht", nickt Philipp. Er legte Peter die Hand auf die Schulter und schob ihn in Richtung Zimmer 103.

„Am besten bleiben Sie heute nur ein paar Minuten, damit es nicht zu viel für sie wird. Okay?"

Peter brummte so etwas wie ein „Schon klar". Dann öffnete Philipp die Tür und ich erhaschte einen kurzen Blick auf Eva, die aufrecht im Bett saß und schon wieder ein wenig Farbe auf den Wangen hatte. Als sie Peter erblickte, riss sie die Augen auf und schlug sich die Hand vor den Mund.

„Mama? Hier ist Besuch für dich“, sagte Philipp unnötigerweise.

Langsam betrat Peter den Raum. Ich hörte noch, wie er „Eva“ sagte, dann schloss Philipp die Tür hinter ihm.

Ich seufzte tief. Wie gerne würde ich jetzt Mäuschen spielen. Aber andererseits ... diese Minuten sollten Peter und Eva ganz alleine gehören.

„Kristin? Können wir mal kurz nach draußen gehen?“

Ich zuckte zusammen, dabei hatte Philipp eigentlich ganz leise gesprochen. Inga verdrehte ein wenig die Augen, doch dann gab sie mir ein Zeichen, dass ich ruhig gehen sollte. Was war bloß mit meiner Schwägerin los? So handzahm hatte ich sie noch nie erlebt.

„Ich komme gleich wieder, Inga. Dann können wir reden.“

Sie nickte ergeben. „Lass dir Zeit. Ich sitze eh schon ewig hier, da kommt es auf ein paar Minuten mehr auch nicht mehr an.“

Einfach unglaublich.

Wir gingen hinaus in die mallorquinische Nacht. Es war so ruhig hier draußen, nur die Grillen zirpten und von weitem hörte man den Motor eines Autos. Langsam fiel die Anspannung dieses irren Tages von mir ab. Wir blieben stehen und ich lehnte mich an die Wand des Krankenhausgebäudes. Sie hatte noch ein wenig Sonnenwärme gespeichert und strahlte sie auf meinen Rücken ab. Ich schloss kurz die Augen und genoss die Wärme, die Ruhe, das Wissen, das Eva lebte und ihren Peter noch einmal sehen konnte. Als ich die Augen wieder öffnete, stand Philipp dicht vor mir und sah auf mich hinab.

Keiner von uns sagte ein Wort. Wir blickten uns nur an und lasen jeder die Sehnsucht in den Augen des anderen. Zart strich Philipp eine Strähne meines Haars zurück, bevor er sich zu mir hinab beugte und seine Lippen sanft auf meine legte. Ich schlang meine Arme um seinen Hals, verlor mich in der Leidenschaft seines Kusses und stellte das Denken ein. Irgendwann löste sich Philipp zwar von meinem Gesicht, behielt mich aber weiter fest umschlungen.

„Ich habe mir solche Sorgen um dich gemacht“, flüsterte er in mein Ohr. „Als deine Schwägerin heute Morgen vor deinem Apartment stand und meinte, du könntest dir etwas angetan haben, bin ich fast verrückt geworden vor Angst.“

„Sie hat was geglaubt?“

Ich ließ meine Arme sinken und starrte ihn fassungslos an.

„Naja, du wärst in letzter Zeit so komisch gewesen, hättest bei eurem letzten Gespräch geweint und wärst danach nie mehr an dein Handy gegangen. Da hat sie wohl gleich das Schlimmste vermutet und den nächsten Flug nach Mallorca genommen.“

Ich schüttelte ungläubig den Kopf. Was war denn bloß in meine Schwägerin gefahren? Oder hatte ich sie vielleicht doch immer nur falsch eingeschätzt?

„So ein Quatsch. Warum sollte ich mir etwas antun? Aber ich muss schon sagen, ich hätte nie geglaubt, dass Inga sich wegen mir Gedanken machen und so einen Aufwand betreiben würde. Ich dachte, sie würde mich immer nur als lästiges Anhängsel von Jan betrachten. Ein übrig gebliebenes Anhängsel sozusagen."

Philipp schüttelte ernst den Kopf.

„Das glaube ich auf keinen Fall. Wir hatten heute ja viel Zeit, uns zu unterhalten und Inga ist zugegebenermaßen ..." Er hielt kurz inne und suchte nach den richtigen Worten. „... ein wenig verschroben, aber sie scheint dich wirklich gern zu haben."

„Johanna hält sie für einen Kontrollfreak."

Philipp lachte leise. „Das ist sie vermutlich auch. Aber immerhin ein Freak mit einem guten Herzen."

Selbst hier im Halbdunklen konnte ich erkennen, mit wie viel Zärtlichkeit im Blick Philipp mich betrachtete. Seine Augen leuchteten dunkel und ich ließ die Gedanken an Inga los.

„Und du bist mir wirklich nicht mehr böse, dass ich weiter nach Peter gesucht habe?", fragte ich leise.

Er zog mich noch enger an sich.

„Nein! Ich war ein solcher Vollidiot, dass ich das von dir verlangt habe. Und ich werde es mir nie verzeihen, dass ich am Schluss auch noch so gemein zu dir gewesen bin. Meine Schwester hat mir erstmal ordentlich den Kopf gewaschen, als ich ihr davon erzählt habe."

Er schüttelte betrübt den Kopf.

„Es tut mir so leid, Kristin. Ich dachte schon, ich hätte dich verloren und alles wäre meine Schuld gewesen."

Mein Herz fühlte sich plötzlich federleicht an. Alles war gut. Ich legte meinen Kopf an seine Brust und genoss seine Nähe.

„Du hast mich aber nicht verloren", flüsterte ich, während er mir sanft über den Rücken strich. Nach einer Weile, die sich gleichzeitig wie eine Ewigkeit und wie ein kurzer Moment anfühlte, schob Philipp mich ein Stückchen von sich.

„Ich glaube, wir sollten jetzt wieder hochgehen, bevor sich Inga auf die Suche nach uns macht."

Er seufzte leise. „Ich würde am liebsten heute Abend mit zu dir kommen. Aber das wird wohl nicht gehen. Was machen wir nun mit unseren beiden Gästen?"

„Sind es nicht drei?", fragte ich. „Deine Schwester ist doch auch gekommen."

„Sie ist heute Nachmittag wieder nach Hause geflogen. Ich soll dich übrigens von ihr grüßen."

„Hm. Danke." Ich kuschelte mich wieder an seine breite Brust. Der Platz war einfach zu gut.

„Ich denke, ich nehme Peter mit und biete ihm unser Gästezimmer an. Und du wirst wohl nicht darum herumkommen, Inga mitzunehmen."

„Okay." Ich sah zu ihm auf und lächelte. „Dann lass uns wieder hochgehen. Das war ein langer Tag. Ich glaube, ich muss bald mal ins Bett."

Genau in dem Moment, als wir den Flur betraten, öffnete sich die Tür zu Evas Zimmer und Peter kam heraus. Ein leises Lächeln lag auf seinem Gesicht und seine Augen glänzten verdächtig. In jenem Moment konnte ich mir vorstellen, wie er als junger Kerl ausgesehen hatte. Sein Gesichtsausdruck ließ den Jungen von damals aus dem Nebel der Zeit hervortreten.

„Und?" Ich sah ihn fragend an. „War es die richtige Entscheidung?"

Er blinzelte mir zu und nickte.

„Goldrichtig. Sie will dich sehen, Kristin." Er sah zu Philipp hinüber. „Uns alle. Soll wohl eine kleine Aussprache geben. Aber erst morgen früh. Jetzt muss Eva erstmal schlafen."

Kapitel 27

Palma de Mallorca, 23. September 2018

Ich hatte so gut geschlafen wie schon lange nicht mehr. Selbst Ingas Schnarchen auf dem Sofa im Wohnzimmer hatte mich nicht gestört. Als ich früh am Morgen erwachte, schien die Sonne in mein Schlafzimmer und zauberte goldene Reflexe auf den gekachelten Boden. Ich reckte und streckte mich und verzog mich dann leise ins Badezimmer. Während das warme Wasser der Dusche auf meinen Körper prasselte, schloss ich lächelnd die Augen und dachte an Philipp. Er war mir nicht böse. Er hatte mich gestern so voller Liebe angeblickt, dass ich nun tatsächlich auch an mein ganz persönliches Happy End glaubte. Obwohl es da natürlich noch viele offene Fragen gab. Schließlich hatte jeder von uns sein eigenes Leben. Ich wohnte im Norden Deutschlands, er in Frankfurt. Ich wollte gerade einen neuen Job antreten, er war Professor an der Uni. Doch über all diese Dinge machte ich mir im Moment keine Sorgen. Es würde schon kommen, wie es sollte. Jetzt würde ich einfach mal dem Schicksal vertrauen und auf das Beste hoffen.

Als ich auf Zehenspitzen aus dem Badezimmer kam, war auch Inga erwacht.

„Guten Morgen! Hast du einigermaßen schlafen können?“

Sie rieb sich die Augen und nickte gähnend.

„Geht so. Bist du fertig im Bad?"

„Ja bin ich, lass dir ruhig Zeit Inga. Und nimm dir, was du brauchst. Duschgel und Shampoo stehen in der Dusche."

Ich bereitete das Frühstück zu und deckte den Tisch auf der Terrasse. Ob Philipp und Peter jetzt wohl auch zusammen einen Morgenkaffee tranken? Eigentlich sollten sich die beiden Männer gut verstehen. Sie waren beide ruhig und verlässlich von ihrem Temperament und besaßen eine natürliche Intuition für ihr Gegenüber. Und beide liebten Eva – jeder auf seine Weise.

Inga hatte sich inzwischen angezogen und kam auf die Terrasse.

„Die Aussicht hier ist wirklich unbezahlbar."

Sie war stehengeblieben und ließ ihren Blick über die Bucht von Sóller schweifen. Ich sah ebenfalls hinaus und nickte. Hier hatte alles angefangen – ohne meinen Tauchgang hätte ich die Flaschenpost nie gefunden und Philipp niemals kennengelernt. Als ob sie meine Gedanken erraten hätte, setzte Inga sich hin und zwinkerte mir zu.

„Dieser Philipp ist ein ziemlich charmanter Typ. Ich hab' das Gefühl, er mag dich sehr."

Ich schluckte. Dieses Thema ausgerechnet mit Inga zu besprechen, fiel mir alles andere als leicht. Ihr Totenkult, den sie um ihren Bruder betrieb, und eine neue Liebe für ihre Schwägerin – das passte schwerlich zusammen.

„Kaffee?“, fragte ich, um das Thema zu wechseln und versuchte dabei einen lockeren Ton anzuschlagen.

Sie hielt mir ihren Becher hin und lächelte breit.

„Und ich glaube, du magst ihn auch.“

War klar, dass sie nicht lockerließ. Langsam wurde mir heiß, obwohl es auf der Terrasse noch gar nicht besonders warm war.

„Ach Inga, wir kennen uns ja erst ganz kurz. Aber, ja, du hast recht. Ich mag ihn.“

„Na also. War es jetzt so schwer, das zuzugeben?“

Ich fragte mich, ob sie Nachhilfeunterricht bei der angehenden Psychologin Johanna genommen hatte.

„Nein, natürlich nicht. Aber ich finde, wir sollten das jetzt nicht länger diskutieren. Möchtest du Toast?“

Ich hielt ihr den Brotkorb hin und sie nahm eine Scheibe.

„Hör zu, Kristin, ich weiß, dass wir in der Vergangenheit unsere Schwierigkeiten hatten. Ich hab‘ viel drüber nachgedacht in den letzten zwei Tagen. Und was ich sagen wollte ...“

Sie holte tief Luft und musste sich offensichtlich überwinden weiterzusprechen.

„Es tut mir leid, wenn ich zu aufdringlich war. Als Jan gestorben ist, war ich einfach fix und fertig. Du weißt ja, was mein Bruder mir bedeutet hat. Und dann bekam ich plötzlich Angst, dass du und Johanna, dass ihr auch aus meinem Leben verschwinden könntet. Dabei habe ich doch nur noch euch beide. Ihr seid meine Familie."

Ich schluckte. „Aber Inga, ich ..."

Sie hob abwehrend die Hand. „Lass mich kurz ausreden. Jedenfalls: Falls du dir diesen Philipp als neuen Freund auserkoren hast, so hab' ich nichts dagegen. Ich finde ihn eigentlich ganz nett. Hauptsache, wir alle bleiben weiter in Kontakt und ihr lasst mich nicht fallen wie eine heiße Kartoffel."

Ich starrte Inga entgeistert an. Jetzt war sie es, die einen roten Kopf bekommen hatte und unruhig auf ihrem Stuhl herumrutschte.

Ich stand auf und ging zu ihr. Dann nahm ich sie in den Arm und grinste sie an.

„Keine Sorge, Inga. Uns wirst du nicht los. Wir sind eine Familie und das bleiben wir auch."

Um kurz vor zehn Uhr traf ich mich mit Philipp und Peter am Krankenhaus. Inga war in Port de Sóller geblieben. Sie hatte mich gefragt, ob ich etwas dagegen hätte, wenn sie noch ein paar Tage bliebe. Als ich ihr mein Okay gab, freute sie sich wie eine Schneekönigin.

„Dann werde ich heute mal shoppen gehen. Ich brauche ja etwas für den Strand. Und danach werde ich im Mittelmeer schwimmen. Und in der Sonne liegen. Vielleicht eine Sangria trinken. Du brauchst dich nicht um mich zu kümmern, tu einfach was du willst."

Also hatte ich sie sich selbst überlassen und war zum Krankenhaus gefahren. Peter und Philipp warteten schon am Eingang auf mich.

„Na, gut geschlafen?“, begrüßte ich die beiden. Sie sahen so aus, als würden sie sich mittlerweile ganz gut verstehen.

„Bestens.“ Philipp blinzelte mir zu und Peter versetzte ihm einen leichten Stoß in die Seite.

„Du kannst dein Mädchen ruhig küssen. Tu dir keinen Zwang an, nur weil ich dabei bin.“

„Also wisst ihr ...“, begann ich, aber da hatte Philipp mich schon an sich gezogen und gab mir einen Kuss auf den Mund.

„Na also“, kommentierte Peter trocken und marschierte an uns vorbei zur Eingangstür. Wir folgten ihm und klopften pünktlich um zehn an Evas Tür.

„Guten Morgen, da seid ihr ja.“ Eva saß in einem hellblauen Nachthemd in ihrem Bett und strahlte uns entgegen. Vor allem einem von uns. Sie hatte sich die Haare frisiert und sogar etwas Make-Up und Lippenstift aufgetragen. Ich fand, sie sah einfach wunderbar aus.

„Kommt her, meine Lieben.“ Eva winkte uns zu sich heran und deutete auf drei Stühle, die irgendjemand schon rund um ihr Bett platziert hatte. Peter beugte sich zu ihr hinab und gab ihr einen Kuss auf die Wange. Er raunte ihr etwas ins Ohr und sie errötete leicht. Ich hatte so etwas wie ‚meine Zirkusprinzessin‘ verstanden. Sie griff nach seiner Hand und hielt sie fest, als wollte sie verhindern, dass er ihr wieder davonlaufen konnte.

„Wie geht es dir, Mama?“

Philipp hatte sich ebenfalls hingesetzt und musterte seine Mutter besorgt. Irgendwie konnte er wohl immer noch nicht glauben, dass sich ihr Zustand so schnell gebessert hatte.

„Hervorragend. Die Ärzte wollen mich zwar noch ein wenig hierbehalten und sie reden auch davon, dass ich mich in Deutschland in ein Herzzentrum begeben soll, aber alles in allem habe ich nochmal Glück gehabt.“ Eva nickte ihrem Sohn beruhigend zu und wandte sich dann an mich.

„Kristin, ich kann dir gar nicht genug danken, dass du mir Peter hergebracht hast. Ich weiß zwar nicht, wie du es geschafft hast, ihn in so kurzer Zeit zu finden, nachdem mir das mein ganzes Leben nicht gelungen ist, aber das wirst du mir sicher noch erzählen. Das Wichtigste ist, dass er nun da ist.“

„So schnell wirst du mich auch nicht wieder loswerden“, mischte sich Peter ein. „Es sei denn du willst, dass ich wieder verschwinde.“

„Niemals“, sagte Eva leise. Ihre meerblauen Augen leuchteten, als sie Peter zärtlich ansah. In diesem Moment konnte ich die Schönheit, die sie in ihrer Jugend gewesen war, so klar erkennen, als hätte der Wind einen Schleier von ihrem Antlitz geweht. Peter schien es ebenso zu gehen. Für eine gefühlte Ewigkeit hielt er ihrem Blick schweigend stand. Ich hatte das Gefühl, dass die beiden in Gedanken zugleich hier in der Gegenwart und irgendwo weit entfernt in der Vergangenheit waren. An einem Ort und zu einer Zeit, als sie beide noch ganz jung und sehr verliebt ineinander waren. Doch jung waren sie in ihren Herzen ja immer noch. Und ob sie noch einmal neu zusammen anfangen konnten, das würde die Zeit schon zeigen.

Schließlich riss sich Eva von Peters Anblick los und räusperte sich.

„Ich habe euch beiden ja schon ein paar Dinge von früher erzählt. Wie ich Peter kennengelernt habe zum Beispiel. Aber nun sollt ihr auch erfahren, warum er mich damals so Knall auf Fall verlassen hatte. Er hat es mir gestern Abend erzählt und ich muss sagen, dass ich immer noch fassungslos darüber bin."

Sie schüttelte langsam den Kopf, als könnte sie es immer noch nicht begreifen. Schließlich blickte sie Peter an. „Sag du es ihnen."

Und so erfuhren wir in den nächsten Minuten, was sich damals vor 50 Jahren zugetragen hatte.

Kapitel 28

Sóller, 20. Juni 1968

„Na, Peter, wie war dein Date? Warst du wieder mit Señorita Eva am Strand?“

Die Racklos lachten, einige machten sich einen Spaß daraus, Peter mit ihren anzüglichen Gesten ein wenig zu ärgern. Doch das gelang ihnen nicht. Der junge Mann, der so gut wie sonst keiner mit den Elefanten umgehen konnte, war verliebt. Und somit so glücklich wie noch nie zuvor in seinem Leben.

Erhobenen Hauptes überhörte er die Frotzeleien der Zirkusarbeiter und verrichtete sorgfältig seine Arbeit. Die Elefanten mussten für die Abendvorstellung vorbereitet werden, die in einer halben Stunde begann. In Gedanken war Peter jedoch immer noch am Strand. Zusammen mit Eva. Er hatte in der Mittagszeit ein paar Stunden frei gehabt und sich in der Bucht von Port de Sóller mit ihr getroffen. Manchmal konnte er es immer noch nicht glauben, dass sich ein Mädchen wie sie mit einem Jungen, wie er es war, verabredete. Einem Typen, der keine Familie hatte, keine gute Schulbildung. Der aus dem Waisenhaus abgehauen war und mit einem Zirkus durch die Welt zog. Aber Eva war das egal. Erst heute hatte sie ihm wieder versichert, dass sie ihn liebte. Und dass sie schon einen Weg für sich finden würden. Sie hatte überlegt, dass sie doch

Tiermedizin studieren und sich dem Zirkus später als Tierärztin anschließen könnte.

„Das würdest du tun?“, hatte er staunend gefragt.

„Alles würde ich tun, um nur immer mit dir zusammen zu sein“, hatte sie geantwortet und dann hatten sie sich lange und leidenschaftlich geküsst.

Nur mit Mühe konnte sich Peter von seiner Erinnerung losreißen. Doch nicht weit vom Paddock der Elefanten entfernt war nun ein Mann aufgetaucht, der so gar nicht hierher passte. Er trug einen teuren Anzug, weißes Hemd, Lederschuhe und er sah keinesfalls so aus, als würde er sich für die Abendvorstellung interessieren. Er sprach mit einem der Arbeiter und der zeigte nun auf ihn. Der Mann nickte kurz und kam auf ihn zu.

Peter erstarrte. Er wusste, dass mit diesem Typen Unheil drohte. Konnte er von einer deutschen Behörde kommen? Hatte es etwas mit dem Waisenhaus zu tun? Aber er war inzwischen 22 Jahre alt, also längst volljährig. Und somit konnte er tun und lassen, was er wollte. Der Mann hatte ihn fast erreicht. Es war zu spät, um wegzulaufen. Er strich der Elefantin Maisie noch einmal über den Rüssel und wollte sich zum Stallzelt umwenden, als der Mann ihn ansprach.

„Warte. Ich muss mit dir reden.“

Er sprach Deutsch und seine Stimme klang so, als sei er es gewohnt, dass man seinen Worten Folge leistete.

Peter zuckte die Achseln. Er hatte nichts Unrechtes getan, aber wieso fühlte er sich plötzlich so in die Enge getrieben?

„Na gut, aber ich hab‘ nicht viel Zeit. Muss die Elefanten vorbereiten.“

„Es wird nicht lange dauern.“

Der Fremde stand jetzt direkt vor ihm und Peter schauderte, als er den hasserfüllten Blick des Mannes auf sich spürte.

„Mir ist zu Ohren gekommen, dass du dich mit meiner Tochter Eva triffst. Das muss sofort aufhören. Es kommt gar nicht in Frage, dass sie am Ende noch mit einem Herumtreiber wie dir durchbrennt.“

Evas Vater? Ein eisiger Schreck durchfuhr Peter. Eva hatte ihm erzählt, dass ihre Eltern in Deutschland seien und erst in ein paar Tagen nach Mallorca kämen. Wieso stand ihr Vater jetzt vor ihm und woher wusste er überhaupt von ihm? Trotz seines Schreckens richtete sich Peter auf und versuchte, sich nicht unterkriegen zu lassen.

„Es stimmt, dass Eva und ich uns treffen. Aber das ist ihre eigene Entscheidung. Ich habe sie zu nichts gezwungen. Sie ist 18 und volljährig. Und wir lieben uns.“

Während er sprach, schwoll eine Ader an der Schläfe von Evas Vater an. Sein Gesicht war auf einmal feuerrot.

„Ich glaub’s ja wohl nicht. Natürlich liebt Eva dich nicht und das wird sie auch nie tun. Sie wird einen Mann aus gutem Hause heiraten. Wie es sich gehört.“

Peter zuckte wieder die Achseln.

„Ich glaube, wir sollten das Gespräch besser beenden. Wie schon gesagt, es ist Evas Entscheidung.“

Damit wollte sich Peter wieder seinen Elefanten zuwenden. Doch der Mann fasste ihn hart an der Schulter an und zwang ihn zum Bleiben.

„Hiergeblieben, Freundchen. Ich gebe dir 1000 Mark, wenn du sofort verschwindest und Eva nie wieder siehst. So viel Geld hast du garantiert noch nie in den Händen gehalten.“

Peter traute seinen Ohren nicht. Der Typ wollte ihn bezahlen, damit er Eva fallenließ. Das war doch krank. Verächtlich sah er ihn an.

„Behalten Sie ihr Geld. Ich bin nicht käuflich.“

„Ach so?“ Der Mann lächelte schmallippig und sah ihn dabei mit einem so kalten Blick an, dass Peter fröstelte. „Dann machen wir’s eben anders.“

Er zog ein Blatt Papier aus der Innentasche seines Jacketts und fuchtelte damit vor Peters Nase herum.

„Hier. Lesen. Ich hoffe, das kannst du.“

In Peter kroch die Wut hoch, doch er hatte gelernt, sich zurückzunehmen. Er riss Evas Vater den Brief aus der Hand. Als Erstes fiel ihm ein offizielles Logo ins Auge. Staatliches Veterinäramt stand groß oben auf der Seite. Peters Herz flatterte. Was sollte das hier?

Aufgrund von Kontrollen haben wir festgestellt, dass die Tierhaltung – vor allem die Haltung der Elefanten – nicht den offiziellen Vorschriften entspricht.

Die Satzfetzen verschwammen vor seinen Augen.

Wir weisen also darauf hin, dass der Betrieb des Zirkus ... bis zum 1. Mai 1968 eingestellt werden muss.

Das Datum lag bereits in der Vergangenheit. Peter schaute verwirrt auf.

„Das ist natürlich nur eine Kopie. Falls du auf die Idee kommst, den Brief zu zerreißen. Ich habe noch mehr davon."

„Aber unsere Tierhaltung ist gut. Wir haben noch nie Probleme damit gehabt!"

Der Mann warf ihm einen spöttischen Blick zu. „Ach nein? Willst du dieses offizielle Schreiben aus Deutschland etwa anzweifeln? Ich kann dir sagen, der Bürgermeister von Sóller wird es anerkennen. Und die nächste Stadt, die dieser Zirkus besucht, wird schon vorher von mir informiert werden."

Peter stand da wie erstarrt. Hatte der Typ etwa recht? Bedeutete sein Schreiben das Ende seines Zirkusses? Und wieso war er überhaupt im Besitz eines solchen Formulars? Plötzlich wusste Peter Bescheid. Er presste die Lippen aufeinander und ballte die Fäuste.

„Woher haben Sie das?"

Der Mann lachte. „Du kannst es natürlich nicht wissen, aber wenn man viel Geld hat, dann hat man auch Macht. Man kennt die richtigen Leute. Solche, die einem auch mal einen Gefallen schulden. Du verstehst?“

Peter hatte längst verstanden. Evas Vater erpresste ihn.

„Also, ich denke, wir kommen ins Geschäft, nicht wahr? Ich werde diesen Brief niemanden zeigen, deine Freunde hier vom Zirkus werden ihre Jobs behalten. Die Tiere bekommen weiter ihr Futter und müssen nicht verkauft oder geschlachtet werden. Alles ist gut. Doch dafür gibst du mir dein Wort, dass du noch heute von der Insel verschwindest und Eva niemals wieder siehst. Und ihr auch nicht schreibst oder sie anrufst.“

Peter hatte das Gefühl, keine Luft mehr zu bekommen. Das konnte er nicht versprechen. Er liebte Eva. Sie wartete doch auf ihn. Doch dann wurde er der Elefanten hinter sich gewahr. Er hörte Leon, den alten Löwen des Zirkus, in seinem Käfig gähnen. Zwei junge Artistinnen in Glitzerkostümen liefen kichernd über die Wiese. Das hier war sein Zuhause. Der Zirkus hatte ihn aufgenommen, als er niemanden hatte. Die Menschen, die Tiere – sie waren seine Familie. Er konnte sie nicht in den Ruin treiben.

„Woher kann ich wissen, dass Sie den Brief nicht trotzdem an die Behörden schicken?“

Evas Vater rollte mit den Augen. „Warum sollte ich das tun? Dieser Zirkus hier ist mir piepegal. Alles, was ich will, ist, dass du dich von meiner Tochter fernhältst. Hast du das immer noch nicht kapiert?“

Peter nickte. Er fühlte sich, als habe jemand sein Herz aus der Brust gerissen.

„Aber einmal muss ich sie noch sehen. Ich muss mich wenigstens von ihr verabschieden.“

Seine Stimme klang rau. Tausend Gedanken wirbelten durch seinen Kopf, doch immer wenn er versuchte, einen festzuhalten, flog er davon.

Evas Vater schüttelte den Kopf. „Das geht nicht. Du musst heute noch verschwinden und du darfst sie nie wieder treffen. Das ist der Deal.“

Er sah ihm fest in die Augen und hielt ihm die Hand hin. Peter zögerte. Gab es einen Ausweg? Ihm war, als würde ein Feuerwerk in seinem Innersten explodieren. Er sah das Bild Evas vor sich. Seine Zirkusprinzessin. Das Mädchen, mit dem er sein Leben verbringen wollte. Gleichzeitig spürte er das Tonnengewicht der Verantwortung gegenüber dem Zirkus auf seinen Schultern. Er hatte keine Wahl. Wortlos gab er Evas Vater die Hand.

Kapitel 29

Port de Sóller, 28. September 2018

Philipp und ich saßen im gleichen Restaurant, in dem wir unseren ersten gemeinsamen Abend verbracht hatten. Das kam mir inzwischen wie in einem anderen Leben vor, dabei waren seitdem erst wenige Tage vergangen. Heute war unsere letzte Nacht auf Mallorca. Morgen würde Philipp zusammen mit seiner Mutter und Peter zurück nach Frankfurt fliegen. Eva würde sich dort für weitere Untersuchungen in eine Spezialklinik begeben und Peter wollte sie begleiten. Ich reiste gemeinsam mit meiner Schwägerin nach Hause. Schon in wenigen Tagen würde ich meinen neuen Job in der Buchhandlung antreten.

Zur Feier des Tages trug ich wieder mein neues Kleid und die Perlenohrringe. Wir bestellten einen guten Wein und den Fisch des Tages – fast war alles so wie bei unserem ersten Treffen. Nur dass wir uns diesmal fast ununterbrochen an den Händen hielten und jede Sekunde ausnutzten, um die Nähe des anderen zu spüren.

Ich war Inga mehr als dankbar, dass sie gleich abgewinkt hatte, als ich sie fragte, ob sie mit zum Essen kommen wollte.

„Nee, da will ich nicht stören. Und du brauchst auch kein schlechtes Gewissen haben, Kristin. Ich trinke mir ein Gläschen Sangria und gucke Netflix auf deinem Laptop.“

Wir hatten uns in den vergangenen Tagen besser zusammengerauft, als ich es je für möglich gehalten hätte. Philipp kam erstaunlich gut mit ihr zurecht, aber er war sowieso jemand, der andere Menschen schnell für sich gewinnen konnte.

„Wann kann ich deine Tochter kennenlernen?“, hatte er schon mindestens zehnmal in den letzten Tagen gefragt.

„Dazu muss sie erstmal wieder aus Boston nach Hause kommen“, hatte ich lachend geantwortet. Johanna war schon genauso gespannt auf meinen „neuen Lover“, wie sie ihn nannte. Natürlich hatten wir längst telefoniert und ich hatte ihr mein „belgisches Abenteuer“ ebenso anvertraut wie die Tatsache, dass es zwischen mir und Philipp so richtig gefunkt hatte.

„Noch sechs Tage, dann sehen wir uns wieder. Wie soll ich das bloß aushalten?“

Philipp zwinkerte mir zu. Er kam mir vor wie ein verliebter Teenager, aber ehrlich gesagt, ging es mir auch nicht anders. Ich freute mich jetzt schon darauf, dass er fürs nächste Wochenende einen Flug nach Hamburg gebucht hatte und mich besuchen würde.

Aus dem Restaurant erklangen spanische Gitarrenklänge. Auf der Promenade flanierten die Leute im goldenen Abendlicht. Vom Meer wehte eine salzige

Brise herüber. Ich sah auf die Bucht hinaus und wusste, dass ich diesen Augenblick nie vergessen würde.

Und dann sah ich sie. Eine blonde Frau in einem hellblauen Kleid, einer weißen Strickjacke und weißen Sandalen. Neben ihr ging ein schlanker Mann, der schützend einen Arm um ihre Taille gelegt hatte.

„Aber das sind ja ..."

„Meine Mutter und Peter", vervollständigte Philipp meinen Satz.

Sie sahen aus wie ein frisch verliebtes Paar und ich konnte kaum meine Augen von ihnen abwenden.

„Er hat neue Sachen an", murmelte ich geistesabwesend.

„Ich bekenne mich schuldig." Philipp lächelte verschmitzt. „Wir waren zusammen shoppen. Er hatte mir erzählt, dass irgendein Jules gemeint hätte, dass er doch dringend mal neue Klamotten bräuchte."

„Steht ihm gut", lobte ich. Peter trug dunkelblaue Chinos und ein hellgraues Hemd über der Hose. Es sah lässig aus und passte genauso zu ihm wie seine geliebten Levis.

„Wollen wir sie zu uns rufen?", fragte ich. Doch da waren sie schon von der Promenade abgebogen und liefen über den Sand aufs Meer zu.

„Was macht er denn jetzt?" Philipp reckte sich ein wenig, um besser sehen zu können.

Eva und Peter waren stehengeblieben und sahen auf die in goldenes Licht getauchte Bucht hinaus. Eva hatte den Kopf auf Peters Schulter gelegt und er hatte sie ganz dicht zu sich herangezogen. Fast strichen die Wellen schon über Peters Schuhe, als er seinen Arm hob, weit ausholte und etwas in die Luft warf. Eine Flasche segelte in hohem Bogen über das Meer und verschwand dann in den Wellen.

„Hast du das auch gerade gesehen?“

Philipps Stimme klang perplex.

„Das war doch eine Flaschenpost. Warum hat er das gemacht?“

Ich lächelte ihn an.

„Ich glaube, er wollte sich einfach nur bedanken.“

Ende

Reisetipps der Autorin

Mallorca – manche gönnen sich die Wohlfühlmomente auf der Baleareninsel gleich mehrfach im Jahr, liegt das Lieblingsziel doch nur rund zwei Flugstunden von Deutschland entfernt. Zwei Stunden in der Luft und schon landet man in einer anderen Welt: blickt auf türkisblaue Buchten und weißen Sand, hört die Zikaden singen, genießt die warme Sonne auf der Haut und den Duft nach Kiefern und Meer. Wer die 3640 Quadratkilometer große Mittelmeerinsel entdecken möchte, braucht Zeit und sollte vielleicht besser nicht in den Schulferien herkommen, sondern dann, wenn nicht ganz so viele Touristen unterwegs sind.
Ich war im November auf der Suche nach der richtigen Location für meinen Mallorca-Roman und fand etliche wunderschöne Strände – verwunschene kleine Buchten mit herrlichen Stränden – , doch speziell für meinen Roman fand ich Port de Sóller am geeignetsten.

Port de Sóller

Port de Sóller liegt im Nordwesten von Mallorca. Die Landschaft ist atemberaubend. Die hohen Berge des Tramuntana-Gebirges vermitteln ein Gefühl der Abgeschiedenheit. Und dieses Gefühl trügt nicht, denn einst war Port de Sóller nur mit dem Boot erreichbar

gewesen. Heute können Urlauber den Ort natürlich mit dem Auto erreichen – oder mit der historischen Straßenbahn im San Francisco-Stil. Sie verbindet Port de Sóller mit der größeren Stadt Sóller im Landesinneren (ca. fünf Kilometer, Preis ca. sieben Euro) und transportierte früher hauptsächlich Orangen und Zitronen. Auch heute noch fahren die Urlauber mit ihr durch wunderschöne Orangen-, Zitronen- und Olivenplantagen.
Es gibt zwei Strände in Port de Sóller – jeweils einen am Ende der hufeisenförmigen Bucht mit ihren vielen Yachten und Segelbooten. Besonders schön ist es in der kleinen Hafenstadt zum Sonnenuntergang, wenn es aus den Restaurants an der Hafenpromenade nach gebratenem Fisch, Knoblauch und Zitrone duftet und leise Musik über das Meer weht.

Valldemossa

Einige Szenen des Romans spielen in Valldemossa, einem Dorf, das gar nicht weit von Port de Sóller in den Bergen liegt. Über 300.000 Touristen kommen jedes Jahr hierher, um sich das berühmte Kartäuserkloster anzusehen und auf den Spuren von Frédéric Chopin und George Sands zu wandeln. Sie verbrachten hier einige Wochen im Winter 1838/39 und die Schriftstellerin George Sands schrieb darüber ihren autobiografischen Reiseroman ‚Ein Winter auf Mallorca'.

Bei meinem Besuch im November war es angenehm leer in Valldemossa (Im Sommer sollte man lieber vor elf Uhr oder nach 16 Uhr kommen). Es macht Spaß, durch die kopfsteingepflasterten Gassen zu schlendern und sich die schönen historischen Häuser anzusehen. Viele von ihnen sind mit bunten Kacheln geschmückt, die aus dem Leben von Valldemossas Heiligen, Catalina Thomás, erzählten. Für den kleinen Hunger zwischendurch empfiehlt sich Cocas de Patatas. Valldemossas berühmtes Gebäck wird in jeder Bäckerei angeboten.

Palma

Nicht nur Kristin aus meinem Roman gefällt es in der Inselhauptstadt Palma. Das prächtigste Gebäude ist die riesige Kathedrale La Seu, die auch vom Meer aus gesehen, einen imposanten Eindruck macht. Nach einem Blick in die Kirche bietet sich ein Bummel durch die Altstadt an. Ein paar Stunden in Palma sind nichts, denn hier warten wunderschöne Paläste, nette Geschäfte, Restaurants, Bars, Eisdielen und Cafés. Und wer das Nachleben genießen möchte: hier gibt's alle Möglichkeiten! Rooftop-Bars, stylische Cocktailbars, Kneipen und Clubs – für jeden Geschmack ist etwas dabei.

Extra-Tipps:

Viele Fotos, Videos, Reisetipps und Geschichten zu den Schauplätzen meiner Bücher finden Sie in meinem Blog unter www.susandewinter.de

Wenn Sie sich dort für den Newsletter anmelden, werden Sie immer über neue Bücher, Aktionen und Gewinnspiele informiert.

Facebook-Mitglieder sind herzlich willkommen, durch Klicken des Gefällt-mir-Buttons Fan zu werden und über neue Bücher auf dem Laufenden zu bleiben:

https://www.facebook.com/SusandeWintersSchreibblog/

Wenn Ihnen mein Buch gefallen hat, würde ich mich über eine Rezension bei Amazon sehr freuen!!!!

Ich bedanke mich ganz herzlich und wünsche weiterhin viel Spaß beim Lesen (und beim Reisen!)

Ihre Susan de Winter

Danksagung

Vielen Dank für euer super Lektorat Jutta Lemcke und Peggy Günther! Sehr hilfreich waren auch die Anmerkungen meiner Testleser Daniela David und Dietmar Schulte.

Einmal mehr gilt mein herzlicher Dank Christiane Baurichter für das schöne Cover.

Außerdem bedanke ich mich bei Dietmar für seinen unermüdlichen Zuspruch, auch wenn ich mal wieder am Plot der Geschichte gezweifelt habe. Zu guter Letzt bedanke ich mich bei Ihnen, liebe Leserin oder lieber Leser. Toll, dass Sie meine Romanfiguren auf ihren Wegen begleiten und dass so viele von Ihnen sich die Zeit nehmen, mir ein Feedback zu den Geschichten zu geben.

„Das Flüstern der Elefanten“? – Dann lernen Sie doch auch meine anderen Bücher kennen!

Die Villa am Gardasee

Von Susan de Winter

Eine Villa am Gardasee. Eine schicksalhafte Liebe. Das Rätsel um ein altes Geheimnis.

Als Kind verbrachte Giulia Boracher ihre Ferien stets bei Angelo Baldini, dem besten Freund ihres Vaters, am Gardasee. Jahre später erbt sie zu ihrer Überraschung dessen prachtvolle Villa – allerdings unter einer Bedingung. Sie hat ein Jahr Zeit, den verschwundenen Familienschatz der Baldinis zu finden. Schafft sie es nicht, wird Angelos zwielichtiger Bruder die Villa bekommen. Bei ihren Nachforschungen taucht Giulia in die Vergangenheit des alten Palazzos ein und erfährt die Geschichte zweier verfeindeter Familien. Aber nicht nur sie allein ist auf der Suche nach dem Schatz. Ihr Ex-Freund, ein renommierter Kunstprofessor, setzt alles daran, ihr zuvorzukommen. Und dann ist da noch der charismatische Weinbauer Luca, der Giulias Herz höherschlagen lässt. Doch kann sie ihm überhaupt vertrauen?

Spannender Roman vor der Kulisse des Gardasees!

Im Schatten des Zauberbergs
Von Susan de Winter

Jede Familie hat ihr Geheimnis. Und jede Liebe ihren Preis.

Auf dem Dachboden ihres Elternhauses entdeckt die 28-jährige Mia einen verschlossenen Koffer und findet heraus, dass ihre totgeglaubte Großmutter Marlene in Wahrheit verschollen ist. An einem stürmischen Novembertag im Jahre 1969 hatte sie sich mit ihrem Geliebten nach Australien abgesetzt. Mia, deren Mutter erst kürzlich starb, muss einfach wissen, was aus Marlene geworden ist. Schließlich könnte sie das letzte noch lebende Mitglied ihrer Familie sein. Kurzentschlossen reist sie nach Australien und lernt in Sydney den selbstbewussten Backpacker Adrian kennen. Schon bald knistert es zwischen den beiden. Doch ob er wirklich der Richtige für sie ist und was vor langer Zeit mit Marlene geschah – das alles erfährt Mia erst am Ayers Rock. Im Schatten des Zauberbergs, dem magischen Mittelpunkt der Traumzeit, kommt die Wahrheit ans Licht.

Spannung und Romantik vor der atemberaubenden Kulisse Australiens!

Das Perumädchen

von Susan de Winter

„Das Perumädchen“ nimmt seine Leser auf eine ebenso aufregende wie romantische Reise auf dem Amazonas mit.

Jung, erfolgreich und bildschön: Das ist Louisa, die gerade den glänzenden Abschluss ihres Informatikstudiums feiert. Doch der Schein trügt – in Wahrheit ist die aus Peru adoptierte junge Frau einsam und auf der Flucht vor ihrer Vergangenheit. Während einer Schiffsreise auf dem Amazonas durch den Regenwald von Peru lernt sie das Liebespaar Mayumi und Juan kennen. Erst durch sie und mit Hilfe des attraktiven Anwalts Ramon kommt sie ihrer eigenen Geschichte auf die Spur.

Auch der fünfte Roman von Susan de Winter dreht sich um Liebe, Abenteuer und Magie. Das Perumädchen schaffte es in kürzester Zeit in die Top 100 des Kindle Shops.

Hinweise, Rechtliches und Impressum

E-Book und Taschenbuchausgabe Juni 2022.

Herausgegeben von:
Susan de Winter
Von-Tschirsky-Weg 12
D-32602 Vlotho

Printed in Poland
by Amazon Fulfillment
Poland Sp. z o.o., Wrocław

20047162R00181